Avant-propos

CHERUB est un département spécial des services de renseignement britanniques composé d'agents âgés de dix à dix-sept ans recrutés dans les orphelinats du Royaume-Uni. Soumis à un entraînement intensif, ils sont chargés de remplir des missions d'espionnage visant à mettre en échec les entreprises criminelles et terroristes qui menacent le pays. Ils vivent au quartier général de CHERUB, une base aussi appelée « campus » dissimulée au cœur de la campagne anglaise.

Ces agents mineurs sont utilisés en dernier recours dans le cadre d'opérations d'infiltration, lorsque les agents adultes se révèlent incapables de tromper la vigilance des criminels. Les membres de CHERUB, en raison de leur âge, demeurent insoupçonnables tant qu'ils n'ont pas été pris en flagrant délit d'espionnage.

Près de trois cents agents vivent au campus. Ils sont généralement recrutés entre six et douze ans, parfois plus tôt lorsqu'ils accompagnent une sœur ou un frère aîné. Ils sont autorisés à participer aux missions d'infiltration dès l'âge de dix ans, pourvu qu'ils aient obtenu la qualification opérationnelle à l'issue du programme d'entraînement initial de cent jours. Les recrues sont sélectionnées au regard de leurs facultés intellectuelles, de leur endurance physique, de leurs capacités à résister au stress et de leur esprit d'initiative.

L'organisation remplissant à la fois les fonctions d'internat scolaire et de centre de renseignement opérationnel, elle dispose d'importantes installations sportives, éducatives et logistiques. De ce fait, CHERUB compte davantage de personnel que d'agents : cuisiniers, jardiniers, enseignants, instructeurs, techniciens et spécialistes des opérations d'infiltration.

ZARA ASKER occupe le poste de directrice de CHERUB.

Mission 17 :
COMMANDO ADAMS

Casterman
Cantersteen 47
1000 Bruxelles

www.casterman.com
www.cherubcampus.fr

Publié en Grande-Bretagne par Hodder Children's Books, sous le titre : *New Guard*
© Robert Muchamore 2016 pour le texte.

ISBN : 978-2-203-15767-5
N° d'édition : L.10EJDN001968.N001

© Casterman 2016 pour la première édition française.
© Casterman 2018 pour la présente édition.
Achevé d'imprimer en avril 2018, en Espagne.
Dépôt légal : mai 2018 ; D.2018/0053/329
Déposé au ministère de la Justice, Paris (loi n°49.956 du 16 juillet 1949
sur les publications destinées à la jeunesse).

Robert Muchamore

COMMANDO ADAMS

Traduit de l'anglais
par Antoine Pinchot

CHERUB/17

Rappel réglementaire

En 1957, CHERUB a adopté le port de T-shirts de couleur pour matérialiser le rang hiérarchique de ses agents et de ses instructeurs.

Le T-shirt **orange** est réservé aux invités. Les résidents de CHERUB ont l'interdiction formelle de leur adresser la parole, à moins d'avoir reçu l'autorisation du directeur.

Le T-shirt **rouge** est porté par les résidents qui n'ont pas encore suivi le programme d'entraînement initial exigé pour obtenir la qualification d'agent opérationnel. Ils sont pour la plupart âgés de six à dix ans.

Le T-shirt **bleu ciel** est réservé aux résidents qui suivent le programme d'entraînement initial.

Le T-shirt **gris** est remis à l'issue du programme d'entraînement initial aux résidents ayant acquis le statut d'agent opérationnel.

Le T-shirt **bleu marine** récompense les agents ayant accompli une performance exceptionnelle au cours d'une mission.

Le T-shirt **noir** est décerné sur décision du directeur aux agents ayant accompli des actes héroïques au cours d'un grand nombre de missions. La moitié des résidents reçoivent cette distinction avant de quitter CHERUB.

La plupart des agents prennent leur retraite à dix-sept où dix-huit ans. À leur départ, ils reçoivent le T-shirt **blanc**. Ils ont l'obligation – et l'honneur – de le porter à chaque fois qu'ils reviennent au campus pour rendre visite à leurs anciens camarades ou participer à une convention.

La plupart des instructeurs de CHERUB portent le T-shirt blanc.

1. Innocence

Coincé dans les embouteillages. J'aurai 10 min de retard.
Pas de pb. Ma mère n'est pas là. On aura 2 h devant nous.
Cool. Tu portes ton short en jean, celui de la photo ?
Ouais, comme prévu. ☺ ☺ ☺

Un quart d'heure plus tard, Léon, quatorze ans, entendit un véhicule remonter au pas l'allée jonchée de feuilles mortes. Il poussa la porte de la villa et dévala les marches du perron. Le conducteur lui adressa des appels de phare. Derrière le pare-brise embué, on discernait à peine sa silhouette.

Léon portait un short en jean trop étroit et un débardeur noir. Ses cheveux décolorés étaient coupés en brosse. Une petite croix d'argent brillait à son oreille droite.

— Salut, lança-t-il lorsque l'homme eut baissé sa vitre.

La BMW n'avait pas plus d'un an. Nigel, son propriétaire, en avait quarante de plus. Il portait un pantalon vert bouteille, une chemisette Ralph Lauren et une montre Carrera à quatre mille livres. Ce look tape-à-l'œil contrastait avec ses dents jaunâtres et tordues. Il empestait l'after-shave bon marché.

— On se rencontre enfin, dit-il en descendant de la voiture. Et je dois avouer que tu es aussi mignon que sur les photos.

Léon esquissa un sourire factice puis, d'un geste, lui fit signe d'entrer dans la maison.

— Enlève tes chaussures. Ma mère pète les plombs à la moindre tache sur la moquette.

Nigel ôta ses mocassins puis jeta un coup d'œil aux photos de famille exposées dans le vestibule.

— Ce sont tes parents ?

— Ouais, répondit Léon. Ne t'inquiète pas pour eux, ils ne sont pas près de rentrer. Ma mère m'a même laissé un truc à réchauffer pour le dîner.

— Parfait.

— Tu veux boire un truc ? Thé, Coca, eau minérale ?

— Non, ça ira.

— Tu as quelque chose pour moi ?

— Bien sûr, dit Nigel en sortant de sa poche un rouleau de billets. Trois cents livres, comme convenu.

Léon compta attentivement l'argent avant de le fourrer dans sa poche arrière.

— Génial. Je vais pouvoir aller au Virgin Festival avec mes potes et faire réparer ma Xbox.

Nigel posa une main sur son épaule.

— Je n'arrive pas à croire que je me trouve ici, avec toi, après tous les messages qu'on a échangés.

— Moi aussi ça me fait un drôle d'effet. Attends-moi ici une seconde, je vais me chercher un Coca.

Sur ces mots, Léon franchit la porte de la cuisine où patientaient ses trois complices : Daniel, son frère jumeau, un homme d'une trentaine d'années en costume gris et une femme rondelette tenant une caméra à l'épaule. Dès qu'il eut hoché la tête, ils déboulèrent tous les quatre dans le vestibule.

— Nigel Kinney, annonça l'homme, je suis Jason Nolan, représentant du Réseau de protection de l'Innocence. Êtes-vous en mesure de m'expliquer pourquoi vous vous trouvez ici ?

Tandis que la femme actionnait le zoom de sa caméra, Nigel se cacha le visage entre les mains.

— Mr Kinney, insista Jason Nolan, le RPI surveille vos agissements depuis plusieurs mois. Avez-vous quelque chose à dire pour votre défense ?

— Je n'ai pas posé la main sur ce gamin, bredouilla Nigel. Je ne sais pas ce que vous vous êtes imaginé, mais je n'avais pas l'intention de faire quoi que ce soit d'illégal.

— Nous avons rassemblé des centaines de messages, Mr Kinney. Vous avez adressé à ce *gamin* des photographies pour le moins équivoques, et lui avez demandé qu'il fasse de même.

Jason se tourna pour désigner une minuscule caméra posée sur la cinquième marche de l'escalier menant à l'étage.

— En outre, ajouta-t-il, nous possédons désormais une vidéo prouvant que vous avez remis à Léon trois cents livres en espèces.

— Je ne comprends pas, bredouilla Nigel en se glissant derrière le portemanteau dans l'espoir de se soustraire à l'objectif de la femme. Vous êtes de la police ?

— Non, Mr Kinney, nous ne sommes pas de la police, répondit Jason. Notre organisation indépendante se contente de démasquer les individus dans votre genre. Mais nous remettrons nos preuves aux autorités et vous devrez répondre de vos actes devant la justice. De plus, la vidéo sera mise en ligne sur notre chaîne YouTube.

— Je ne l'ai pas touché, plaida Nigel. Je suis venu ici pour discuter avec lui et jouer à la Xbox.

Léon et Daniel échangèrent un regard consterné. Nigel et la femme poursuivirent leur étrange chorégraphie autour du portemanteau.

— Laissez-moi partir, pleurnicha Nigel.

— Mais nous ne vous retenons pas, dit Jason en désignant la porte. Sachez toutefois que nous ferons en sorte que votre épouse et votre employeur soient informés de vos agissements. Mon Dieu, Mr Kinney, que va penser votre mère de tout cela ? À son âge, elle risque de recevoir un sacré choc. Quant à votre fils de douze ans...

— Je n'ai rien fait de mal, gémit Nigel.

— Pourtant, en 1998, vous avez été jugé coupable de deux agressions à caractère sexuel sur mineurs, des événements survenus alors que vous étiez moniteur dans une colonie de vacances. Tournez-vous vers la caméra, s'il vous plaît. N'avez-vous pas quelque chose à dire aux victimes ou d'autres crimes à confesser ?

— Mes chaussures, murmura Kinney, tremblant comme une feuille. Où sont mes chaussures ?

— Cherche bien, sale pervers, ricana Léon. Elles ne doivent pas être bien loin.

Nigel leva la tête et le fusilla du regard.

— Espèce de petit salaud ! rugit-il. Tu m'as tendu un piège !

Puis, se tournant vers Jason, il brandit un index menaçant.

— Quant à vous, sachez que j'ai un très, *très* bon avocat. Si vous mettez cette vidéo en ligne, il vous traînera en justice et vous finirez sur la paille.

Jason leva les yeux au ciel.

— Sachez, Mr Kinney, que nous requérons toujours l'avis d'un juriste spécialisé avant de passer à l'action. Puis-je vous laisser sa carte, afin que votre as du barreau puisse le contacter directement ?

— Bande d'enfoirés ! hurla Nigel en quittant la maison sans prendre la peine de récupérer ses mocassins. J'espère que vous brûlerez en enfer !

Tandis qu'il titubait vers son véhicule sous l'objectif de la femme, Léon et Daniel, hilares, lui adressèrent divers gestes obscènes. Il monta à bord de la BMW, effectua une marche arrière dans l'allée puis disparut dans un crissement de pneus.

Réunis à l'intérieur de la maison, les membres de l'équipe observèrent quelques secondes de silence avant d'éclater de rire.

— Bien joué, dit la femme en posant sa caméra.

— Tu as été fantastique, Léon, sourit Jason.

— Quand la vidéo sera-t-elle en ligne ? demanda Daniel.

— Le montage devrait être posté sur YouTube dès ce soir. L'enregistrement complet sera communiqué à la police demain matin.

— N'oublie pas de flouter nos visages, précisa Léon. Si nos parents apprennent qu'on a participé à cette opération, on aura de sérieux problèmes.

— Ne t'inquiète pas, tout sera fait comme nous l'avions décidé, le rassura Jason. Ah, au fait, il y a encore une chose...

— Quoi donc ?

— C'est à propos de votre contact, celui qui nous a transmis le casier judiciaire de Kinney. Y aurait-il un moyen de le joindre directement ?

— Désolé, mais il souhaite rester anonyme, répondit Léon en jetant un coup d'œil à l'écran de son téléphone. Vous pouvez nous déposer à la gare ? Notre père va nous gueuler dessus si on n'est pas à la maison avant dix-huit heures.

— Bien entendu, sourit Jason avant de se tourner vers sa complice. Peux-tu t'occuper de tout remettre en ordre pendant que je raccompagne les garçons ?

— Ça marche, répondit la femme tandis que Léon franchissait la porte donnant sur la cuisine.

— Hé, qu'est-ce que tu fous ? demanda Daniel, l'air anxieux. Il faut qu'on y aille. Je te signale qu'il n'y a qu'un train par heure et le prochain part dans quinze minutes.

— Je suis au courant, répondit Léon en attrapant un bas de survêtement roulé en boule sur une chaise. Mais je préfère encore être en retard que me balader en public dans ce short en jean ridicule.

2. Cinquante-cinquante

— En effet, c'est bizarre, admit James Adams.

Assis à une table circulaire du restaurant Channing, à douze kilomètres du campus, il dégustait une assiette de boulettes de risotto frites. L'ancien agent de CHERUB était assis aux côtés de sa compagne, Kerry Chang. Face à lui, Bruce Norris, l'un de ses plus proches amis, affichait un impressionnant œil au beurre noir.

— Qu'est-ce qui est bizarre ? demanda ce dernier en piochant dans sa salade de haricots.

— J'ai l'impression que je viens de débarquer au campus, expliqua James. Qu'on vient de se rencontrer. Le temps a passé tellement vite...

Bruce posa sa fourchette afin de compter sur ses doigts.

— Ça fait quand même treize ans, mec.

— Je sais, mais n'empêche, je me sens complètement paumé, dit James. Je n'arrive pas à me mettre dans le crâne que je suis contrôleur de mission. Quand les agents m'appellent *monsieur*, j'ai l'impression qu'ils parlent à quelqu'un d'autre.

— Je peux goûter ? demanda Kerry avant de planter sa fourchette dans une boulette sans attendre la réponse.

— Quand vas-tu arrêter de faire ça ? grogna James. Tu sais bien que ça m'énerve.

— Quoi donc ?

— Tu ne commandes jamais d'entrée mais tu bouffes toujours la moitié de mon assiette !

Sourire aux lèvres, Kerry planta un doigt dans son ventre rebondi.

— Je t'aide à surveiller ta ligne. Tu te laisses aller, mon chéri. Regarde Bruce, comme il est mince et musclé.

— Forcément, il est prof d'arts martiaux en Thaïlande. Moi, je passe mon temps derrière un bureau.

— Reconnais que tu ne fais aucun effort. Tu as échoué à ton dernier test physique réglementaire, et pour ne rien te cacher, je ne trouve pas ta brioche particulièrement sexy.

— Je n'y peux rien, je suis fait comme ça. Et je n'ai aucune intention de céder à la dictature de la minceur.

— Et toi, Kerry ? demanda Bruce. Qu'est-ce que tu fais maintenant ? Tu vis sur le campus ?

— Non, je n'y séjourne que certains week-ends, quand je ne travaille pas et quand il n'est pas en déplacement.

— Elle a vendu son âme au diable, ajouta James.

— Évidemment. Contrairement à *certains*, je n'ai pas reçu d'héritage à mon départ de CHERUB et je ne roule pas en moto de luxe. Il faut bien que je gagne de quoi vivre.

— Pareil, sourit Bruce.

— Elle travaille à Londres, dans une banque de la City, expliqua James. Elle est spécialiste en titrisation par bail. Je ne sais même pas en quoi ça consiste.

— C'est trop compliqué pour toi, ricana Kerry. Mais ça n'a rien de diabolique ni d'immoral.

— Sans blague, c'est quoi, la *titrisation par bail* ? demanda Bruce.

— Franchement, laisse tomber. Ça nous prendrait trop de temps.

— C'est intéressant ?

— Non, grogna Kerry. Le salaire est plus que convenable, mais je passe des heures et des heures à rédiger des rapports boursiers et… En fait, je n'ai même pas envie d'en parler.

— Dans ce cas, tu devrais changer de vie, sourit Bruce. Laisse tomber ton copain obèse et viens vivre avec moi en Thaïlande. Tu pourrais donner des cours, toi aussi.

James fusilla son ami du regard.

— Dans quelques années, peut-être, dit Kerry. Quand j'aurai ramassé quelques bonus, je songerai à démissionner et à faire un truc plus excitant.

— Quelques bonus… gloussa Bruce. Sans blague, dans quel monde tu vis ?

— Quand je te dis qu'elle a vendu son âme au diable ! s'exclama James.

Kerry croisa les bras et fit la moue.

— La vérité, c'est que la vie d'agent me manque horriblement, marmonna-t-elle. Au boulot, quand j'écoute mes collègues se vanter de leurs années d'études à Oxford ou à Cambridge, j'ai juste envie de leur exploser la tronche. Si seulement ils savaient que j'ai démantelé un réseau de trafic de drogue international à l'âge de douze ans !

— Tous les anciens de CHERUB ont le même problème, fit observer Bruce. À ce propos, il y aura qui, demain, à la fête ?

— Un paquet de monde…, répondit James. Kyle, Gabrielle, Callum, Connor, Michael. Et des gens que je n'ai pas revus depuis des siècles, comme Arif et Dana.

— Dana… Je l'avais presque oubliée, celle-là. Et Lauren ?

— Elle sera là avec Rat.

— Génial ! s'exclama Bruce en frappant du poing sur la table. Bon sang, ce que je suis impatient de revoir tout ce petit monde !

∴

Les agents qui ne purgeaient pas de punition étaient autorisés à quitter le domaine de CHERUB le samedi après-midi, mais le règlement prévoyait un couvre-feu à dix-neuf heures.

— On a déjà dix minutes de retard, dit Léon en descendant du train à la gare la plus proche du campus.

— On est mal, gémit Daniel.

Après avoir traversé le hall, ils cherchèrent en vain des yeux le minibus qui, aux horaires légaux, raccompagnait les agents de retour d'excursion.

— Qu'est-ce qu'on fait ? On commande un taxi sur notre compte d'agent ?

Léon secoua la tête.

— Impossible. La cellule d'urgence serait avertie en temps réel. Non, il faut qu'on arrive à l'improviste. La sécurité risque d'être débordée, avec tous les invités qui vont se pointer pour la fête. On aura peut-être une chance de s'infiltrer.

— On peut y être en quarante minutes, en y allant tranquille, dit Daniel.

Comme tous les agents, les jumeaux étaient dans une forme éblouissante. Pour eux, huit kilomètres de course à pied n'étaient qu'une promenade de santé.

— Tu n'oublieras pas de me filer la moitié du fric, hein ? dit Daniel alors qu'ils abordaient les mille derniers mètres.

— Quel fric ?

— Les trois cents livres que t'a filés Nigel.

— Dans tes rêves. C'est moi qui ai pris tous les risques, moi qui ai dû porter ce short immonde et laisser ce pervers me mater.

— Tu appelles ça des risques ? s'esclaffa Daniel. Si Nigel avait tenté quelque chose, tu lui aurais pété le bras en deux secondes chrono.

— Et qu'est-ce que tu fais du traumatisme psychologique ?

— Arrête de te foutre de ma gueule. La moitié de ce fric est à moi, point barre.

— Je veux bien te filer trente livres, à condition que tu la fermes, proposa Léon.

— Espèce de sale rat crevé ! tempêta Daniel. On fait cinquante-cinquante, comme prévu.

— Ah oui ? Et comment comptes-tu me forcer à te payer ?

Pour toute réponse, Léon reçut un solide coup d'épaule et ne parvint qu'*in extremis* à conserver l'équilibre.

— Je veux ma part ! insista Daniel.

— OK, dans ce cas… le dernier arrivé au portail peut aller se faire foutre !

Sur ces mots, Léon se mit à sprinter, laissant son frère sans réaction pendant plus d'une seconde.

Les deux garçons n'étaient pas de vrais jumeaux, mais leur taille et leurs performances physiques étaient identiques. Daniel, qui avait déjà pris dix mètres de retard, savait qu'il n'avait plus aucune chance de l'emporter. Indigné par cette manœuvre déloyale, il vit Léon s'engager dans une courbe et tomber en arrêt devant un Land Rover kaki stationné sur le bas-côté. Briggs, l'un des gardes chargés de la sécurité du campus, se tenait au centre de la chaussée, à proximité du véhicule.

— Bonsoir, les garçons. Je vous informe que vous avez largement dépassé l'heure du couvre-feu.

Le campus figurant sur les cartes géographiques comme un terrain militaire, Briggs, bien que membre à part entière de CHERUB, portait l'uniforme de l'armée britannique.

— On est allés à la piscine, dit Daniel. On a rencontré des filles du pensionnat, et on n'a pas vu le temps passer.

— Ah vraiment ? dit Briggs, guère convaincu. Dans ce cas, vous auriez pu nous envoyer un SMS pour signaler votre retard. Mais bizarrement, pour quelque raison étrange, vos deux téléphones sont éteints depuis plusieurs heures, comme si vous aviez tout fait pour que nous ne puissions pas vous localiser.

— Je… bégaya Léon.

— On a des… ajouta Daniel.

— Vous avez des ennuis, interrompit Briggs en invitant les jumeaux à s'installer à l'arrière du Land Rover. Et je vous conseille de me dire rapidement la vérité si vous voulez conserver une chance de ne pas être exclus définitivement de CHERUB.

3. Justiciers

Depuis qu'elle avait renoncé à ses fonctions de directrice de CHERUB, Zara occupait un poste à temps partiel de responsable des affaires disciplinaires. Lorsqu'elle entra dans le poste de sécurité situé à l'entrée du campus, elle tomba nez à nez avec deux vieilles connaissances.

— Dites-moi que je rêve ! s'exclama-t-elle. Kyle Blueman et Gabrielle O'Brien. Ça fait combien d'années qu'on ne s'est pas vus ?

— J'ai arrêté de compter, sourit Kyle en serrant Zara dans ses bras.

Gabrielle était méconnaissable. Perchée sur de hauts talons aiguilles, elle portait d'interminables extensions de cheveux et un maquillage outrancier.

— Wow, lâcha Zara. Un vrai top model.

— Ça me fait bizarre que tu ne sois plus directrice, dit Kyle.

— C'était intenable. Vingt-quatre heures sur vingt-quatre, sept jours sur sept. Depuis qu'il a récupéré le poste, mon cher mari Ewart s'en sort beaucoup mieux que moi. Maintenant, si vous voulez bien m'excuser, j'ai deux crétins à crucifier. On se voit à la fête?

Elle franchit un portique de détection puis s'engagea dans le couloir menant à la salle d'attente où Daniel et Léon, après avoir revêtu leur uniforme réglementaire, avaient passé les deux dernières heures à attendre de savoir quel sort leur serait réservé.

— Dans mon bureau, immédiatement, ordonna-t-elle en claquant des doigts.

Les jumeaux y retrouvèrent Briggs debout devant la table où étaient exposées les preuves de leur forfait : impression des messages téléphoniques échangés au cours des derniers jours, trois cents livres en espèces, billets de train à destination d'une localité où ils n'avaient aucune raison de mettre les pieds...

— Asseyez-vous, dit-il.

Les jumeaux échangèrent un regard anxieux puis s'installèrent sur les chaises en plastique particulièrement inconfortables placées devant le bureau. Deux néons blafards jetaient une lumière crue sur les murs nus de la salle d'interrogatoire. Deux caméras en surveillaient les moindres recoins. La porte métallique disposait de solides serrures qui permettaient, si la situation l'exigeait, de transformer les lieux en cellule de détention.

— Nous savons tout, annonça Zara. Si vous mentez, vous ne ferez qu'aggraver votre cas. La seule chose que je ne comprends pas, ce sont les raisons qui vous ont conduits à agir ainsi. Avez-vous des griefs personnels contre Nigel Kinney ?

— C'est un pédophile, dit Daniel. Il a eu ce qu'il méritait.

— On avait conscience des risques, ajouta Léon. On est prêts à assumer toutes les conséquences.

Briggs frappa du poing sur la table.

— Nous ne vous demandons pas de vous justifier sur le plan moral. Mrs Asker vous a posé une question précise.

Les traits de Zara se durcirent.

— Connaissiez-vous Nigel Kinney ? insista-t-elle.

Léon interrogea Daniel du regard. Ce dernier hocha la tête en signe d'approbation.

— Ça date de l'année dernière, quand on était en mission à Sheffield. Dans notre collège, il y avait un garçon nommé Brent Johnson. Sympa, un an de moins que nous, mais carrément perturbé. Automutilation, terreurs nocturnes… Il avait été victime de Nigel Kinney à l'âge de dix ans, mais les flics n'avaient pas pu boucler leur enquête, parce qu'il était trop instable psychologiquement pour témoigner.

— Et le pire, c'est que Kinney avait déjà plusieurs condamnations à son actif, ajouta Daniel.

— Alors vous avez contacté le RPI, dit Zara.

— C'est ça, confirma Léon. On a commencé par se procurer une copie de son casier judiciaire puis on l'a transmis à l'association en espérant qu'ils s'occuperaient de son cas. Mais comme c'est une toute petite organisation et qu'ils reçoivent beaucoup de signalements de ce genre, ils n'ont pas les moyens matériels de s'occuper de tous les dossiers.

— Du coup, vous avez proposé de leur filer un coup de main ? suggéra Briggs.

— Ouais, répondit Daniel. On a piraté l'ordinateur professionnel de Kinney et identifié le site qu'il utilisait pour se mettre en contact avec des garçons mineurs. Je lui ai envoyé un message et il a aussitôt mordu à l'hameçon. Je lui ai dit que j'avais besoin d'argent et que j'étais prêt à le rencontrer.

— Ensuite, on a mis en place la souricière avec les membres de RPI, ajouta Léon.

— On acceptera notre punition, quelle qu'elle soit, dit Daniel. Mais je suis fier de ce qu'on a fait.

— Votre statut d'agent ne vous autorise pas à jouer les justiciers, gronda Briggs. CHERUB a de plus gros poissons à ferrer et vous avez violé une règle fondamentale en accédant sans autorisation aux bases de données de la police et de la justice.

D'un regard, Zara invita Briggs à interrompre sa diatribe, s'assit sur un coin du bureau et s'exprima d'une voix très calme.

— Comme vous le savez, j'ai quatre enfants, dit-elle, et l'idée que des types pareils soient en liberté me flanque la nausée. Les agressions sexuelles sur mineurs ont explosé avec l'essor d'Internet, et la société ne semble pas avoir pris conscience de l'ampleur du problème. Mais vous êtes des agents de CHERUB.

Vos cibles prioritaires sont les terroristes, les barons de la drogue, les trafiquants d'armes et d'êtres humains. En essayant de venger ce gamin, vous avez violé une dizaine de règles de l'organisation.

— Quand vos camarades sauront ce que vous avez fait, ils vous considéreront probablement comme des héros, ajouta Briggs. Si nous ne frappons pas un grand coup, certains d'entre eux pourraient suivre votre exemple. Dieu sait où cette contagion nous mènerait ?

Daniel et Léon échangèrent un sourire discret. Malgré la situation dans laquelle ils s'étaient fourrés, la perspective de servir de modèles aux autres agents du campus était enivrante.

— Vous n'avez aucune raison de vous réjouir, avertit Zara. Si vous croyez que je peux décider seule de votre sort, vous vous trompez. Je suis tenue de prendre en compte un barème établi par le comité d'éthique. Et au regard de ces dispositions, vous avez violé tant de règles que vous encourez l'exclusion définitive.

Elle marqua une pause afin de laisser les jumeaux assimiler cette information. Sous le choc, ces derniers gardaient les yeux baissés. La respiration de Léon était hachée, comme s'il était sur le point de fondre en larmes.

— Cependant, poursuivit Zara, je dois aussi prendre en compte l'état émotionnel des agents lorsqu'ils sont en mission. Si j'avais à plaider votre cause, je ferais observer que vous avez été bouleversés par le sort de Brent Johnson, que nos psychologues n'ont pas identifié votre détresse et que c'est la raison pour laquelle vous avez agi ainsi. En conséquence, je vais vous offrir la possibilité de choisir.

Elle observa quelques secondes de silence avant de présenter sa proposition.

— Première option, le renvoi définitif avec recommandation favorable. Vous vivrez chez un membre de l'équipe de CHERUB à proximité du campus afin de garder un lien avec vos frères Ryan et Theo.

Léon n'en croyait pas ses oreilles.

— Mais vous avez dit que…

— Laisse-moi terminer, dit fermement Zara. Seconde option, vous restez au campus mais recevez une punition sévère. À savoir, deux mois d'entraînement intensif et d'entretien des fossés de drainage. Inutile de préciser que vous serez suspendus de mission durant cette période.

Les jumeaux manquèrent de s'étrangler.

— Deux mois d'entraînement intensif ! répéta Léon.

— Je ne connais pas d'agent qui ait subi ce traitement plus de deux semaines ! ajouta Daniel.

— Vous aurez aussi interdiction formelle d'informer qui que ce soit des motifs de votre sanction, annonça Briggs. Et ceci vaut aussi pour vos frères.

— Je vous rappelle qu'aucun agent ne peut être contraint de purger une punition jusqu'à son terme. Si l'épreuve est trop pénible pour vous, vous pourrez à tout moment me présenter votre démission.

Léon se tourna vers son frère.

— J'ai écopé de vingt-quatre heures d'entraînement intensif, la fois où j'ai bu trop de cidre.

— Quand tu as vomi en cours de français ?

— Ouais. Eh bien, c'était l'horreur. Je ne crois pas pouvoir tenir deux mois.

— C'est pire que le programme d'entraînement ? demanda Daniel, qui n'avait jamais écopé d'une telle sanction.

— Dix fois pire, confirma Léon.

Zara consulta sa montre.

— Vous avez le marché en main. Quittez CHERUB ou acceptez ces deux mois de punition. Vous avez dix minutes pour vous décider.

Sur ces mots, elle quitta la pièce en compagnie de Briggs. La porte métallique claqua, puis les jumeaux entendirent les serrures tourner. L'air accablé, Daniel étudia la photo de Nigel Kinney exposée sur la table.

— On savait qu'on se ferait sans doute pincer, dit-il. Au fond, ce ne serait pas si mal, de devenir des garçons comme les autres.

— Ouais, répondit Léon. J'aimerais tellement découvrir la vie normale. Enfin, surtout *les filles* de la vie normale.

Daniel leva les yeux vers l'une des caméras de surveillance.

— Moins fort. Ils doivent être en train de nous écouter.

— D'un autre côté, chuchota Léon, la vie normale, on aura tout le temps de la découvrir quand on aura terminé notre carrière à CHERUB…

4. Lombrics

Le dimanche matin, alors que la plupart des résidents du campus dormaient encore, une jeune femme de vingt-quatre ans vêtue d'un pantalon en toile moulant et chaussée de Converse déglinguées se présenta à l'entrée du centre de contrôle. Elle fit face au dispositif de reconnaissance rétinienne et patienta quelques secondes avant que les mots *Lauren Adams, accès autorisé* n'apparaissent à l'écran.

Les lieux avaient été rénovés quelques mois plus tôt, le parquet endommagé par de fréquentes inondations remplacé et les murs recouverts d'œuvres d'art moderne. Lauren emprunta un couloir menant à la cellule d'urgence, au cœur du bâtiment, une vaste pièce circulaire que seule éclairait la lueur émise par des dizaines d'écrans d'ordinateur. C'est là qu'aboutissaient les appels d'urgence des agents en opération en manque de renforts, d'équipement ou d'une analyse cryptographique.

Lauren s'engagea dans la large galerie qui longeait l'une des façades vitrées du bâtiment et desservait les bureaux des contrôleurs de mission. En chemin, elle croisa une fille et un garçon âgés d'à peine douze ans qui, tous deux vêtus du T-shirt gris, attendait d'être reçus pour recevoir leur première mission opérationnelle.

Elle s'arrêta devant le dernier bureau du couloir et prit le temps d'étudier l'inscription qui figurait sur la plaque : *James Adams, contrôleur de mission*. À ses yeux, c'était parfaitement surréaliste.

Avant qu'elle n'ait pu frapper, une fille robuste d'environ dix-sept ans en T-shirt noir ouvrit la porte, les bras chargés de documents administratifs, et faillit la percuter de plein fouet. Elles échangèrent des excuses, puis Lauren entra dans le luxueux bureau meublé d'une table en noyer et de deux canapés en cuir. La baie vitrée offrait une vue splendide sur un bosquet d'arbres aux feuilles dorées.

Vêtu d'un survêtement sans âge, les pieds posés sur le bureau jonché de gobelets vides, de dossiers et de boîtes d'archives en carton, James Adams gâchait un peu le tableau. En pleine conversation téléphonique, il fit signe à Lauren de s'asseoir sur un des sofas.

— Oui, John..., dit-il dans le combiné. Mais cette fille a seize ans et toute sa garde-robe est partie en fumée à la fin de la mission. Alors, je lui ai dit de se procurer ce dont elle avait besoin... C'est vrai, j'ai conscience que j'aurais dû fixer un budget. Mais comment voulais-tu que j'imagine qu'elle allait dépenser tout ce fric en chaussures ?

Lauren posa son sac à dos à ses pieds puis s'installa sur la seule partie du canapé qui n'était pas recouverte de dossiers.

Tandis que James poursuivait son échange téléphonique avec son supérieur, la fille en T-shirt noir refit son apparition.

— Bonjour, je suis Fu Ning, dit-elle. Vous devez être Lauren, n'est-ce pas ?

Cette dernière hocha la tête.

— Ça ne doit pas être facile de travailler avec mon frère. Je compatis.

— Non, il est cool, sourit Ning. Juste un peu désorganisé.

À l'autre bout de la pièce, James n'en avait pas terminé avec John Jones.

— Birmingham ? Bien sûr que j'ai commencé le recrutement. Comme je te l'ai dit lors de la réunion, j'ai choisi Léon et Daniel Sharma... Pardon ? Tu es sérieux ?... Comment ça, *pas disponibles* ? Mais j'ai impérativement besoin d'eux !... Bon, je vais appeler Zara et tâcher de lui forcer la main. Si cette histoire n'est pas trop sérieuse, elle ne prendra pas le risque de foutre l'opération en l'air... OK, OK. Je serai là jusqu'à midi. Je te rappelle dès que j'ai du nouveau.

L'air complètement lessivé, il raccrocha, se leva puis se traîna jusqu'à Lauren.

— Tu es légèrement débordé, à ce que je vois, sourit-elle tandis qu'il la serrait dans ses bras.

— Je devrais être sous la couette avec Kerry. Mais avec nos horaires de dingues, on ne fait que se croiser.

— Qu'est-ce que c'est que cette histoire de chaussures ?

Ning lâcha un bref éclat de rire qu'elle réprima en plaquant une main sur sa bouche. James se frappa le front.

— Pendant ma dernière mission, la fille que je supervisais a perdu tous ses vêtements dans un incendie. Comme elle était bouleversée, je lui ai confié une carte de crédit de l'organisation et l'ai autorisée à se rendre à Londres pour faire du shopping. Mais cette petite conne a claqué quatre mille cinq cents livres. Du coup, le budget de l'opération a complètement explosé, et John est fou de rage.

— Tu veux dire que tu as autorisé une fille de seize ans à acheter ce qu'elle voulait sans fixer de limite ? s'esclaffa Lauren.

— Je ne me suis pas méfié. D'habitude, elle ne porte que des pantalons de survêtement et des sweats à capuche.

— Et depuis quand tu fais confiance aux agents ? À des gamins qu'on entraîne officiellement à manipuler les adultes pour parvenir à leurs fins ?

— Crois-moi, ça ne se reproduira pas, marmonna James en secouant la tête. Et toi, comment ça va ?

— L'écurie de course est prête pour la prochaine saison. Rat a investi de quoi démarrer, et on peut désormais faire tourner la baraque avec ce que nous filent les sponsors. Il faudra juste veiller à ne pas casser trop de voitures.

— Quand commence la compétition ?

— Dans quatre mois.

— Tu as le trac ?

— Je ne fais pas la fière. L'année dernière, je pilotais une monoplace de cent vingt chevaux. En catégorie prototype, je vais en avoir cinq cents sous le capot.

— Essaie quand même de ne pas te tuer. Simple suggestion.

— Qu'est-ce que tu veux, je ne suis pas comme toi. Je ne pourrais pas rester assise derrière un bureau à remplir de la paperasse.

À cet instant, le téléphone sonna.

— Le devoir m'appelle, maugréa James.

Il rejoignit son bureau, se laissa tomber lourdement sur son fauteuil et décrocha le combiné.

— Adams à l'appareil... Vous avez besoin de *quoi* ?... Sans blague, vous ne pouvez pas envoyer deux ou trois éducateurs au Village pour réquisitionner des agents ?... Ce n'est même pas du ressort du contrôle de mission... OK, très bien, je vais voir ce que je peux faire.

Lorsque James raccrocha, Lauren lui trouva l'air si désespéré qu'elle s'abstint de tout commentaire.

— Apparemment, je dois trouver un moyen de déménager cinq cent cinquante cartons d'archives qui se trouvent toujours au sous-sol du bâtiment principal, expliqua-t-il. Ça aurait dû être fait il y a une semaine, avec le reste du mobilier, mais le désamiantage des caves n'était pas terminé, et John Jones a juste oublié de me prévenir. Alors les filles, ça vous dirait de faire un peu d'exercice ?

...

Vêtu d'un short et d'un T-shirt, pieds nus et sac à dos sur les épaules, Léon titubait dans le sillage de son frère.

— Plus vite, Sharma ! hurla Capstick, l'instructeur australien qui lui avait été assigné. Si tu n'es pas au sommet de cette colline dans une minute, je t'en ferai redescendre à coups de pied au cul, je rajouterai dix kilos dans ton sac et tu recommenceras l'épreuve depuis la ligne de départ.

Daniel, lui, était placé sous les ordres de Smoke, une instructrice aux manières et au physique fort peu féminins.

— Toi aussi, tu es trop lent, mon petit gâteau au miel, dit-elle en l'envoyant rouler dans la boue d'un coup de pied à l'arrière des genoux. Relève-toi immédiatement !

— Ne le regarde pas, rugit Capstick à l'adresse de Léon. Bouge-toi les fesses.

Daniel, qui subissait des épreuves physiques éreintantes depuis l'aube, tenta vainement de se relever, mais il n'avait strictement plus aucune force dans les bras.

— Je ne peux pas, gémit-il. Et mon pied droit saigne, vous n'avez pas remarqué ?

— Et alors ? rugit Smoke. Qu'est-ce que tu veux, mon chéri ? Un bisou magique ? Tu n'as pas frappé à la bonne porte. Allez, debout !

Daniel effectua une nouvelle tentative, sans plus de succès.

— J'AI DIT DEBOUT ! hurla Smoke, à bout de patience, en le soulevant par les sangles de son sac.

Léon, qui avait atteint le sommet de la colline, tâchait de reprendre son souffle, penché en avant, les mains sur les cuisses.

— Vous deux, à genoux, les mains sur la tête, aboya Capstick lorsque Daniel eut titubé jusqu'à son frère.

Les instructeurs se plantèrent devant eux et se lancèrent dans un concert de hurlements.

— Vous êtes absolument pathétiques ! commença Capstick.

— Une misérable paire de lombrics !

— Indignes de porter le T-shirt de CHERUB !

— À bout de souffle dès le premier jour d'entraînement. Croyez-vous sérieusement avoir la moindre chance de supporter ça pendant deux mois ?

— Pourquoi vous infliger pareille épreuve, lombrics ?

— Abandonnez, dit Smoke. Vous n'êtes pas faits pour cette vie. Le monde normal vous tend les bras.

— Oh, mais tu pleures, Daniel ? Ce sont bien des larmes que je vois couler sur tes joues ?

— Non, monsieur, mentit Daniel.

— Alors, vous nous quittez, lombrics ? rugit Smoke.

— Non, madame ! crièrent en chœur les jumeaux.

Les deux instructeurs reculèrent d'un pas puis échangèrent un sourire.

— Dans ce cas, vous demeurerez dans cette position, ricana Capstick. Gardez bien les mains derrière la tête. Pas un mot, pas un geste. C'est compris ?

— Nous serons de retour dans deux heures, ajouta Smoke. Et si vous avez été bien sages, nous vous apporterons peut-être de quoi manger.

5. Explosifs

Gagnée par la nostalgie, Lauren foula la pelouse jonchée de feuilles mortes qui s'étendait devant le bâtiment principal. Les antennes, les paraboles, les fenêtres et les panneaux de la façade ayant été démontés, l'immeuble n'était plus qu'un squelette, une maison de poupée dont on pouvait désormais voir les chambres et les bureaux débarrassés de leurs meubles.

Le réfectoire désaffecté offrait un spectacle particulièrement attristant. Lauren se remémora l'excitation qu'elle éprouvait jadis, à la sortie des cours, lorsqu'elle entrait dans cette salle et cherchait du regard les membres de sa bande. En fermant les yeux, elle avait l'impression de les entendre chahuter et échanger des ragots. Puis elle se rappela les premiers petits déjeuners partagés avec Rat, près de la fenêtre du fond, au début de leur idylle.

James se planta devant l'entrée du bâtiment et frappa dans ses mains pour requérir l'attention. Outre Lauren et Ning, il avait rassemblé une équipe composée d'agents de treize à dix-sept ans, des volontaires et des fauteurs de troubles purgeant une punition.

— Écoutez-moi bien, vous tous ! lança James. J'ai une mauvaise nouvelle, et une encore pire. La mauvaise, c'est que suite à un léger malentendu administratif, cinq cent cinquante cartons de vieux rapports de mission qui auraient dû être déménagés par l'équipe de logistique de l'armée la semaine dernière se trouvent encore dans ce bâtiment. La pire, c'est que l'ascenseur a été démonté, et qu'on va devoir se farcir tout ça par les escaliers. Alors j'espère que vous êtes en pleine forme.

— Ça va prendre combien de temps ? demanda une fille d'une quinzaine d'années.

— Trois heures, selon mes estimations. John Jones rassemble un deuxième groupe de volontaires pour aider à descendre les cartons du camion au centre de contrôle. Ah, au fait, si vous n'êtes pas ici pour motif disciplinaire, vous recevrez chacun cinquante euros en remerciements de vos efforts.

Les volontaires saluèrent cette annonce par un concert d'exclamations enthousiastes.

— Vu que toute la baraque est en cours de démolition, vous devrez porter un casque de chantier et un gilet fluo. Et surtout, ne vous écartez pas de l'itinéraire balisé.

Le bâtiment était ceint d'une clôture grillagée provisoire dont le seul point d'accès était placé sous la garde d'un sergent du Royal Engineers, le corps du génie de l'armée britannique. Comme toute l'équipe chargée de préparer la destruction de l'immeuble, il résidait au campus depuis plus de deux mois, mais n'était pas autorisé à communiquer avec ses occupants. En outre, ayant été conduit sur les lieux à bord d'un véhicule de transport de troupes dépourvu de fenêtres, il ignorait sa position géographique. Il portait l'uniforme de son unité. Seul accroc au règlement, il n'était pas coiffé du traditionnel béret vert, mais d'un modèle orange conçu pour l'occasion afin de rappeler aux agents qu'ils ne pouvaient lui adresser la parole sous aucun prétexte.

Le sergent compta les membres de l'équipe de déménagement à mesure qu'ils franchissaient le portail. Il remit à chacun un bracelet en plastique numéroté et rappela qu'il devait être restitué à la sortie du chantier. Après avoir distribué gilets jaune fluo, casques et masques antipoussière, il indiqua à James où se trouvait l'équipement de levage et de transport. Au même instant, un camion vint se garer en marche arrière à proximité de l'entrée.

Lorsque tout le monde fut entré, un deuxième soldat coiffé du béret orange les accompagna à l'intérieur du bâtiment. On avait démonté la porte principale afin de faciliter l'accès. De part et d'autre de cette ouverture avaient été placés des panneaux jaune et noir où figurait l'inscription *Danger : explosifs*.

À l'intérieur, le parquet, autrefois si impeccablement ciré, avait été ravagé par le passage des engins de chantier. James lança un coup d'œil vers l'ancien bureau de la direction et chercha en vain le banc où, maintes fois, il avait attendu que tombent les sanctions disciplinaires.

Les colonnes du couloir menant au réfectoire avaient été percées de trous de trois centimètres de large dans lesquels on avait introduit des bâtons d'explosifs. Des fils électriques aux couleurs vives couraient entre chaque charge.

— Ça pourrait partir accidentellement ? demanda une fille à l'air inquiet.

Le soldat qui accompagnait le groupe vers les escaliers adressa à James un regard interrogateur. D'un hochement de tête, ce dernier l'autorisa à répondre.

— Les explosifs et les détonateurs sont très fiables, et je n'ai jamais entendu parler d'un déclenchement prématuré. La seule chose que nous craignons, c'est que seule une partie des charges explosent et que la démolition ne soit pas complète. Alors s'il vous plaît, faites attention à ne pas toucher aux fils. Et si cela se produit malgré tout, informez-moi immédiatement afin que je puisse tester le circuit de mise à feu.

Malgré les années passées au campus, les agents n'avaient jamais soupçonné l'existence des niveaux souterrains du bâtiment principal. Aux deux premiers sous-sols ne restaient que quelques meubles sans valeur, d'antiques unités centrales d'ordinateur et des centaines de boîtes d'archives de si peu d'importance que la direction avait jugé inutile de les incinérer.

Le soldat déverrouilla la porte interdisant l'accès au troisième sous-sol. Le groupe emprunta l'escalier métallique qui courait autour de la cage d'un monte-charge. À ce niveau, les pains d'explosif n'avaient pas encore été mis en place. Comme toutes les constructions bâties jusqu'au milieu des années 80, le faux plafond était bourré de plaques d'amiante utilisées alors pour leurs propriétés ignifuges. Compte tenu du caractère hautement cancérigène de ce matériau, il était indispensable de le faire disparaître avant la démolition, sous peine d'en disperser d'importantes quantités dans l'atmosphère. Ce long travail venant d'être achevé, on ne voyait plus que du béton nu et des câbles électriques datant des années 70.

La vaste salle qui se trouvait à la verticale sous le réfectoire ne contenait plus que d'innombrables boîtes d'archives sur lesquels avaient été apposés des autocollants *Contrôle des missions — ne pas détruire*. Elles mesuraient un mètre de long, soit presque le double d'un carton de déménagement ordinaire.

— OK ! dit James tandis que les membres de son équipe de déménageurs maugréaient devant l'ampleur de la tâche. On va devoir travailler par binômes si on ne veut pas y passer la journée. Allez, allez, tout le monde s'y met. Je crois qu'on a pas mal de pain sur la planche.

...

Quatre heures plus tard, le camion se mit en route vers le centre de contrôle avec à son bord le quatrième et dernier chargement de cartons. Les reins en compote et des auréoles sous les bras de la taille d'une assiette, James ordonna à son contingent épuisé de se rassembler devant le bâtiment.

— Ils se sont défoncés, chuchota Lauren à son oreille. Bravo, tu sais t'y prendre avec les gamins.

— Ah, tu trouves? sourit James. Bizarrement, j'ai toujours l'impression de *jouer* au contrôleur de mission.

Lauren montra ses mains sales et ses ongles abîmés.

— Tu rigoles? Regarde, même moi, tu as réussi à me faire bosser.

James jeta un regard circulaire à l'ancien hall d'accueil de CHERUB.

— Quand je pense que tout ça partira en poussière dans quelques heures…

Lauren désigna l'escalier menant aux étages supérieurs, dont une simple bande de plastique *Ne pas franchir* interdisait l'accès.

— Un dernier tour du propriétaire? suggéra-t-elle.

Sans se faire prier, James enjamba l'obstacle. Lorsque Lauren eut fait de même, ils jetèrent un dernier coup d'œil en arrière puis gravirent les marches quatre à quatre.

— Ah, les soirées du samedi! s'exclama James en débouchant sur le palier du sixième étage.

— Le pop-corn! Les cheeseburgers réchauffés au micro-ondes!

Mais en l'absence de fenêtres et de chauffage, les lieux avaient perdu leur odeur caractéristique, et le vent soufflait en rafales dans le couloir.

Lauren se rendit dans la cuisine commune, y trouva quelques couverts tordus à l'aspect familier et reconnut une tache sur le mur, souvenir du jour où Bethany Parker s'était étalée sur le lino, un verre de jus de groseille à la main.

James, lui, se dirigea droit vers son ancienne chambre.

Le lit et le canapé avaient disparu, mais la penderie intégrée et les placards de la salle de bains étaient toujours en place. Depuis son départ, plusieurs agents avaient occupé les lieux. Le dernier n'avait déménagé pour le Village que quelques mois plus tôt, comme le prouvaient les posters de football affichés aux murs, mais la moquette était déjà souillée de taches d'humidité et d'excréments d'oiseaux.

James s'approcha de l'endroit où se trouvait autrefois le bureau devant la fenêtre, puis il contempla l'étendue du campus. De cette position, il pouvait voir un groupe d'agents décorer les abords de la piste d'athlétisme en vue de la fête célébrant la démolition du bâtiment principal. Plus loin, on apercevait le Village où vivaient désormais les agents.

Contrairement à leurs prédécesseurs, dont les chambres étaient réparties sur sept étages de part et d'autre de couloirs anonymes, ils occupaient des petites maisons accueillantes desservies par cinq rues bordées de pistes cyclables. Ils disposaient de plusieurs terrains de sport et d'une place centrale recouverte de gazon où avait été déplacée la légendaire fontaine de CHERUB.

À l'extrémité du Village, à proximité du périmètre de sécurité, un long bâtiment moderne abritait le nouveau réfectoire, les locaux du personnel et un centre de loisirs comprenant une salle de cinéma, un théâtre, une salle des fêtes et un espace de jeux exclusivement réservé aux T-shirts rouges.

À ses côtés se dressait un cube de verre comprenant six étages que les agents avaient baptisé *La Mairie*. C'est là que se trouvaient les bureaux des cadres les plus importants de l'organisation, dont celui du directeur Ewart Asker.

Objectivement, le Village offrait des conditions de vie bien plus agréables que le bâtiment principal. Pourtant, James déplorait la disparition de cet immeuble sans charme où il avait passé les sept années les plus intenses de son existence. Alors que sa gorge se serrait, il sentit une main se poser sur son épaule.

— Monsieur, dit le sergent du génie, visiblement contrarié, vous n'avez pas le droit de vous trouver ici. Je dois vous demander de regagner le rez-de-chaussée.

Lauren apparut derrière le sergent et se lança dans un festival de grimaces.

— Désolé, dit James. Je voulais jeter un dernier coup d'œil. Cet endroit compte beaucoup pour moi.

Sur ces mots, il baissa la tête et quitta sa chambre pour la dernière fois.

6. Compte à rebours

— Vous n'avez rien à faire ici, les lombrics, gronda Capstick. Vous croyez encore pouvoir tenir soixante jours ? Vous trouvez ça dur ? Alors comment réagirez-vous quand vos articulations vont commencer à raidir ? Quand la faim vous torturera ? Quand vous aurez la sensation d'être en train de mourir de faim alors qu'il restera quarante-cinq jours à tirer ? Je vous rappelle que je n'ai qu'une mission : vous démolir. Alors, toujours partants ?

— Hors de question qu'on abandonne, monsieur, dit Léon, qui se tenait sur une jambe, le front dégoulinant de sueur et maculé de boue.

— Hors de question, répéta Daniel.

Le ciel commençait à s'assombrir. Au cours des heures précédentes, les jumeaux avaient dû se rendre au dojo pour se faire proprement corriger par un agent en fin de carrière de quatre ans leur aîné, avaient avalé à la hâte une collation composée de viande en boîte, de biscuits et de jus d'orange, puis avaient effectué une longue marche sac au dos dans les fossés de drainage qui longeaient le périmètre du campus.

— Voici votre chambre, dit Capstick en jetant devant eux des sacs de couchage et une toile de tente en piteux état. Vous êtes autorisés à dormir. Ne perdez pas de temps. Mrs Smoke est allée se coucher tôt, histoire d'être en pleine forme pour vos exercices du matin.

Daniel ramassa la tente et se dirigea vers un bosquet situé à une vingtaine de mètres.

— Eh, où est-ce que tu crois aller ? rugit Capstick.

— Ben… là-bas. Ça doit être un peu moins humide.

— Reste ici, ça ira très bien, ricana l'instructeur. Exécution !

Par chance, il s'agissait d'une tente igloo dont les jumeaux, qui avaient utilisé un modèle comparable lors de leur programme d'entraînement initial, connaissaient parfaitement la technique de montage. Ils n'eurent besoin que de deux minutes pour la déployer et planter les piquets destinés à assurer sa stabilité en cas de tempête.

— Sur ce, je vous souhaite une excellente nuit, tonna Capstick avant de tourner les talons et de trottiner en direction du bâtiment principal.

Léon et Daniel eurent quelque difficulté à se glisser à l'intérieur de la tente sans y introduire des kilos de boue, puis à se faufiler dans les duvets malgré l'odeur fétide qui s'en dégageait. Lorsqu'ils se furent pelotonnés l'un contre l'autre pour tâcher de se protéger de l'humidité et du froid, ils entendirent des cris et des rires portés par le vent.

— On dirait que la fête a commencé, chuchota Léon. Je donnerais n'importe quoi pour un Sprite et une part de pizza.

— Tu crois que les instructeurs vont nous pourrir la nuit ?

— Je ne sais pas. Il faut bien qu'ils nous laissent souffler un peu, s'ils veulent qu'on tienne deux mois.

— Et s'ils faisaient vraiment tout pour qu'on démissionne ? s'inquiéta Daniel.

— Smoke et Capstick cherchent juste à nous foutre la trouille, rien de plus. N'oublie pas qu'on est des agents opérationnels, et qu'on porte tous les deux le T-shirt bleu marine. Ils ont besoin de nous.

— De toute façon, je ne regrette pas ce qu'on a fait.

— Moi non plus, pas une seconde, approuva Léon.

— Et tu as sûrement raison. Ils ne vont pas foutre en l'air tout le fric investi dans notre formation.

— Exactement. Alors je suggère qu'on se calme et qu'on profite au maximum de cette trop courte nuit de sommeil.

— Bonne nuit, mec.

— Bonne nuit, Daniel.

À cet instant précis, des bruits de bottes se firent entendre à l'extérieur.

— Merde, le revoilà ! s'étrangla Léon.

Daniel se redressa, se pencha en avant et fit glisser la fermeture Éclair de la tente. À demi aveuglé par le faisceau d'une lampe torche, il distingua l'extrémité d'une lance d'incendie.

— Mauvaise nouvelle, vous avez oublié de prendre votre douche, annonça Capstick avant de lâcher un torrent d'eau sous haute pression.

L'une des barres de soutien se rompit. Les piquets furent instantanément arrachés, puis la tente commença à rouler en arrière. En quelques secondes, les jumeaux pataugèrent dans trente centimètres d'eau boueuse. Léon essaya de ramper vers la sortie, mais le puissant jet le renversa sur le dos.

Capstick orienta la lance d'incendie vers le sol, si bien que la tente tangua pendant quelques secondes comme un radeau sur une vague de boue. Lorsqu'il interrompit enfin le supplice, Daniel et Léon s'extirpèrent de la toile informe en traînant leurs duvets détrempés. Ils n'avaient plus aucun espoir de passer la nuit au sec.

— Et voilà, propres comme des sous neufs ! s'exclama l'instructeur, hilare, avant de débrancher le tuyau de la prise d'incendie.

.:.

À l'autre extrémité du campus, la fête battait son plein autour de la piste d'athlétisme. Six cents anciens de CHERUB côtoyaient les agents et les membres du personnel. Légèrement éméché, James fendit la foule des invités et trouva Ryan Sharma, dix-sept ans, assis au bord du sautoir en longueur. Lorsqu'il le vit approcher, ce dernier, l'air un peu coupable, désigna la bouteille qu'il était en train de siroter.

— On a droit à deux bières, plaida-t-il, convaincu qu'il allait essuyer un reproche.

— C'est bon, détends-toi, sourit James. Je suis contrôleur de mission, pas éducateur. Tu peux continuer à picoler, tant que tu ne me vomis pas sur les chaussures.

— En fait, j'ai déjà constitué un petit stock, juste au cas où, dit Ryan en sortant une seconde bouteille dissimulée dans le gazon humide. Ça te dit?

James prit la bière et s'accroupit à ses côtés.

— Pourquoi tu fais la tronche tout seul dans ton coin? Laisse-moi deviner… Je parie qu'une fille t'a brisé le cœur.

— Non. Je m'inquiète pour mes frères. Ils ont récolté soixante jours d'entraînement intensif, mais pas moyen de savoir pourquoi.

— Je n'en sais pas plus que toi. Tu es certain qu'ils ont pris *soixante* jours?

— Sûr et certain, répondit Ryan. C'est Zara qui me l'a dit.

— La vache. Je n'ai jamais entendu parler d'une punition aussi lourde. Et tu te fais du souci pour eux? Je croyais que vous ne vous entendiez pas très bien.

— On s'engueule souvent, tous les trois, mais ce sont mes frères et je les aime. En plus, Theo a entendu une rumeur affirmant qu'ils auraient violé une fille ou un truc dans le genre. Il est dans tous ses états.

— Impossible, dit James. S'ils avaient commis une agression sexuelle, ils auraient été virés sur-le-champ, sans même purger une punition. Je suis formel.

— C'est ce que j'ai dit à Theo. Mais il n'a que onze ans. Ses potes passent leur temps à faire circuler toutes sortes de ragots, et vu le secret qui entoure toute cette histoire, ils s'en donnent à cœur joie.

— Je t'avoue que tout ça me contrarie beaucoup, moi aussi. J'avais choisi les jumeaux pour une mission dans les Midlands. Je dois rencontrer Zara pour essayer de rattraper le coup et j'en saurai sans doute davantage sur la faute qu'ils ont commise. Je ne pourrai pas te donner de détails, mais je pourrai au moins te dire si vous avez des raisons de vous inquiéter, Theo et toi.

— Nous sommes leur famille la plus proche, maugréa Ryan. J'estime qu'on a le droit de savoir.

Depuis quelques minutes, les invités commençaient à se déplacer vers un podium dressé face au bâtiment principal, à une distance de trois cents mètres.

— Ça va bientôt commencer, dit James en se redressant. Tu viens ?

— Ça marche, répondit Ryan. En tout cas, merci d'être venu me parler. Ça m'a fait beaucoup de bien.

Sur ces mots, il rejoignit ses camarades Ning et Alfie, qui avaient déjà pris place derrière le cordon de sécurité. James, lui, retrouva un groupe d'anciens formé de Kerry, Lauren, Bruce, Gabrielle, Dana, Rat, Bethany, Callum et Connor.

Ewart Asker, le nouveau directeur de CHERUB, monta sur scène, saisit un micro et s'adressa aux convives.

— Votre attention, s'il vous plaît, dit-il d'une voix étrangement traînante. Ce soir, nous allons lancer la dernière étape du réaménagement du campus en disant adieu à son bâtiment le plus emblématique !

La plupart des convives lancèrent des exclamations enthousiastes, mais les plus jeunes, soupçonnant leur directeur d'avoir un peu trop bu, éclatèrent de rire.

— J'aimerais à cette occasion remercier les soldats du génie qui ont travaillé si dur pour préparer cette démolition. Malheureusement, vu que CHERUB n'a pas d'existence officielle, seule une poignée d'entre eux se trouve ici ce soir pour observer le fruit de ce travail.

Les invités applaudirent à tout rompre.

— Comme vous le savez peut-être, le choix de celui qui déclenchera l'explosion a fait l'objet d'un long débat, poursuivit Ewart en désignant le pupitre placé à l'avant de l'estrade. Finalement, j'ai demandé à nos techniciens de concevoir un dispositif comprenant trois boutons qui devront être pressés simultanément pour activer les détonateurs. Nous n'aurons donc non pas un, mais trois démolisseurs en chef ! Et je vais demander au premier d'entre eux de me rejoindre.

Agrippé au bras de Zara Asker, un vieillard au dos voûté gravit péniblement les marches menant à la scène.

— Veuillez applaudir le meilleur d'entre nous... Notre cher Marcel Lecomte, héros de la Résistance française durant la Seconde Guerre mondiale, qui a combattu aux côtés de Charles Henderson en personne[1] avant de se

---

1. Voir la série *Henderson's Boys* pour en savoir plus sur les origines de CHERUB.

joindre au premier contingent d'agents de CHERUB. Il vient de fêter son quatre-vingt-douzième anniversaire, mais il travaille encore deux jours par semaine à l'atelier automobile, ici même, au campus.

Marcel Lecomte serra la main d'Ewart puis s'assit sur une chaise pliante placée à son intention devant la console.

— Mais regardez qui voilà ! s'esclaffa Ewart en invitant une fillette et un petit garçon vêtus du T-shirt rouge à le rejoindre. Nos adorables benjamins Freddie et Sophia n'ont que cinq ans, mais ils ont reçu l'autorisation de se coucher un peu plus tard que d'habitude pour fêter avec nous ce moment historique.

L'air embarrassé, les deux enfants se placèrent de part et d'autre du vétéran. Ewart décrocha un téléphone filaire et s'adressa aux ingénieurs militaires.

— Messieurs, vous avez le feu vert, annonça-t-il avant de s'adresser à la foule en délire. Mes amis, le compte à rebours commence ! Dix, neuf…

— Huit… scanda James en passant une main autour de la taille de Kerry.

— Sept, six… cria Rat en prenant Lauren dans ses bras.

— Cinq… lança Ryan en serrant la main de Ning.

— Quatre, trois… s'exclama Kyle, qui se remémorait le jour où il avait atterri au campus, à l'âge de neuf ans, désorienté et terrorisé.

— Deux, un, zéro ! crièrent les invités alors qu'une batterie de projecteurs illuminait la façade désossée du bâtiment principal.

Marcel Lecomte, Freddie et Sophia poussèrent les boutons du panneau de commande. Pendant un bref instant, l'assistance crut que le système d'allumage avait fait long feu, puis un grondement sourd, semblable au tonnerre, ébranla tout le campus.

Des éclairs crépitèrent à hauteur du rez-de-chaussée, puis, en moins de trois secondes, l'ensemble de l'immeuble sembla s'enfoncer dans ses propres fondations avant de disparaître entièrement.

— Nom d'un chien ! lâcha James, sonné par la déflagration.

Plusieurs dizaines de lances d'incendie entrèrent en action afin d'empêcher la dispersion de l'épais nuage qui s'était formé au-dessus des ruines. Ce n'est que lorsque la dernière poutre s'abattit dans les gravats que les spectateurs laissèrent éclater leur joie, leurs cris se mêlant aux sirènes du campus qui célébraient le succès de l'opération.

7. Repos

QUATRE JOURS PLUS TARD
Placé de trois quarts devant le miroir de la salle de bains, James tira sur les pans de son vieux T-shirt CHERUB blanc puis étudia la discrète brioche qui avait remplacé ses abdominaux autrefois parfaitement sculptés. À l'évidence, un régime s'imposait, et il devait à tout prix se remettre au sport avant que la situation n'échappe à tout contrôle.

En tant que nouveau cadre de l'organisation, son appartement de fonction, situé au premier étage, n'offrait pas de vue spectaculaire sur le campus. Petit mais moderne, il disposait d'une chambre, d'un dressing et d'un salon jouxtant une cuisine américaine. James avait décoré les murs de photos encadrées, dont un portrait de sa mère et des clichés en noir et blanc d'anciennes stars d'Arsenal.

Après avoir glissé une capsule dans sa machine à expresso, il s'assit au bar et souleva l'écran de son ordinateur portable. Alors qu'il s'apprêtait à lire le premier

55

des quinze messages qui avaient atterri dans sa boîte mail, son téléphone se mit à vibrer, et le nom *John Jones* apparut à l'écran.

— Salut patron, dit James, qui avait l'impression de passer le plus clair de son temps à s'entretenir avec son supérieur.

— Salut. Pourquoi n'es-tu pas encore au bureau ?

— Parce que j'ai terminé à vingt-deux heures hier soir, et qu'il faut bien que je dorme un peu de temps en temps.

— Je comprends. Je ne te fais pas de reproche. J'apprécie le mal que tu t'es donné ces deux derniers mois. Je le signalerai devant la commission d'avancement, en février prochain.

— Merci, c'est super sympa, sourit James, enchanté par la perspective d'une augmentation de salaire.

— Je t'appelle pour te faire part d'une bonne nouvelle. Ça n'a pas été facile, mais l'opération de Birmingham a finalement été validée.

— Sans blague ? Je pars en mission ?

À l'idée d'échapper durant plusieurs semaines à la bureaucratie du campus, James était fou de joie.

— Affirmatif. Je t'envoie l'e-mail comprenant tous les détails de l'accord.

Dès que James eut étudié le document figurant en pièce jointe du message, il enfila une vieille paire de rangers, rangea son téléphone portable et ses clés dans la poche de son jean puis quitta précipitamment son appartement pour se rendre au réfectoire du Village.

Là, il prit des briques de jus d'orange, des sandwichs et des carrot cakes qu'il glissa dans un sac en plastique puis il emprunta une voiturette de golf électrique pour se rendre à l'autre bout du campus.

Une grande portion du domaine étant interdite d'accès en raison des opérations de déblaiement menées par les troupes du génie, il dut effectuer un large détour et abandonner son véhicule aux abords d'une zone boisée. Il parcourut les cinq cents derniers mètres à pied, le long d'un sentier forestier fréquemment sillonné par les agents lors des courses d'entraînement.

Enfin, il posa le pouce sur un lecteur d'empreintes digitales qui équipait le portail du camp d'entraînement et trouva Léon et Daniel Sharma au garde-à-vous devant la structure de béton qui abritait le dortoir. Leurs uniformes étaient incrustés de boue. Une caméra contrôlée à distance depuis la salle de contrôle des instructeurs était posée face à eux.

— Repos, les garçons, dit James, frappé par les yeux rougis et l'état de saleté des jumeaux.

Ces derniers demeurèrent immobiles et muets. Ils ne détournèrent même pas le regard de l'objectif de la caméra.

— Capstick vous a-t-il expliqué pourquoi vous poireautez ici ?

— Non, répondit Léon. On se contente d'obéir aux ordres.

James brandit son sac en plastique.

— Je parie que vous avez un petit creux. Je me trompe ?

Les yeux des jumeaux étincelèrent, mais ils ne bougèrent pas d'un millimètre. Les innombrables tours que leur avaient joués les instructeurs leur avaient appris à se méfier de tout et de tous. James lança le sac à leurs pieds. N'y tenant plus, Daniel et Léon se partagèrent deux sandwichs qu'ils engloutirent en quelques bouchées sans se préoccuper de leurs mains incrustées de crasse.

— Merci, dit Léon en plantant une paille dans une brique de jus d'orange. Je n'avais jamais rien mangé d'aussi délicieux.

— Quelque chose me dit que vous aimeriez bien vous tirer d'ici.

Les jumeaux hochèrent la tête avec une parfaite simultanéité.

— Oui monsieur.

— Appelez-moi James. Eh bien, vous avez de la chance. Je vous avais sélectionnés pour participer à une mission quand vous avez décidé de vous lancer dans la chasse au pédophile. J'ai eu les pires difficultés à rattraper le coup, mais Zara Asker a fini par céder. Si vous acceptez la mission que je vous propose…

— C'est bon, on est partants, interrompit Daniel.

— Mais je ne vous ai pas encore expliqué en quoi ça consistait, sourit James.

— Rien ne peut être pire que ce que Capstick nous fait subir, gémit Léon. Alors peu importe qu'il s'agisse de terroristes ou de narcotrafiquants, on accepte.

— Soit, dit James. Mais j'ai une mauvaise nouvelle : votre punition n'est pas levée mais suspendue. Tout ce que j'ai pu obtenir de Zara Asker, c'est qu'elle soit réduite d'un jour pour deux jours passés en mission.

— Et combien de temps l'opération va-t-elle durer ?

— Deux semaines, répondit James. Trois, grand maximum.

— Aucune chance qu'elle se prolonge ? demanda Léon. Disons… si la situation part en sucette ?

— En fait, ce qu'il nous faudrait, c'est une mission de cent quatre jours, ajouta Daniel en mordant dans sa part de carrot cake. Ça effacerait le reste de notre punition.

— Je ne peux pas vous empêcher de rêver, s'esclaffa James. Quoi qu'il en soit, j'ai besoin de vous dans mon bureau à midi. Alors filez dans vos chambres et tâchez de retrouver figure humaine. Rompez !

...

James débaula dans le bureau en brandissant une pochette en plastique rouge.

— Désolé pour le retard, dit-il, mais j'avais une tonne de trucs administratifs à régler. De vous à moi, vous n'êtes pas les seuls à vouloir vous tirer du campus.

Les cheveux encore humides, Léon et Daniel avaient revêtu des uniformes propres et repassés.

— Asseyez-vous, dit James en désignant les deux chaises placées devant son bureau. Oh, la vache, qu'est-ce que ça sent fort ! Vous avez eu la main lourde sur le déodorant. On se croirait dans un bordel thaïlandais.

— Ah bon ? gloussa Léon. Vous avez beaucoup fréquenté ce genre d'endroits ?

— Si vous voulez retourner au camp d'entraînement, vous n'avez qu'à continuer sur ce ton, dit James en haussant un sourcil malicieux.

Il sortit de la pochette deux tablettes Android qu'il remit à ses agents.

— Vous y trouverez votre ordre de mission et divers documents additionnels. Pour accéder au contenu, vous devez composer votre numéro d'agent et appliquer votre pouce sur le trackpad. Dès que vous aurez accepté, les données seront transférées sur votre cloud personnel et seront alors consultables via l'interface sécurisée de vos téléphones.

— Que sont devenus les ordres de mission papier ? demanda Léon.

— Trop de risques de fuite, expliqua James. L'intérêt des dossiers dématérialisés, c'est qu'ils peuvent être effacés à distance si les terminaux sont perdus ou volés.

Sur ces mots, il recula son fauteuil, se frappa les cuisses puis se leva.

— Bien ! Je dois remplacer le contrôleur de permanence de la cellule d'urgence pendant sa pause-déjeuner. Je serai de retour dans vingt minutes. Profitez-en pour lire attentivement le brief. Je répondrai à vos questions à mon retour.

8. Criminel

** CONFIDENTIEL**
ORDRE DE MISSION DE LÉON
ET DANIEL SHARMA
NE PAS IMPRIMER – NE PAS COPIER –
NE PAS PRENDRE DE NOTES

OBJECTIF DE LA MISSION

L'opération se fixe un double objectif : elle consistera à étudier le profil d'une recrue potentielle tout en rassemblant des informations sur de possibles activités à visées terroristes dans le quartier de Sandy Green, à Birmingham.

SANDY GREEN

Situé à 2 km du centre de Birmingham, le quartier de Sandy Green constitue l'une des zones les plus défavorisées du Royaume-Uni. Plus de la moitié des mineurs y vivent sous le seuil de pauvreté, et le taux de chômage s'élève à plus de 50 % de la population active ; 70 % des habitants sont d'origine immigrée, et les musulmans forment la communauté la plus importante.

Si l'immense majorité de ces derniers n'a ni sympathie ni connexion avec des groupes islamiques radicaux, les services de renseignement estiment que le taux de chômage et l'extrême pauvreté de Sandy Green favorisent le recrutement de jeunes désœuvrés par des organisations extrémistes comme l'État islamique et Al-Qaïda.

CIBLE DE LA MISSION – OLIVER LAKSHMI

Né en 2004, Oliver Lakshmi vient de fêter ses douze ans. Son père, un citoyen indien dont l'identité n'a pu être formellement établie, serait retourné vivre en Inde peu après sa naissance. Sa mère a été tuée par arme blanche lors d'un règlement de comptes lié au trafic de drogue. Depuis sa disparition, Oliver a été placé dans divers foyers et familles d'accueil.

Son quotient intellectuel est évalué à 150, un résultat que ne partage qu'1 % de la population. En dépit de cette vivacité d'esprit, Oliver est en échec scolaire et sèche régulièrement les cours. Il s'est rendu coupable de nombreux actes violents, dont les agressions à l'arme blanche d'un résident de son foyer et de son professeur d'arts plastiques.

Impliqué dans de nombreuses bagarres, il a été exclu de deux collèges durant son année de sixième. Il est aujourd'hui scolarisé dans un établissement adapté aux élèves jugés violents et perturbateurs.

Oliver éprouve des difficultés à se lier avec les jeunes de son âge. Il recherche la compagnie d'individus plus âgés *qu'il essaie d'impressionner en se livrant à diverses activités criminelles.*

L'INCENDIE

En avril 2016, Oliver et deux garçons plus âgés ont tenté de cambrioler un appartement du quartier de Longsight à Birmingham. Rentrant de son travail au moment des faits, l'occupant a mis les coupables en fuite après avoir sévèrement battu l'un d'eux.

Deux nuits plus tard, Oliver et ses complices sont retournés sur les lieux, ont versé de l'essence sous la porte et mis le feu à l'appartement. Le locataire était absent, mais son épouse a souffert de graves brûlures, et le chien du couple a péri dans l'incendie. Au cours du sinistre et de l'intervention des pompiers, l'immeuble et quatre habitations voisines ont subi des dommages estimés à 350 000 livres sterling.

Arrêté et redoutant de devoir purger une longue peine d'emprisonnement en compagnie de condamnés plus âgés, Oliver a proposé aux enquêteurs de leur livrer des informations concernant un supposé groupe islamique radical de Sandy Green en échange de l'abandon des poursuites liées à l'incendie volontaire.

Les forces de police locales, qui avaient fréquemment interpellé Oliver pour absentéisme scolaire et vol à la tire, connaissaient bien sa propension au mensonge et à la manipulation. Elles se sont contentées de transmettre sa déposition au MI5, assortie d'une sévère mise en garde quant à sa personnalité. En toute logique, ses déclarations, jugées parfaitement fantaisistes, n'ont pas été prises au sérieux.

Déféré devant le tribunal, Oliver a été condamné à quatre années de détention pour sa participation à l'incendie criminel de Longsight. Trop jeune pour purger sa peine dans une institution pénitentiaire, il a fait l'objet d'une évaluation psychiatrique et a été placé dans un centre éducatif semi-fermé lui permettant de poursuivre une scolarité normale tout en restant soumis à une surveillance disciplinaire et à un strict couvre-feu.

Son comportement s'étant sensiblement amélioré dès les premiers mois de sa peine, les mesures de confinement dont il faisait l'objet ont été suspendues.

L'ARRESTATION

En juillet 2016, à la suite d'une enquête menée à Sandy Green par une équipe du MI5, deux frères de quinze et dix-sept ans ont été arrêtés pour avoir commis plusieurs braquages de stations-service. Lors de la perquisition de leur appartement, les policiers ont saisi une importante somme en liquide. Interrogés à ce sujet, les suspects ont affirmé avoir mis cet argent de côté afin de se rendre en Afrique du Nord pour y suivre un entraînement militaire dispensé par un groupe proche de l'État islamique. À l'heure actuelle, ils sont incarcérés en attente de leur procès pour vol à main armée.

Au cours de l'instruction, l'un des enquêteurs s'est souvenu avoir interpellé le plus jeune d'entre eux l'été précédent en compagnie d'Oliver Lakshmi. Cet événement pourrait laisser penser qu'il existe bel et bien un lien entre ce dernier et des groupes islamiques radicaux.

DÉROULEMENT DE LA MISSION

Daniel et Léon Sharma seront admis au foyer privé Nurtrust Care Résidence (NCR) dans le quartier de Sandy Green, sous le commandement de James Adams, contrôleur de mission. Leur rôle consistera à se lier à Oliver Lakshmi afin de mettre à jour d'éventuels contacts avec des groupes radicaux tout en étudiant son comportement au regard d'un éventuel recrutement par CHERUB.

NOTE : LE 2 SEPTEMBRE 2016, CET ORDRE DE MISSION A ÉTÉ APPROUVÉ À L'UNANIMITÉ PAR LE COMITÉ D'ÉTHIQUE DE CHERUB, À LA CONDITION QUE LES AGENTS PRENNENT CONNAISSANCE DE L'AVERTISSEMENT CI-DESSOUS.

Cette mission est classée RISQUE MOYEN. Il est rappelé à l'agent qu'il a le droit de refuser d'y prendre part et de l'interrompre à tout moment de son déroulement.

9. Confinement

Il n'était pas question pour James de partir en mission sans sa moto. Bravant l'interdiction faite aux agents de moins de dix-sept ans de conduire sauf en cas d'extrême urgence, il autorisa Léon et Daniel à rejoindre Sandy Green à bord d'une Focus ST aux vitres fumées.

L'équipe chargée de la logistique avait loué un studio situé au-dessus d'un supermarché Morrisons. James avait pris une telle avance en roulant à tombeau ouvert sur l'autoroute qu'il eut le temps de défaire ses bagages avant l'arrivée de ses agents.

— Ce crétin est infoutu de faire un créneau ! s'exclama Léon lorsqu'ils se présentèrent enfin sur le palier.

— Vous avez laissé la voiture à l'endroit que je vous ai indiqué ? demanda James en leur faisant signe de déposer leurs sacs dans l'entrée.

— Sur le parking derrière l'immeuble, comme prévu. Mais ce crétin a essayé de se garer en marche arrière, et ça a été le fiasco total !

— Je ne m'en suis pas si mal tiré, protesta mollement Daniel.

— Vous vous êtes fait remarquer ? s'inquiéta James.

— Non, à part un type en camionnette qui a klaxonné quand ce débile a failli l'emboutir, ricana Léon.

— Je vous rappelle qu'il est très important que vous restiez discrets. Le foyer Nurtrust se trouve à quelques centaines de mètres, et personne ne doit savoir que vous me rendez visite. C'est bien compris ?

— Compris, patron ! répondirent en chœur les jumeaux.

Ils partagèrent une collation composée de thé et de biscuits au chocolat avant de récupérer leurs bagages et de se rendre à pied au foyer privé où vivait Oliver Lakshmi, un immeuble grisâtre coincé entre une boutique de bookmaker et une annexe des services municipaux. Après s'être présentés devant un interphone équipé d'une caméra, ils franchirent une porte métallique et s'engagèrent dans un couloir aux murs constellés de graffitis qui empestait le désinfectant industriel.

Ils empruntèrent l'escalier menant au premier étage et furent accueillis par un homme à la tête ceinte du turban sikh traditionnel.

— Léon et Daniel, dit-il en leur serrant la main. Je m'appelle Gurbir et je vous souhaite la bienvenue au centre Nurtrust de Sandy Green. Si vous voulez bien me suivre jusqu'au bureau...

Tandis que les jumeaux remplissaient des formulaires et prenaient connaissance du règlement intérieur, une fille d'une douzaine d'années pleurait à chaudes larmes, assise sur chaise dans la salle d'attente voisine. À ses pieds se trouvait un sac à dos qui contenait tout ce qu'elle avait au monde.

Gurbir leur fit faire le tour du propriétaire. Aménagé dans un ancien magasin d'ameublement, le centre disposait d'une cuisine d'où s'échappait une écœurante odeur de légumes bouillis et d'une pièce pompeusement baptisée *espace détente* disposant d'un billard, d'un distributeur de snacks, d'une télé et d'antiques fauteuils inclinables.

— Et ça, qu'est-ce que c'est? demanda Daniel en désignant une porte garnie de barreaux.

— Le quartier de confinement, répondit Gurbir. Même si vous trouvez la porte ouverte, vous n'avez pas le droit de la franchir. C'est là que se trouvent les chambres des résidents qui ont eu des problèmes avec la justice, et dont la peine prévoit une mesure de restriction. Il y a neuf chambres, mais seules cinq sont actuellement occupées.

— Qu'est-ce qu'ils ont fait pour se retrouver là? s'étonna Léon.

— Ça ne vous regarde pas. Mais rassurez-vous, il ne s'agit pas de tueurs en série. En ce moment, ils sont en cours pour la plupart.

— Alors ils peuvent aller et venir?

— Bien sûr. Nous nous assurons juste qu'ils ne font pas le mur durant la nuit. Vous êtes dans un foyer, pas dans une prison. Ah, voilà vos chambres. Léon, nous t'avons attribué la douze. Daniel, tu es dans la quinze, de l'autre côté du couloir. Les douches collectives sont fermées. Il faut demander la clé au bureau et la restituer quand vous avez terminé. Des questions ?

Les jumeaux secouèrent la tête puis se retirèrent dans leurs chambres respectives.

Daniel découvrit une pièce étroite meublée d'un lit, d'un petit bureau et d'une armoire métallique. Les murs avaient été repeints récemment, mais il flottait dans l'air une légère odeur d'oignon, sans doute un souvenir olfactif du précédent occupant. Daniel tourna la poignée de la fenêtre mais le système de blocage ne permettait pas de l'entrebâiller de plus de quatre centimètres.

Léon passa la tête dans l'encadrement de la porte.

— C'est minus, dit-il en plissant le nez. Et ça pue la sueur.

— Merci, j'avais remarqué, grogna Daniel.

Dans la chambre neuf, une éducatrice tentait de rassurer la fille que les jumeaux avaient entendue pleurer quelques minutes plus tôt.

— Abigail, tu ne resteras ici qu'une nuit ou deux, jusqu'à ce qu'on te trouve une famille d'accueil. Je serai dans le bureau jusqu'à dix-neuf heures si tu as besoin de quoi que ce soit, et je te présenterai aux membres de l'équipe de nuit avant de partir.

Tandis que les jumeaux déballaient leurs affaires, des éclats de voix se firent entendre dans le couloir.

Bientôt, tout l'établissement grouilla de résidents en uniforme scolaire de retour du collège et du lycée.

Daniel était en train de chercher une prise électrique pour charger son téléphone lorsqu'il vit Oliver passer devant la porte de sa chambre et entrer dans la chambre treize, voisine de celle de Léon. Il en ressortit une minute plus tard vêtu d'un bas de survêtement et d'un maillot de l'équipe d'Aston Villa.

— Salut voisin, dit Léon en lui emboîtant le pas.

— Salut, répondit Oliver sans même tourner la tête.

Les jumeaux avaient étudié les photos de leur cible jointes à leur ordre de mission, mais sa silhouette ne collait pas à son visage enfantin. De taille moyenne, il avait le cou épais, les épaules larges, les bras étonnamment musclés et les jambes gainées dans un pantalon Nike.

— Moi c'est Léon. Et toi ?

— Oli.

— Tu sais où je pourrais trouver une serviette et du savon ?

Oliver ralentit le pas pour jauger son interlocuteur.

— Demande au bureau de permanence.

— OK, merci mec.

Au bout du couloir, Oliver entra dans la salle télé, se dirigea vers un garçon maigrelet qui, assis sur un coussin, manipulait la manette d'une Xbox première génération.

— Tu as mon fric, Wes la belette ? gronda-t-il.

— Je ne te dois pas d'argent.

— Ah ouais, tu crois ça ? ricana Oliver en cognant ses poings l'un contre l'autre. Allez, file-moi un billet de cinq.

Wes posa la manette de la Xbox et leva les bras en l'air.

— Je n'ai pas d'argent.

Sans crier gare, Oliver se précipita vers Wes, le renversa d'un coup d'épaule et lui porta trois puissants coups de poing à l'abdomen.

— Dégage, connard, avant que je ne t'en colle une, gronda-t-il.

Le garçon se redressa péniblement puis se traîna hors de la pièce.

— Ben quoi, t'as un problème ? lança Oliver à l'adresse de Léon qui, adossé à un mur, le considérait d'un œil perplexe.

— Tu as l'air d'avoir une dent contre lui, sourit ce dernier.

— Wes la belette, ricana Oliver en ramassant la manette. J'aime bien lui coller des trempes. De toute façon, on ne peut pas jouer sur cette console. Tous les disques sont rayés et les jeux n'arrêtent pas de bugger.

— Eh bien, figure-toi que j'ai une PS4 dans ma valise, annonça Léon. Cool, non ?

— Ouais, moi aussi j'avais une PS4. Et une Xbox One. Mais j'ai dû les revendre pour m'acheter des fringues.

— Oh, pas de bol. Ça te dirait que je branche ma console ? En plus, j'ai plein de jeux.

— Mouais, je les ai sans doute déjà tous essayés, dit Oliver en haussant les épaules. Mais vas-y, fais péter. De toute façon, je n'ai rien de mieux à faire.

À cet instant, Daniel débaula dans la salle.

— Je me suis fait un pote, lui dit Léon. Je vais chercher la PS4.

— C'est ton frère ? demanda Oliver. Qu'est-ce que vous vous ressemblez ! Vous êtes jumeaux ?

— *Faux* jumeaux, rectifia Daniel. C'est moi qui ai hérité de tous les neurones.

10. Mytho

Des heures durant, Oli, les jumeaux et un garçon un peu plus âgé prénommé Wilfred jouèrent à *Call of Duty* et à *FIFA16*. Rhea, une résidente d'une quinzaine d'années beaucoup trop maquillée, assista aux parties assises près de Léon et flirta ouvertement avec lui.

— Wow, elle est chaude comme la braise, dit ce dernier quand elle quitta la pièce pour regagner sa chambre. Je me fais des idées ou elle me drague ?

Daniel était contrarié. Il était convaincu qu'il aurait eu toutes ses chances avec Rhea si seulement il s'était installé un peu plus près de la porte. Elle s'était littéralement jetée sur le premier venu.

— Vous connaissez le numéro de sa chambre ? demanda Léon.

— C4, grogna Oli en voyant le ballon rebondir sur la barre transversale du but adverse.

— Comment ça, *C* ?

— C comme *confinement*. Ou comme *cinglée*, si tu préfères.

— Elle a des problèmes avec la justice ?

— Plutôt, ouais. Elle servait d'appât à ses frères. Elle attirait des types pour qu'ils les tabassent et leur fassent les poches. Un jour, ils y ont été un peu fort, et ils ont fracassé le crâne d'un de leurs pigeons. Maintenant, ils sont en taule, et elle ici.

— Oh, sourit Daniel en se tournant vers son frère. On dirait que tu as touché le gros lot.

Léon haussa les épaules.

— Vu comment elle est roulée, je peux fermer les yeux sur ce genre de détails.

— Et merde ! hurla Oli, dont le corner venait de se perdre au-delà de la ligne de touche. Ce jeu est complètement buggé !

Il tendit la manette à Léon.

— Ça me soûle. Tu veux continuer ?

— Ouais, passe.

— J'en étais où déjà ? dit Oli, reprenant une anecdote interrompue par le départ de Rhea. Ah ouais. Bref, je saute par-dessus le comptoir du McDo, je pique le carnet de bons pour des petits déj gratuits et je me tire en courant. Il y en avait au moins pour deux mois de Big Mac gratuits.

— Tu as dit que c'étaient des coupons de petits déjeuners, fit observer Léon.

— En fait, il y avait un peu de tout. Des sandwichs, des McMuffin, des boissons…

— Cool, dit Daniel.

Comme le suggérait le rapport de mission, Oli semblait avoir une certaine tendance à enjoliver ses histoires, voire à les inventer de toutes pièces.

— Notre grand frère et son meilleur copain ont braqué un Burger King, un jour, mentit Léon, de façon à tester sa cible. Ils se sont fait plus de huit cents livres. Les flics leur ont couru après, mais ils ont réussi à les semer.

— Moi, je ne compte même plus le nombre de fois où je me suis fait courser par les poulets, dit Oliver. Une fois, avec un pote, on a piqué un iPad chez Selfridges et on l'a revendu pour quatre cents livres.

— Génial, sourit Daniel. J'aimerais bien savoir comment vous vous y êtes pris.

— C'est clair, ajouta Léon. Ça te dirait qu'on remette ça tous les trois, un de ces jours ?

Oli sembla soudain beaucoup moins à l'aise.

— Faut voir, dit-il. Le problème, c'est que les mecs de la sécurité me connaissent, maintenant. Ils ont même un dossier me concernant.

— Un dossier, carrément, gloussa Daniel.

— Mais ça serait sympa de traîner avec vous, poursuivit Oli.

— Quand tu veux, l'encouragea Léon. Tu as l'air super cool.

Tout sourire, Oli tourna la tête vers le couloir. Abigail venait de quitter le bureau de permanence, vêtements propres et serviette sous le bras.

— J'ai entendu Gurbir dire que sa mère avait eu un grave accident de voiture, dit Daniel. On ne sait pas encore si elle va s'en sortir.

Oli fit la moue.

— Et alors ? maugréa Oli. Ma mère est morte quand j'avais trois ans. Je ne supporte pas les gens qui s'apitoient sur leur sort.

Daniel et Léon pensèrent à leur mère, à sa bataille perdue contre le cancer. Au fond du couloir, Abigail ouvrit la porte de la salle de douche.

— Et si on allait jeter un coup d'œil à sa chambre ? suggéra Oli avec un sourire malveillant.

— Bof, répondit Léon. Et si on changeait de jeu ?

Mais Oli s'était déjà précipité dans le couloir. Trouvant la chambre d'Abigail fermée à clé, il étouffa un juron, revint sur ses pas puis invita d'un geste les jumeaux à le rejoindre.

— Si on lui remettait les idées en place, à cette petite conne ? lança-t-il.

En des circonstances ordinaires, Daniel et Léon l'auraient fermement dissuadé de s'en prendre à une victime innocente, mais leur mission consistant à évaluer la personnalité de leur cible, ils décidèrent de ne pas intervenir.

Oli se dirigea vers la salle de douche.

— Je vais lui donner une bonne raison de chialer, sourit Oli.

Il sortit de sa poche une pièce de vingt pence et en glissa la tranche dans la fente du verrou permettant l'ouverture en cas d'urgence. Il la fit pivoter, adressa aux jumeaux un regard espiègle puis poussa la porte.

Il se précipita vers la cabine où se trouvait Abigail, tira le rideau de douche et la poussa violemment. Alors qu'elle s'affalait sur le carrelage, il s'empara de la serviette et des vêtements posés sur l'étagère puis les jeta dans le bac. Son forfait accompli, il éteignit la lumière, regagna le couloir et referma le verrou à l'aide de la pièce, abandonnant sa victime éplorée dans l'obscurité.

— Si tu me balances, je te fume, gronda Oli en donnant un coup de pied dans la porte.

Puis, le visage éclairé par un sourire stupide, il se tourna vers les jumeaux.

— Alors, je ne vous avais pas dit qu'on allait bien se marrer ?

...

Trois heures plus tard, alors que le couloir était plongé dans la pénombre, Daniel quitta sa chambre et se dirigea sur la pointe des pieds vers celle de son frère. Les sanglots d'Abigail se mêlaient au vacarme produit par les haut-parleurs d'un résident qui écoutait de la musique au mépris du règlement intérieur.

Il frappa trois coups brefs à la porte puis l'entrebâilla.

— Tu dors ? demanda-t-il.

Le dos calé contre un oreiller, Léon pianotait sur son ordinateur portable.

— Je suis occupé, dit-il.

— Qu'est-ce que tu fous ?

— Je discute avec Rhea sur WhatsApp.

— Je suis content pour toi, mentit Daniel. Mais à ta place, je me méfierais. Vu ses antécédents, elle pourrait t'assommer pour te piquer ton portefeuille. Pourquoi tu ne lui proposes pas de te rejoindre ?

— Elle est bouclée pour la nuit.

— Ah. Je peux m'asseoir ?

Léon hocha la tête puis replia ses jambes pour ménager un peu de place.

— Alors, qu'est-ce que tu penses d'Oli ? demanda Daniel en s'installant au bout du lit.

— On dirait bien que les flics avaient raison. Il ment comme il respire. Je ne crois pas une seule seconde qu'il ait des connexions avec un quelconque groupe terroriste…

— Parfaitement d'accord. Et je ne le vois pas non plus beaucoup devenir agent.

— C'est clair. CHERUB recrute pas mal de gens bizarres, mais pas encore de psychopathes.

— Il s'en est encore pris à Wes, ce soir, pendant qu'il se brossait les dents.

— C'est un malade, dit Léon. J'ai comme l'impression que je vais lui péter le nez *accidentellement* avant la fin de la mission.

Daniel éclata de rire.

— OK. Tu lui pètes le nez, et je lui casse les pouces. Franchement, je n'ai jamais entendu personne mentir autant. Le pire, c'est quand il a prétendu avoir gagné un voyage au Taj Mahal à un concours de poésie.

— Il ne sait même pas dans quel pays ça se trouve, sourit Léon. Ce type, c'est Captain Mytho.

— Mais tout ça n'arrange pas vraiment nos affaires, pas vrai ?

— Ouais. Si on raconte tout ça à James, on sera de retour au campus lundi, et on reprendra l'entraînement intensif.

— Alors qu'est-ce qu'on fait ? On lui fait croire que tout va bien ?

— Non, on a déjà assez de problèmes comme ça, répondit Léon avec un petit air de conspirateur. On va lui dire la vérité, mais pas en une seule fois.

— Je vois, s'esclaffa Daniel. On va tâcher de faire durer le plaisir pendant *au moins* deux semaines.

11. Jackpot

Au matin de son troisième jour à Nurtrust, Daniel, au sortir de la douche, se présenta au réfectoire vêtu de l'uniforme de l'institut catholique de St Andrews. Il s'assit à côté d'Oli, qui dévorait une tartine de Nutella.

— Si tu vois Mr Cunningham, le prof d'histoire, dis-lui d'aller se faire foutre de ma part, demanda ce dernier en étudiant sa tenue.

— Tu n'as pas vu mon frère ? demanda Daniel en se servant un bol de corn-flakes.

— Je l'ai vu avec Rhea tout à l'heure. Ils ont dû se trouver un endroit tranquille.

Léon avait passé la soirée précédente dans la salle télé à bécoter sa nouvelle petite amie. Daniel était secrètement mort de jalousie.

— Alors, toujours partant pour cet après-midi, après les cours ? demanda-t-il.

— Bien sûr, dit Oli. Je suis censé jouer au foot, mais les mecs de l'équipe commencent à me soûler.

— Je croyais que tu adorais le foot, fit observer Daniel.

— C'est vrai. J'étais le meilleur buteur de mon collège, l'année dernière.

À la table voisine, une fille de treize ans prénommée Mel s'étrangla et dispersa un nuage de miettes à plus de deux mètres.

— Meilleur buteur ? s'esclaffa-t-elle. Arrête de te foutre de notre gueule. Tu n'es pas foutu de courir dix mètres sans cracher tes poumons !

Oli se raidit.

— Qu'est-ce que t'en sais, toi ? On n'a jamais été dans le même bahut.

— Arrête ton char, gros lard, gloussa Mel. Donne-moi un ballon, qu'on rigole un peu. Cent livres que tu n'arriveras pas à me le piquer.

— Occupe-toi de tes fesses. On ne t'a rien demandé.

Mel se tourna vers Daniel puis pointa un ongle manu-curé en direction d'Oli.

— Si je peux me permettre de te donner un conseil, ne crois pas un mot de ce que te dit cet abruti.

— Tu sais comment on peut savoir qu'il ment ? inter-vint Wes la belette, qui prenait son petit déjeuner à l'autre bout de la pièce. Facile ! C'est quand on voit ses lèvres bouger !

Oli repoussa violemment sa chaise en arrière, se dressa d'un bond et hurla :

— Ferme-la ou je te massacre !

Sa voix n'ayant pas encore mué, les sons qui sortaient de sa gorge étaient horriblement perçants. Conscient que la situation était sur le point de dégénérer, l'un des membres de l'équipe de restauration vint se placer pile entre les deux garçons.

— Je vous ordonne de vous calmer, dit-il sur un ton menaçant.

Abandonnant la moitié de sa tartine, Oli attrapa son sac de classe et quitta prestement le réfectoire.

— Allez vous faire foutre, bande de losers, lança-t-il en adressant un doigt d'honneur général.

Daniel lui emboîta le pas jusqu'à la rue. Trouvant un billet de cinq livres au fond de sa poche, il envisagea de s'offrir un second petit déjeuner au fast-food du coin quand il vit Léon et Rhea étroitement enlacés contre le rideau de fer du bookmaker.

— Trouvez-vous une chambre, sales obsédés ! cria Oli.

Rhea consulta l'heure sur son téléphone puis déposa un baiser furtif sur les lèvres de Léon.

— Il faut que j'y aille, mon cœur, roucoula-t-elle avant de se diriger vers l'abribus.

Tout sourire, Léon ramassa son sac.

— Putain, j'adore cette mission, chuchota-t-il à l'adresse de son frère. Cette fille est tellement sexy !

Daniel tâcha d'adopter une expression impénétrable, mais les jumeaux se connaissaient trop bien pour cacher ce qu'ils éprouvaient.

— T'en fais pas, dit Léon en sortant son téléphone de sa poche. J'ai discuté avec Rhea, et elle va te présenter l'une de ses copines. Je connais tes préférences, et elle est juste *parfaite* pour toi.

À ces mots, Daniel sembla reprendre vie.

— Sérieux ?

— Je ne plaisante pas. Tiens, j'ai une photo.

Lorsque Daniel regarda l'écran du portable de son frère, il découvrit le cliché anthropométrique d'une toxicomane aux yeux gonflés et aux dents noircies par la consommation de cristaux de méthamphétamine.

— Oh, c'est à hurler de rire, grogna Daniel. Tu as juste eu du bol, tu sais. Si j'avais été assis plus près de la porte, quand elle est entrée dans la salle télé…

— Bla, bla, bla, se moqua Léon en essuyant une trace de rouge à lèvres sur sa joue. Blague à part, on en est où avec Captain Mytho ? Il est toujours prêt pour cet après-midi ?

...

— Il est en retard, pesta Daniel.

— Je parie qu'il ne viendra pas, dit Léon. C'est un trouillard.

Daniel et Léon patientaient assis sur un muret devant un garage automobile abandonné. Ils avaient relevé leur capuche pour se protéger de la pluie fine qui tombait sur Birmingham.

À l'instant où Daniel s'apprêtait à adresser un SMS à James pour l'informer qu'Oli ne s'était pas présenté à leur rendez-vous, ce dernier apparut au coin de la rue.

— Salut les mecs, lança-t-il en piochant dans un sachet grand format de chips oignon fromage. Désolé de vous avoir fait attendre, mais Gurbir m'avait à l'œil et j'ai dû attendre une plombe avant de pouvoir me tirer par la porte de service.

— Pas de problème, sourit Léon, on n'est pas pressés. Alors voilà le topo : mon cousin voudrait qu'on vide une cave en vitesse et qu'on foute tout dans un camion. Pour ça, il nous filera trente livres à chacun. Ça ne prendra que trois ou quatre heures. Tu es partant ?

— Ça me va, répondit Oli. Il vous donne souvent du boulot ?

— Ouais, régulièrement. Et parfois, il nous refile un peu d'herbe gratos.

— Cool, j'aime bien fumer un pétard de temps en temps. À Noël, je m'en suis roulé un énorme, d'au moins vingt-cinq centimètres.

— Oh, super, dit Daniel, en essayant de ne pas éclater de rire à ces propos invraisemblables dans la bouche d'un garçon de douze ans. Bon, on y va ? C'est à moins de dix minutes.

Quelques centaines de mètres plus loin, alors qu'ils foulaient un trottoir jonché de feuilles mortes, une femme d'environ soixante-dix ans sortit d'une maison étroite et remonta la rue dans leur direction. Lorsqu'elle se trouva à leur hauteur, un trousseau de clés tomba de sa poche. L'inconnue, qui souffrait sans doute de problèmes d'audition, continua à marcher comme si de rien n'était.

Daniel ramassa les clés puis se tourna pour prévenir leur propriétaire mais Oli plaqua une main sur sa bouche.

— Ferme-la, chuchota-t-il avec un air de comploteur. On va faire un tour dans cette baraque et voir ce qu'on peut piquer. Les vieux entassent des antiquités qui peuvent valoir un paquet de fric. Et ils gardent du liquide chez eux, parfois des fortunes.

— Il a raison, dit Léon à l'adresse de son frère. Ils se méfient des banques.

— Et s'il y a quelqu'un à l'intérieur ? s'inquiéta Daniel.

— Tout ce qu'on risque, c'est de tomber sur son vieux croûton de mari, répondit Oli. À trois, on n'a rien à craindre. Bon, on y va ou vous préférez gagner trente livres en jouant les larbins pour votre cousin ?

— Il a raison, Daniel, dit Léon. File-lui les clés.

Les garçons jetèrent un dernier coup d'œil aux alentours pour s'assurer qu'ils n'étaient pas observés puis se précipitèrent vers l'entrée de la maison. Oli s'y reprit à trois fois avant de trouver la bonne clé.

— Elle a tourné le verrou, dit-il. Ça veut dire qu'il n'y a personne à l'intérieur.

Une légère odeur de renfermé flottait dans le vestibule. Les murs du salon étaient ornés de photos de famille. Sous la télévision à tube cathodique, l'horloge numérique d'un antique magnétoscope clignotait, éternellement figée sur 0 : 00. Dans la cuisine, Léon inspecta le contenu des placards, mais n'y trouva que des biscuits rassis, de la farine et du bouillon en poudre.

— On prend tous ces risques pour rien, s'inquiéta Daniel.

— Quels risques ? ricana Oli. Si les flics m'attrapent, je serai placé un foyer surveillé. Mais je suis *déjà* dans un foyer surveillé. Ils pourraient durcir le couvre-feu ou me coller dans le couloir de confinement, mais qu'est-ce que j'en ai à foutre ?

Sous l'évier, il trouva une boîte en émail qu'il posa sur la table de la cuisine.

— Bingo ! s'exclama-t-il en y découvrant dix billets de dix livres, un de cinq et une dizaine de pièces d'une livre. Je parie que cette vieille conne a d'autres économies à l'étage.

— On partage en trois, dit Léon en suivant Oli dans l'escalier.

Mais Daniel n'était pas aussi enthousiaste.

— Les mecs, sans blague… On est en train de dépouiller une personne âgée. C'est juste dégueulasse.

— Et alors ? dit Oli. Elle s'est déjà préoccupée de nous, elle ?

Dans l'une des deux chambres du premier étage, Oli trouva une boîte à bijoux posée sur la table de nuit. Il fit main basse sur une chevalière et une paire de boucles d'oreilles en diamant. Léon, lui, empocha soixante-dix livres cachées au fond d'un tiroir à sous-vêtements.

Lorsque Oli entra dans la seconde chambre, il eut l'impression que son cœur s'arrêtait de battre. Devant lui trônait un lit médicalisé équipé d'un lève-malade électrique. L'individu qui y dormait était un homme d'une quarantaine d'années aux cheveux grisonnants.

À en juger par le fauteuil roulant motorisé qui se trouvait dans l'angle opposé de la pièce, il était lourdement handicapé.

— Wow, ça pue la mort, ici, chuchota Léon en rejoignant son complice.

— Ouais, mais je crois qu'on a touché le jackpot, sourit Oli en effectuant un rapide inventaire des objets qui se trouvaient dans la chambre.

Au mur, un écran télé dernière génération. Juste en dessous, sur une console, une Xbox et une dizaine de jeux récents. Sur le lit, un ordinateur portable et une tablette Android.

— On ne va quand même pas dépouiller un handicapé ? chuchota Daniel en entrant à son tour.

— Je connais un type qui nous rachètera tout ça à bon prix, dit Oli, en souriant. On peut se faire quatre ou cinq cents billets faciles.

— Il nous faut un sac, fit observer Léon.

— J'ai vu une valise à roulettes sous l'escalier. Daniel, va la chercher.

Mais ce dernier ne semblait pas disposé à obéir.

— Fais-le toi-même. C'est horrible. Vous devriez avoir honte.

— C'est quoi ton problème ?

— Je ne veux pas avoir ça sur la conscience. Faites ce que vous voulez, mais moi, je me tire.

Sur ces mots, il tourna les talons, dévala l'escalier quatre à quatre et quitta précipitamment la maison.

Lorsque Léon regagna la chambre avec la valise, il trouva Oli en train de débrancher les chargeurs de la tablette et du PC, à plat ventre sous le lit du malade.

— Daniel n'arrête pas de me soûler, depuis deux jours, dit-il à voix basse. Il ne l'admettra jamais, mais il est dingue de jalousie parce que je sors avec Rhea.

— Tu devrais être content, dit Oli en se relevant et en frottant ses genoux couverts de poussière. Vu qu'il s'est barré, on va pouvoir faire cinquante-cinquante.

Tandis que Léon ouvrait la valise pour y ranger la Xbox et ses accessoires, Oli se glissa dans l'espace d'une trentaine de centimètres qui séparait le lit du mur afin de s'emparer de l'ordinateur, un Lenovo dernier cri qui, à lui seul, devait valoir davantage que tout le reste. Malheureusement, son propriétaire s'était endormi avec une main sur le clavier.

Avec une extrême délicatesse, Oli souleva le poignet de l'homme et fit glisser l'appareil dans sa direction. Alors qu'il pensait être sur le point de réussir, le malade ouvrit grand les yeux.

— Qu'est-ce que vous foutez ici ? s'exclama-t-il d'une voix étranglée.

Nettement plus mobile que ne le laissait supposer le matériel médical qui l'entourait, il roula sur le côté et porta à Oli un coup de pied qui le cloua contre le mur, puis lui colla un direct à la mâchoire. L'ordinateur glissa du matelas et tomba au sol.

Oli parvint à se dégager, se jeta à plat ventre puis, tirant l'ordinateur par le cordon d'alimentation, parvint à rejoindre l'autre côté du lit.

— Est-ce que ça va ? demanda Léon en l'aidant à se redresser.

— Non, ça ne va pas, gémit Oli. Ce connard m'a filé un coup de poing.

Hors de lui, il s'empara d'une carafe posée sur la table de nuit et la lança de toutes ses forces en direction de l'homme. Par chance, il manqua sa cible, et le récipient heurta le cadre du lit sans se briser.

— Bande de petits salauds ! cria le malade en pressant le bouton du boîtier d'urgence suspendu par une cordelette autour de son cou.

Presque aussitôt, une voix jaillit d'un petit haut-parleur.

— GoldAlert Sécurité. Avez-vous un problème, Mr Brown ?

— Des gamins sont en train de me dépouiller alors que je me trouve dans mon lit ! hurla-t-il tandis que Léon et Oli, ayant bouclé la valise, quittaient la chambre en toute hâte. Appelez la police immédiatement puis contactez ma mère sur son portable !

— Nom de Dieu ! s'étrangla Oli, hilare, en se précipitant vers l'escalier. On ferait mieux de se tailler en vitesse !

12. Rottweiler

Daniel traversa la rue puis parcourut cinquante mètres jusqu'à une camionnette aux vitres sans tain portant le logo d'une agence de location. Il jeta un coup d'œil derrière lui, fit coulisser la portière latérale et retrouva James qui, ordinateur portable sur les genoux, surveillait le flux des caméras miniaturisées disposées dans la maison.

Six fenêtres étaient ouvertes sur son écran. Dans le coin supérieur gauche, le malade, comme miraculeusement guéri, faisait les cent pas dans sa chambre. En bas à droite, Oli, en proie à la panique la plus extrême, franchissait le portail donnant sur la rue, Léon et sa valise dans son sillage.

— Que donne le son ? demanda Daniel.

— Nickel, répondit James. J'ai tout entendu. Et je peux affirmer que ce gamin a moins de sens moral qu'un rat d'égout.

— Et pourtant, j'ai fait comme prévu, en lui donnant plusieurs occasions de renoncer.

— Oui. Tu as été super.

— J'aimerais bien savoir pourquoi il se comporte comme ça. Ça doit être la conséquence d'un traumatisme, ou quelque chose…

— Où est-ce que tu veux en venir ? demanda James.

— Eh bien, il n'a jamais connu ses parents et il a passé toute sa vie en foyer. Alors je me dis que si on lui offrait la chance de vivre dans un environnement plus favorable, sa personnalité pourrait s'améliorer.

— Oh, je vois. Tu te préoccupes sincèrement de son cas. Et tu aimerais bien avoir une semaine de plus pour l'étudier, des fois qu'on ait affaire à un futur Prix Nobel de la paix.

— Ben, on entend toujours dire que CHERUB manque de recrues, alors…

James éclata de dire.

— Mon petit Daniel, je dois t'avouer que la partie cynique de mon cerveau est en train de se demander si tu ne serais pas en train d'essayer de retarder ton retour au campus. Mais pourquoi ferais-tu une chose pareille ? Parce que tu devrais purger cette horrible punition ? Non, je n'arrive pas à le croire.

— Disons que je pense que la personnalité d'Oli mérite une analyse un peu plus poussée…

— Eh bien, ça va peut-être te surprendre, mais je suis d'accord avec toi.

— Vraiment ? s'étonna Daniel.

— C'est la nouvelle politique de notre organisation : passer autant de temps que nécessaire à étudier les recrues potentielles *avant* leur arrivée à CHERUB. Le temps où on les droguait pour les conduire au campus dans le coffre d'une bagnole est révolu. Tout fout le camp, mon pauvre ami...

— C'est vrai que c'était plutôt flippant, de se réveiller à poil dans une chambre inconnue.

— En plus, pour ne rien te cacher, moi non plus je ne suis pas spécialement impatient de retourner au campus. Chaque jour, je dois m'appuyer un mètre cube de paperasse et écouter John Jones me brailler dans les oreilles. Rapports budgétaires, réunions préparatoires, évaluation des risques, séminaires pédagogiques, commission d'éthique, programmes de réintégration postopérationnelle... Au moins, quand je suis en mission, tout ça devient PMP.

— PMP ?

— Plus Mon Problème, expliqua James.

Daniel esquissa un sourire.

— Alors combien de temps va-t-on surveiller Oli ? Deux semaines ?

— Ce serait pousser le bouchon un peu loin, sourit James. Mais je dois impérativement finir de regarder les trois dernières saisons de *Game of Thrones*. Et plus sérieusement, vu que l'Intelligence Service concentre ses efforts sur les activités de l'État islamique, je pense pouvoir justifier quelques investigations supplémentaires, même si je suis persuadé qu'Oli a inventé toute cette histoire de terroristes pour se faire mousser auprès des flics.

— J'adore *Game of Thrones*, dit Daniel. Ces cons d'éducateurs de Nurtrust m'ont forcé à retirer une photo d'Emilia Clarke à poil de mon casier.

— Emilia Clarke ? C'est laquelle, déjà ?

— Daenerys, la mère des dragons.

— Oh, excellent choix. C'est la femme de mes rêves. Enfin, après Kerry, ça va sans dire.

— Ouais, ça va sans dire, boss, ricana Daniel.

— Bien ! Je crois qu'il est temps de se remettre au boulot. Comme prévu, nous allons à présent évaluer le courage de notre petite perle grâce à un scénario un peu plus tendu. Tu es prêt ?

Daniel hocha la tête avec enthousiasme.

— C'est parti. Avec un peu de chance, Oli se fera mordre les fesses et on va bien se marrer.

James cliqua sur un bouton sur l'interface.

— Michael, tu m'entends ? Léon et Oli ont quitté la maison. On procède comme prévu. À toi de jouer.

· · ·

— Prends à gauche, haleta Léon à hauteur d'un carrefour en forme de T. Les flics ne vont pas tarder à débarquer. On va se planquer chez notre cousin jusqu'à ce qu'ils abandonnent les recherches.

En dépit des circonstances, Oli semblait ravi du tour qu'avait pris ce cambriolage improvisé.

— J'emmerde ton cousin, dit-il. Je connais un type, Trey, qui rachète le matériel volé. Il nous filera du cash. Au moins trois cents livres chacun.

— Mais les flics vont nous chercher partout. Je t'assure qu'il vaut mieux ne pas traîner dans la rue, OK ?

À cet instant, un SUV Renault pila de l'autre côté de la chaussée. Un colosse vêtu d'un bas de survêtement et d'un sweat-shirt à capuche taché de peinture en descendit. Comble de l'horreur, il tenait en laisse un gigantesque rottweiler.

— Ce que vous avez piqué m'appartient ! hurla-t-il.

Sous le choc, Oli marqua un bref temps d'arrêt, puis réalisa que Léon avait déjà pris ses jambes à son cou. Terrorisé, il se mit à sprinter d'une façon désordonnée et manqua de percuter une mère de famille accompagnée de trois enfants qui occupaient toute la largeur du trottoir.

— Arrêtez-vous immédiatement ou je vous fracasse le crâne ! cria l'homme.

Oli jouissait d'une constitution robuste, mais il n'était pas en très grande forme physique.

— Attends-moi, haleta-t-il en tenant une main serrée sur ses côtes.

Lorsque Léon s'engagea dans la rue principale du quartier, Oli lança un coup d'œil par-dessus son épaule et constata que l'homme et son molosse se rapprochaient dangereusement de lui. Réalisant qu'il n'avait plus guère de chance de lui échapper, il enjamba la clôture qui séparait le trottoir d'un jardin parsemé d'objets décoratifs affreusement kitsch. Il renversa une dizaine de nains en céramique puis s'empara d'un moulin d'une cinquantaine de centimètres de hauteur lesté par une base en béton.

L'homme sauta à son tour dans le jardin, mais se réceptionna malencontreusement sur une surface rendue glissante par une accumulation de boue et de feuilles mortes. Le chien, poursuivant sa course, tira si violemment sur sa laisse que son maître perdit l'équilibre et s'affala sur une collection de petites bouteilles en verre qui se brisèrent à l'impact. Oli n'eut que peu de temps pour se réjouir des cris déchirants de son poursuivant : ce dernier lâcha son molosse, qui fonçait droit dans sa direction.

— Non ! brailla Oli.

Il lança le moulin qui ne fit que frôler l'animal de quatre-vingts kilos lancé à ses trousses. Épouvanté, Oli courut vers la haie de séparation du jardin voisin. Mû par l'énergie du désespoir, il effectua un saut spectaculaire et aurait sans doute franchi l'obstacle si le chien n'avait refermé ses crocs sur son bas de pantalon et ne l'avait précipité sur la pelouse.

Alerté par les cris et les aboiements, la propriétaire du jardin passa la tête dans l'encadrement de la porte de son pavillon.

— À l'aide ! cria Oli, tandis que le rottweiler, le plaquant au sol, le douchait littéralement de salive.

Il ignorait qu'il avait affaire à l'un des chiens de garde du campus dressés pour aboyer et immobiliser leurs proies et non pour les dévorer vivantes. Cloué au sol, incapable de faire un geste, il vit son poursuivant se redresser puis, encore sonné, tituber dans sa direction. Au même instant, Daniel, comme surgi de nulle part, vola au-dessus de la clôture et lui porta un coup de pied — simulé, cela va de soi — en plein dans la tête.

— Bon, ça suffit comme ça ! s'exclama la propriétaire. J'appelle la police.

Avec le plus grand calme, Daniel marcha vers le chien, tira fermement sur la laisse pour libérer Oli puis en fixa la boucle à l'un des poteaux de la clôture.

— Allez, on se bouge, dit-il.

Sur ces mots, il souleva Oli par l'élastique de son pantalon, le jeta comme un sac par-dessus la haie puis franchit l'obstacle à son tour.

— Qu'est-ce que vous pouvez être lents ! ricana Léon lorsqu'ils le retrouvèrent à un carrefour, à quelques centaines de mètres des lieux de l'incident.

Couvert de boue, d'herbe et de bave, Oli semblait plongé dans un profond état d'hébétude.

— Allez, on continue à courir ! cria Léon. Tu tiens absolument à te faire coffrer ou quoi ?

13. Ceinture noire

Techniquement, Oli avait chialé comme un mioche et mouillé son pantalon de survêtement sous l'effet de la peur, mais il avait réécrit toute l'histoire avant même que la boue n'ait séché sur ses vêtements. Réfugiés dans un restaurant miteux, les garçons avaient commandé des nuggets de poulet, des frites et des Cocas maxi-format.

— J'étais sur le point de frapper ce clebs avec les deux pieds, sourit Oli. Il a eu de la chance que Daniel le tire à l'écart.

Consterné, l'intéressé secoua la tête.

— Arrête tes conneries. Il t'aurait bouffé vivant si je n'étais pas intervenu.

Oli fit la sourde oreille.

— C'était de la balle, ce coup de pied à la tête. Pourquoi tu ne m'as pas dit que tu pratiquais les arts martiaux ? Moi, je faisais de la boxe thaï, avant. J'aurais pu obtenir la ceinture noire, mais ces connards m'ont changé de foyer.

Oli illustra son propos en boxant les airs de façon fort peu académique. Léon partit d'un rire moqueur.

— Si tu positionnes les pouces de cette façon, tu peux tout de suite leur dire au revoir.

— Ouais, ouais, bien sûr, je sais, dit Oli, l'œil vague, en trempant une frite dans la sauce brune.

— On a un souci, les mecs, intervint Léon. Si on retourne à Nurtrust avec ce qu'on a piqué dans la maison, on se fera pincer en trois secondes chrono.

— On pourrait passer par mon collège avant de rentrer. Ils restent ouverts pour les cours de soutien, et je n'ai encore rien mis dans mon casier.

— La valise ne rentrera jamais.

— Exact, mais son contenu, si.

— Je vous ai dit que je connaissais ce mec, Trey. On a déjà fait affaire, et il paie en cash. C'est un vrai méchant. Il bosse avec des types de l'État islamique.

Les jumeaux éclatèrent de rire.

— Ben quoi, qu'est-ce qui vous fait marrer ? s'étonna Oli.

— Ne le prends pas mal, mec, gloussa Daniel, mais on a parfois l'impression que tu nous racontes des grosses conneries.

— Pardon ?

— Eh bien, disons que tu es *presque* ceinture noire de boxe thaï mais que tu ne sais pas serrer les poings. Que tu étais le meilleur buteur de ton collège alors que tu n'es pas foutu de courir deux cents mètres. Que tu avais une PS4 alors que tu ne sais pas où se trouve le bouton L2.

Oli rougit jusqu'à la pointe des oreilles.

— Ça va, dit Léon sur un ton amical. On t'aime bien comme tu es, tu sais. Alors tu n'as pas besoin d'inventer tous ces trucs pour nous impressionner.

Sur ces mots, il adressa au garçon une claque sur le dos qui se voulait amicale mais le délogea de sa chaise et l'envoya valser contre la vitrine du restaurant.

— Ma vie a toujours été un peu naze, dit Oli. Alors oui, c'est vrai, il m'arrive d'enjoliver un peu la vérité. Mais Trey est bien réel, je vous assure.

— Tu es sûr qu'on ne se fera pas exploser par un drone de l'armée américaine si on se pointe chez lui ? plaisanta Léon.

— Oh merde, vous faites chier, gronda Oli. Je vous dis qu'il peut nous racheter ce qu'on a piqué. J'ai bossé pour lui un paquet de fois. Crevé des pneus, balancé des briques dans des vitrines, ce genre de trucs.

— Drôle d'idée, s'étonna Daniel. Quel intérêt ?

— Il protège les commerçants de son quartier en échange d'un peu de fric. Bref, il les rackette, et ceux qui refusent de payer ont des petits ennuis. Et si vous ne me croyez pas, on n'a qu'à aller le voir tous les trois.

— Tu veux dire maintenant ? demanda Léon.

Oli rafla les dernières frites de son assiette puis annonça sur un ton lapidaire :

— Bus 84. Ça ne prendra pas très longtemps. Vous me suivez ?

Dix minutes plus tard, le trio débarqua à proximité d'un pont ferroviaire puis emprunta une rue étroite jusqu'au dépôt d'une compagnie de taxis.

Derrière sa vitre en plexiglas, la réceptionniste les considéra d'un œil suspicieux.

— Je voudrais voir Trey, s'il vous plaît, dit Oli.

— Pour quelle raison ?

— Il saura pourquoi. Il me connaît.

— Il est en réunion, dit-elle en désignant un canapé délabré. Si vous voulez patienter, vous pouvez vous asseoir là-bas.

Les garçons se serrèrent sur le sofa. Léon feuilleta un vieux magazine de football. Daniel, lui, faisant mine de jouer sur son téléphone, envoya un SMS à James pour l'informer de sa situation.

Oli sortit de sa poche un Samsung Galaxy à la coque rose.

— Petite précision, dit-il. On partagera le fric, sauf pour ce portable. Ça, c'est mon petit bonus personnel.

— Où est-ce que tu l'as trouvé ? demanda Léon.

— C'est celui d'Abigail.

— Eh, tu es au courant que sa mère est morte ? s'étrangla Daniel, indigné. Tu crois vraiment que c'était le moment de lui faire les poches ?

Oli haussa les épaules.

— La vie est une jungle, lâche-t-il avec un sourire.

Une porte s'ouvrit derrière le comptoir de service. Un nuage de fumée de cigarette s'en échappa, puis la tête d'un homme aux cheveux blancs apparut dans l'encadrement.

— C'est bon, Trey est disponible, dit-il.

Les trois garçons se levèrent, mais l'homme pointa un doigt vers Oli.

— Non, seulement toi.

Lorsque le garçon disparut dans l'arrière-boutique avec la valise, Daniel se pencha vers son frère et chuchota à son oreille :

— Il a dépouillé une fille qui vient de perdre sa mère. Il faut vraiment être une ordure pour faire un truc pareil.

— C'est clair. Avant qu'on retourne au campus, je vais coincer ce petit salaud dans les douches pour lui donner une bonne leçon.

— Je ne suis pas contre, mais on risque de se faire virer de CHERUB.

— Vu la saloperie qu'il a commise, je ne crois pas qu'il osera se plaindre auprès de la direction du foyer, demanda Léon. Et puis, James est super cool.

Les minutes s'écoulèrent. Dix-sept heures. Dix-sept heures quinze. Dix-sept heures vingt-cinq.

— Qu'est-ce qu'il fout, putain ? s'agaça Léon.

— Il s'est peut-être barré par-derrière avec le pognon, suggéra Daniel.

Mais Oli finit par réapparaître. Il avait l'air inquiet et empestait la cigarette. Il remonta la fermeture Éclair de son blouson et se dirigea vers la sortie.

— Alors ? demanda Daniel. Combien il t'a filé ?

Malgré l'insistance des jumeaux, Oli resta muet jusqu'à ce qu'ils aient rejoint l'abribus.

— Soixante chacun, annonça-t-il enfin en sortant des billets de sa poche.

— Pardon ? s'étonna Daniel. Tu lui as refilé un ordinateur à mille livres, une Xbox et une tablette pratiquement neufs.

— J'ai demandé deux cents livres, mais Trey a dit que les affaires étaient difficiles, en ce moment, à cause de tous ces gens fauchés.

— Tu aurais dû remballer le matériel et te casser, pesta Léon.

— On voit bien que tu n'étais pas à ma place. Trey n'est pas vraiment un marrant. Il se serait senti offensé, et c'est le genre de type qu'il vaut mieux ne pas avoir comme ennemi.

Daniel l'attrapa par les épaules et poussa Oli contre la cloison de l'abribus.

— J'espère pour toi que tu n'es pas en train de nous la faire à l'envers !

— Vide tes poches ! ordonna Léon.

Au bord des larmes, Oli laissa les jumeaux procéder à une fouille en règle. Ils ne trouvèrent que quelques livres et sa carte de collège.

— Où est ta part ? Elle est où ?

— Je n'ai pas de part, pleurnicha Oli. La vérité, c'est que je n'ai obtenu que cent vingt livres en tout. J'ai merdé, d'accord ? Je vous ai filé ce qui me revenait pour ne pas me taper la honte…

Daniel et Léon échangèrent un regard consterné. Confronté à son mensonge, Oli était si pathétique qu'il leur inspirait presque de la pitié.

— Je suis désolé, gémit ce dernier.

— On devrait y retourner et exiger d'être payés correctement, grogna Léon.

— Non, tu ne te rends pas compte. On finirait à l'hôpital. Et puis, il y a autre chose…

— Quoi donc ? Parle, on t'écoute.

— Trey nous a confié un boulot bien payé, et je me suis porté garant de vous. Ça ne prendra que quelques heures, mais ça doit être fait ce soir.

— Quel genre de boulot ? demanda Léon.

— Et comment peux-tu être sûr qu'il nous filera le fric qu'il nous doit ? ajouta Daniel.

14. Déluge

— Trey Al-Zeid, dit James, téléphone collé à l'oreille. Trente-cinq ans, officiellement gérant d'une compagnie de taxis appartenant à son père, mais on le soupçonne de se livrer au racket.

La femme à l'autre bout du fil se nommait Aisha Patel. Elle exerçait les fonctions d'officier de liaison de la police des West Midlands auprès des services de renseignement.

— Ce nom ne me dit rien, répondit-elle. Vous avez déjà consulté sa fiche ?

— Affirmatif, répondit James. Il a reçu quelques amendes pour non-respect du code de la route, et il a été interpellé à Londres pendant une manifestation contre la guerre en 2004.

— Je vois. Je vais me mettre en rapport avec le chef de la police locale et lui demander s'il sait quelque chose qui ne figure pas dans le dossier officiel.

— On a des infos sur le racket dans ce quartier de Birmingham ?

— Rien de précis, dit Aisha. Il y a des centaines de sociétés tenues par des Indiens et des Pakistanais. Nous avons de nombreux indices montrant qu'ils sont contraints de remettre de l'argent à des organisations criminelles, prétendument en échange de leur sécurité, mais la loi du silence règne dans cette communauté.

— Quels indices ? demanda James.

— Disons que les urgences reçoivent beaucoup de patients aux pouces cassés qui refusent de dire ce qui leur est arrivé. De plus, on dénombre un nombre inhabituel de vitrines brisées et d'incendies criminels. Chaque fois, les dépositions des victimes sont on ne peut plus floues. Il existe une longue tradition de défiance de la communauté indo-pakistanaise à l'égard de la police, et ces gens ont également peur des représailles, qui peuvent toucher leur famille et leurs proches demeurés dans leur pays d'origine.

— Que savez-vous des organisations qui mènent ce racket ? S'agit-il d'un réseau structuré ou d'une multitude de gangs qui se disputent un territoire ?

— Mr Adams… chuchota Aisha. Les crédits de la police ont été réduits de vingt-cinq pour cent au cours de dix dernières années. Nous avons identifié ces problèmes, mais nous ne disposons pas des éléments permettant de mener une enquête de grande ampleur.

— Je vois.

— Surtout, n'y voyez pas de mauvaise volonté de notre part. Mes collègues seraient tout à fait disposés à partager des informations. À l'inverse, si vos investigations permettent d'y voir plus clair, n'hésitez pas à me recontacter.

...

Léon plaqua Rhea contre le mur, posa une main sur sa nuque et lui mordilla la lèvre inférieure. Leurs langues entrèrent en contact. Elle enroula une jambe autour de la sienne. Il posa une main sur ses fesses. Dans la chambre, la température semblait avoir grimpé de plusieurs degrés.

— Eh, tu es là ? cria Daniel depuis le couloir, avant de frapper à la porte.

— Ne réponds pas, chuchota Rhea en poussant Léon vers le lit.

— Il est neuf heures moins dix, insista Daniel en manipulant la poignée de la porte. Il faut qu'on y aille.

La mort dans l'âme, Léon écarta sa petite amie.

— Qu'est-ce qu'il y a de si important ? demanda-t-elle, les joues en feu.

— Comme je t'ai dit, on doit se tirer avant le couvre-feu de neuf heures, expliqua Léon avant de tourner la clé dans la serrure et de laisser entrer Daniel et Oli.

Puis, ignorant la mine boudeuse de Rhea, il s'assit sur le lit, récupéra son téléphone et chaussa une paire d'Adidas.

— Elle vient avec nous ? demanda Oli.

Rhea secoua la tête, se planta devant Léon et tendit une main ouverte sous son nez.

— Dix livres en échange de mon silence, dit-elle.

— Hé, on avait dit cinq !

— Désolée, mais il ne vous reste que sept minutes, alors le tarif vient d'augmenter.

— Espèce de sangsue, gloussa Léon en sortant deux billets de cinq livres de sa poche.

— C'est toujours un plaisir de faire des affaires avec toi, ricana Rhea.

Léon déposa un baiser sur ses lèvres, attrapa son sac à dos puis suivit ses complices dans le couloir. Alerté par le bruit de leurs pas, Gurbir sortit de son bureau et désigna le cadran de sa montre.

— J'ose espérer que vous n'avez pas l'intention de sortir à cette heure, dit-il en fronçant les sourcils.

— Il n'est pas encore neuf heures, fit observer Oli. On descend juste acheter un paquet de gâteaux chez Morrisons.

— Tous les trois ? Avec des sacs à dos ? Dites-moi franchement, vous me prenez pour un crétin ?

— Reconnais que tu n'es pas une lumière, mon petit Gurb.

Gurbir leva les yeux au ciel.

— Je veux bien autoriser l'un des jumeaux à sortir. Et il ferait mieux de se dépêcher. Je veux qu'il soit de retour à dix, grand maximum.

À cet instant, un cri perçant se fit entendre dans la salle télé.

— Mon Dieu, à l'aide ! hurla Rhea. Ils se battent ! Jono, lâche ce couteau, ne fais pas de bêtise !

— Bon sang, s'étrangla Gurbir. Vous trois, vous ne bougez pas d'ici, compris ?

Sur ces mots, il se rua vers le lieu de l'incident. Dès qu'il eut disparu de son champ de vision, Léon entra dans le bureau et pressa le bouton commandant l'ouverture de la porte du rez-de-chaussée. Le temps que Rhea, hilare, explique à Gurbir qu'il s'agissait d'une blague, les trois garçons avaient déjà dévalé l'escalier et quitté le foyer.

— Ça me soûle, maugréa Léon. À dix minutes près, je m'envoyais en l'air avec Rhea.

Ils traversèrent la rue et embarquèrent dans le taxi stationné le long du trottoir. Le chauffeur les considéra d'un œil soupçonneux.

— C'est moi qui ai réservé, dit Oli en brandissant un billet de dix livres. Ne vous inquiétez pas, on a de l'argent.

Dix minutes plus tard, ils se firent déposer devant un immeuble dont le rez-de-chaussée abritait un restaurant chinois, une blanchisserie, une épicerie et un local commercial abandonné.

Les jumeaux suivirent Oli dans la ruelle qui longeait le flanc droit du bâtiment, l'aidèrent à se hisser au sommet d'un mur de briques, franchirent l'obstacle à leur tour puis se laissèrent tomber dans une arrière-cour où étaient alignés des containers à ordures. Enfin, ils gravirent un escalier métallique jusqu'à une porte anti-incendie.

— On ne peut pas l'ouvrir de l'extérieur, fit observer Léon.

L'air triomphant, Oli sortit de la poche de son blouson une petite règle en plastique qu'il glissa entre le mur et la porte, puis, en quelques mouvements, fit céder le mécanisme.

Les jumeaux découvrirent un couloir aux murs de béton. Au plafond couraient des tuyaux et des câbles électriques. Les sons produits par la laverie du rez-de-chaussée se mêlaient au martèlement sourd et régulier d'une sono, à l'étage supérieur.

Oli s'immobilisa devant une porte où figurait une étiquette fanée indiquant *Imprimerie Sunray*.

— Trey m'a filé la clé, dit-il. Il a payé le gardien de l'immeuble pour qu'il lui fasse un double.

Dès que les garçons furent entrés dans le bureau, une alarme stridente retentit. Sans l'ombre d'une hésitation, Oli marcha jusqu'au panneau de contrôle et neutralisa le dispositif en pianotant un code à cinq chiffres.

Après avoir allumé l'éclairage de l'entrée, Léon traversa une pièce tapissée de moquette et jeta un coup d'œil à la rue entre les lamelles d'un store vénitien.

— Oli, quand vas-tu nous dire pourquoi on est ici ? demanda Daniel en étudiant les deux MacBook et le moniteur haute définition posés sur les trois tables que comptait le bureau.

Une porte coulissante donnait accès à des toilettes et à une kitchenette. Derrière une paroi de verre trônait une gigantesque imprimante Xerox. Sur des étagères d'une profondeur inhabituelle étaient empilées des rames de papier d'impression grand format.

— À quoi ça leur sert ? s'interrogea Daniel.

— À éditer leurs brochures, je suppose, répondit Léon.

Dans le bac de sortie de l'imprimante, il désigna une affiche format A2 rédigée en arabe représentant le minaret d'une mosquée sur fond de coucher de soleil.

— Trey nous a demandé de tout foutre en l'air, annonça Oli, à la grande stupéfaction des jumeaux. Je vais boucher les éviers de la cuisine et de la salle de bains avant d'ouvrir les robinets en grand. Pendant ce temps, vous vous occuperez de l'imprimante. Ensuite, on détruira le stock d'affiches et de papier.

— On doit vraiment tout casser ou on peut se servir ? demanda Daniel en louchant sur une tablette Wacom dernier cri et une molette de contrôle USB utilisée pour le montage vidéo.

— Prenez ce que vous pouvez emporter, dit Oli en bouchant le siphon de la cuisine à l'aide d'un sac-poubelle. Ce matos est presque neuf. Ce serait du gâchis de le détruire.

Daniel fourra aussitôt les MacBook dans son sac à dos. Léon, lui, s'attaqua à l'imprimante, un monstre d'un mètre vingt de hauteur et de presque trois mètres de long. Il débrancha le cordon d'alimentation puis donna quelques coups de pied dans l'appareil sans obtenir de résultat probant. Constatant l'échec de sa stratégie, il rejoignit Oli dans la cuisine.

— L'imprimante est hyper solide, dit-il. Je crois qu'il serait plus efficace de l'inonder, histoire de bousiller les circuits.

Il versa une dizaine de seaux d'eau sur la machine, se concentrant sur l'écran de commande, le clavier et les interstices les plus accessibles, puis il éparpilla le papier et les cartouches d'encre qui se trouvaient sur les étagères sur la moquette déjà saturée d'eau.

Dans la pièce voisine, Daniel prenait un vif plaisir à renverser les bureaux et à vider le contenu de leurs tiroirs.

Un quart d'heure après l'intrusion des garçons, les locaux de la société étaient livrés au chaos le plus complet. À l'exception de ce qu'ils avaient volé, tout le matériel était hors d'usage et le sol était intégralement inondé.

— J'en connais qui vont avoir la surprise de leur vie quand ils se pointeront lundi matin, dit Daniel en sauvant *in extremis* un Mac Pro du déluge et en le glissant dans le sac de son frère.

— Mission terminée, sourit Oli en regagnant le couloir.

— Tu crois que Trey rachètera ce qu'on a piqué ? demanda Léon tandis qu'ils descendaient l'escalier menant à la cour.

— Non. Il ne prendra rien qui puisse le lier à ce qui vient de se passer. Mais je connais un prêteur sur gages pas trop regardant qui rachètera le matériel sans poser de questions.

— Et en attendant, où est-ce qu'on va cacher tout ça ?

— Arrête de stresser, ricana Oli. Gurbir aura terminé son service quand on sera de retour au foyer. La nuit, la direction n'emploie que des intérimaires, qui nous foutent la paix tant qu'on ne fait pas trop de bruit.

15. Costaud

Lorsque la sonnerie annonça la fin du cours de sport, le dernier de la journée, Daniel et Léon rejoignirent les vestiaires, enfilèrent à la hâte leur uniforme sur leur tenue de foot puis, pressés de quitter le collège, se dirigèrent d'un pas vif vers la sortie.

Lorsqu'ils franchirent le portail, ils virent un homme leur adresser des signes, adossé à une vieille Volkswagen sept places stationnée de l'autre côté de la chaussée. Son visage ne leur était pas inconnu : c'était l'individu aux cheveux blancs qui, la veille, avait invité Oli à rejoindre l'arrière-boutique de la compagnie de taxis.

— Vous deux, venez un peu par ici ! lança-t-il.

Curieux de savoir ce qu'il pouvait bien leur vouloir, les jumeaux attendirent qu'une brèche s'ouvre dans le trafic avant de le rejoindre. L'un comme l'autre étaient dans l'impossibilité d'informer James, car ils avaient ôté leurs oreillettes avant de jouer sur le terrain de football détrempé.

— Montez, dit l'homme. Mon boss veut vous causer.

En se penchant, les jumeaux constatèrent que les deux banquettes arrière étaient disposées face à face. Un homme au teint mat et à la silhouette trapue était assis dans le sens de la marche.

— Vous savez qui je suis ? demanda-t-il.

— Pas la moindre idée, répondit Daniel.

— Je m'appelle Trey, et je parie que vous avez déjà entendu parler de moi. Je suis à la recherche d'Oli. On ne l'a pas vu sortir du collège. Vous savez où il est passé ?

— Il s'est fait virer d'ici il y a longtemps, répondit Léon.

— Il est dans une école spécialisée, je ne sais pas exactement où, ajouta Daniel.

Sur un signe de tête de Trey, l'homme aux cheveux blancs les attrapa par la nuque et essaya de les faire embarquer de force.

— Hé, ne me touchez pas ! gronda Léon.

— On se tire, ajouta Daniel.

Mais Trey brandit un petit revolver qu'il braqua dans leur direction.

— Montez, c'est un ordre.

Malgré eux, les jumeaux s'installèrent sur la banquette inoccupée. L'homme aux cheveux blancs claqua la portière, recula d'un pas sur le trottoir puis fit signe au chauffeur de démarrer.

— Votre ami s'est permis de mettre mon imprimerie à sac, annonça Trey en rangeant l'arme dans la poche de son blouson. Mon petit doigt m'a dit qu'il avait quitté le foyer Nurtrust en compagnie de deux garçons plus âgés, la nuit dernière. Il s'agit de vous, n'est-ce pas ?

À l'évidence, il était bien informé. Convaincus qu'il ne servait à rien de nier, Daniel et Léon hochèrent la tête.

— Oui, c'est bien nous.

— Et qu'est-ce qui a bien pu vous faire penser que vous pouviez foutre en l'air mes locaux et mon matériel sans subir de représailles ?

— Hier soir, ce merdeux d'Oli a piqué la clé du bureau sous mon nez, sans que je m'en aperçoive, commenta le chauffeur.

Léon et Daniel en restèrent bouche bée.

— C'était *votre* imprimerie ? s'étrangla ce dernier.

— Celle de mon père, pour être plus précis, répondit Trey. Qu'est-ce qui vous est passé par la tête ?

— Selon Oli, c'est vous qui l'avez chargé de saccager le bureau, parce que le propriétaire avait refusé de payer ce qu'il vous devait.

— Quelle ingratitude. Pas plus tard qu'hier, j'ai filé quatre cents livres à ce petit merdeux, mais il a fallu qu'il pique sa crise à cause de ce foutu téléphone rose, qui ne valait pas autant qu'il le pensait.

— Quatre cents livres ! s'exclama Léon, indigné.

Ils s'étaient contentés de fouiller les poches d'Oli sous l'abribus, mais à bien y réfléchir, il avait très bien pu cacher de l'argent dans son caleçon ou bien dans ses chaussettes.

— Ce salaud ne nous en a donné que soixante, expliqua Daniel.

Trey se pencha en avant et s'exprima sur un ton menaçant.

— Vous feriez mieux de ne pas me mentir, avertit-il. J'ai un atelier de menuiserie dans le coin, avec des outils très pratiques pour casser les pouces de ceux qui me causent des ennuis. Mais je suis prêt à me montrer conciliant si vous m'aidez à retrouver notre ami commun. Vous avez un moyen de le joindre ?

Les jumeaux hochèrent la tête.

— Alors vous allez l'appeler et lui donner rendez-vous dans un endroit discret, afin que nous puissions régler ce différend. Pas un mot me concernant, ça va de soi…

Léon sortit son téléphone, activa discrètement la fonction permettant de relayer en temps réel tous les sons captés par l'appareil sur le portable de James puis composa le numéro d'Oli.

— Eh mec, où est-ce que tu es ?… Tu as séché les cours ?… OK… Ton bus sera là dans combien de temps ?… Vingt minutes ? Super. Ça te dirait qu'on aille bouffer quelque part ? Fish and chips, hamburgers, comme tu voudras… Cool. Tu vois le parking derrière chez Morrisons ? Rejoins-moi là-bas dès que tu arrives. J'ai un truc à te montrer.

...

James était impressionné que son agent ait eu la présence d'esprit de fixer un rendez-vous au pied de son immeuble. Penché à la fenêtre, il positionna deux caméras miniaturisées dans la gouttière de façon à couvrir l'ensemble du parking. Après avoir glissé un Taser et un Glock semi-automatique dans sa ceinture, il quitta le studio, monta à bord de la Focus et se gara à l'écart, sur une place pour handicapés offrant une vue imprenable sur le lieu de la rencontre.

Alors qu'il planquait depuis près d'un quart d'heure en écoutant le signal audio transmis par le téléphone de Léon, un employé municipal portant un gilet orange fluo vint frapper à sa vitre.

— Monsieur, vous n'avez pas le droit de...

— Tirez-vous, je suis en opération, dit sèchement James en brandissant un insigne de sergent.

La Volkswagen de Trey se présenta sur le parking quelques minutes plus tard et s'immobilisa à quelques dizaines de mètres de sa position. L'œil rivé à l'écran de l'ordinateur portable posé sur le siège passager, il manipula la télécommande des caméras de surveillance et zooma sur la lunette arrière du véhicule. Les jumeaux n'avaient pas prononcé un mot depuis que le rendez-vous avait été fixé. Trey et le chauffeur, eux, se chamaillaient à propos d'une banale histoire de cadeau d'anniversaire.

— J'ai peur qu'Oli ne se doute de quelque chose, suggéra Daniel. Je devrais aller le chercher à la descente du bus, histoire qu'il ne nous file pas entre les pattes.

— Entendu, répondit Trey. Mais si tu ne reviens pas, c'est à ton frère que je m'en prendrai.

Daniel descendit de la voiture et s'engagea dans le passage menant à la rue. James compta jusqu'à trente avant de le rejoindre aux abords de l'abribus. Il se positionna à ses côtés et parla à voix basse, sans le regarder.

— Ça va, mon garçon ? demanda-t-il.

— Trey est armé, mais il est plutôt calme. Il a dit qu'il ferait du mal à Léon si je ne reviens pas.

— Si tu penses qu'il est en danger, je peux intervenir.

— Trey veut juste mettre la main sur Oli, le rassura Daniel. Et à vrai dire, moi aussi, j'aimerais bien lui en coller une, à cette sale petite enflure.

— Tiens, prends ça, dit James en glissant dans sa main une bombe lacrymogène guère plus grande qu'un tube de rouge à lèvres. Fais gaffe, c'est du costaud. Si tu t'en sers, je te conseille de te tirer vite fait. On dit que la formule de ce gaz peut neutraliser un ours.

— Merci, Q^2.

— Fais attention à toi, Daniel.

---

2. Q est le spécialiste qui fournit ses gadgets à James Bond.

16. Agrafes

— Qu'est-ce que tu veux me montrer ? demanda Oli lorsqu'il déboucha sur le parking en compagnie de Daniel.

Dès qu'il l'aperçut, Trey descendit de la Volkswagen et courut dans sa direction.

— Hé, toi, viens ici ! rugit-il.

Oli tourna aussitôt les talons, mais Daniel le retint fermement par les épaules.

— Lâche-moi, connard ! hurla-t-il.

— Ferme-la. Je suis au courant pour le coup de l'imprimerie. Tu nous as bien foutus dans la merde.

Trey l'attrapa par le col de son blouson et le poussa à l'intérieur de la voiture.

— Daniel, monte et ferme la portière, ordonna-t-il.

Lorsque tout le monde eut embarqué, le chauffeur enfonça la pédale d'accélérateur. Trey jeta Oli entre les deux banquettes puis le cloua au sol en posant la semelle de sa botte de chantier sur sa cage thoracique.

— Comment as-tu pu me faire ça, Oliver ? gronda-t-il. J'ai été trop bon avec toi. Je t'ai donné du boulot alors que tout le monde disait que tu étais trop jeune et qu'on ne pouvait pas te faire confiance. Et c'est comme ça que tu me remercies ?

Pour appuyer son propos, il porta au garçon un léger coup de pied à la tempe.

— Tu m'as gravement manqué de respect, et tu vas le regretter, ajouta-t-il.

À bord de la Focus, James sentit son rythme cardiaque s'emballer. Il tourna la clé de contact. Il pouvait suivre les déplacements de ses agents grâce à leurs téléphones portables, et il ne lui était pas nécessaire de garder la Volkswagen à portée de vue. Une Fiat s'engageant dans le parking et une mère de famille traversant la chaussée devant Morrisons lui firent perdre une quarantaine de secondes sur sa cible.

Sur l'écran de l'ordinateur, le point signalant la position de Léon se figea. Lorsque James approcha de l'objectif, il trouva le véhicule de Trey garé dans une rue étroite, devant une construction en bois passablement délabrée. Il se gara à une cinquantaine de mètres et braqua un micro laser dans sa direction...

...

À l'intérieur de la menuiserie, Trey poussa brutalement Oli vers un établi.

— Tu vois cet étau ? grogna-t-il. Au moindre mensonge, à la moindre provoc, je t'écrase les deux mains. Pigé ?

Les jumeaux, qui se tenaient en retrait, analysèrent leur environnement afin de pouvoir intervenir efficacement si la situation l'exigeait. À leurs yeux, la scie électrique stationnaire et le tour à bois étaient particulièrement inquiétants. À en juger par les pots de peinture rouillés et les cadres en bois vermoulus, personne n'avait travaillé en ces lieux depuis des années. À l'évidence, la menuiserie n'était plus que la chambre de torture personnelle de Trey Al-Zeid.

— Dis-moi où sont les MacBook, demanda ce dernier.

Par bravade, Oli haussa les épaules.

— Vendus.

— À qui ?

— Ça, c'est mon business. Ça ne vous regarde pas.

Trey saisit Oli par la nuque, le souleva d'une seule main et le coucha sur l'établi. Daniel et Léon réévaluèrent la situation : le chauffeur était un jeune homme d'allure athlétique, mais l'un et l'autre étaient certains de pouvoir le neutraliser, pourvu qu'ils bénéficient de l'effet de surprise. Trey, qui possédait un revolver, leur causait davantage d'inquiétudes. Le cas échéant, ils devraient agir de façon coordonnée, rapide et précise.

— Tu en as marre de la vie, merdeux ? rugit Trey. Tu crois que j'hésiterais à te buter sous prétexte que tu as douze ans ?

— Si vous faites ça, vous ne reverrez jamais vos ordinateurs. Et quelle sera la réaction de Doc quand il découvrira que vous avez laissé un gamin piquer la clé de son imprimerie et détruire son matériel ?

Trey se baissa pour s'emparer d'une agrafeuse à air comprimé rangée sous l'établi.

— C'est ta dernière chance, Oliver.

— Et il y a quoi, sur ces MacBook? poursuivit Oli, comme s'il n'avait aucune conscience du danger. Des trucs auxquels Doc tient beaucoup, je parie…

À l'instant où Trey pressa la détente, une détonation discrète se fit entendre et une agrafe industrielle blindée s'enfonça dans la paume d'Oli, lui arrachant un cri déchirant.

— Réponds à mes questions! rugit son tortionnaire en déplaçant l'outil de quelques centimètres.

— Nooon, supplia Oli, le visage baigné de larmes. Les Mac sont chez un prêteur sur gages…

— Où?

— Sur Booth Street, près de la gare.

Trey se tourna vers le chauffeur.

— Jette un œil sur Google, dit-il. Regarde si on peut être là-bas avant la fermeture.

Puis, par pure cruauté, il lâcha une seconde agrafe dans la main d'Oli.

— Comment as-tu osé me faire ça?

Constatant tous deux que le chauffeur fixait l'écran de son téléphone, les jumeaux échangèrent un hochement de tête.

— C'est parti, murmura Léon avant de se détendre comme un ressort.

Il porta au jeune homme un violent coup de pied circulaire à la tempe qui lui fit instantanément perdre connaissance. Daniel, lui, se saisit d'une planche posée contre un mur puis, l'utilisant comme une batte de base-ball, frappa Trey à l'abdomen. Alors que sa victime haletait, le souffle coupé par la puissance du coup, il balaya ses jambes, l'envoya rouler dans la sciure et lui arracha l'agrafeuse des mains.

Les agents de CHERUB n'étaient autorisés à faire usage de la force qu'en cas de nécessité absolue, mais Daniel n'avait pas vraiment apprécié la scène à laquelle il venait d'assister. Il n'était pas question d'épargner un adulte capable de torturer un garçon de douze ans à l'agrafeuse électrique, même si le garçon en question n'était qu'une petite ordure manipulatrice qui s'était ouvertement jouée de lui.

— Je parie que tu vas adorer, chuchota-t-il à l'oreille de Trey avant de poser l'outil sur ses fesses et de lâcher trois agrafes à travers son jean.

— Eh, déconne pas ! intervint Léon en faisant tinter les clés de la Volkswagen dans la paume de sa main. Il faut qu'on se tire. On a déjà assez d'emmerdes comme ça.

— Tu as raison, répondit Daniel avant d'assommer Trey d'un coup d'agrafeuse à l'arrière du crâne.

Il s'accroupit, récupéra le revolver dans la poche de sa victime et inspecta le contenu du barillet avant de le glisser dans sa ceinture.

— Ce con n'avait qu'une seule balle, s'esclaffa-t-il. On a vraiment affaire à des amateurs.

Léon accourut au chevet d'Oli, qui se tordait de douleur sur l'établi. En examinant ses blessures, il réalisa que la première agrafe s'était enfoncée dans la paume de sa main, mais que la seconde était plantée profondément dans l'os de l'index droit.

— Ça doit faire atrocement mal, dit-il.

Au fond, malgré sa personnalité détestable, les jumeaux n'arrivaient pas à en vouloir à Oli. C'était un garçon profondément perturbé, privé de repères, qui n'avait connu que des coups durs au cours de son existence. Cependant, en tant qu'agents, ils devaient continuer à coller à leurs personnages.

— Où est le fric ? tonna Daniel. Celui que t'a filé le prêteur sur gages ?

Agacés par le mutisme d'Oli, ils procédèrent à une fouille exhaustive et trouvèrent plusieurs centaines de livres en billets de vingt dans deux pochettes à fermeture Velcro cachées dans ses chaussettes.

— Cet argent est à nous, dit Léon.

— Tu peux t'asseoir dessus, enfoiré, ajouta Daniel.

— S'il vous plaît... pleurnicha Oli, tremblant de rage et de douleur.

— Tu veux porter plainte ? ricana Léon.

— OK, prenez tout. Je suis désolé, d'accord ?

Daniel l'aida à descendre de l'établi.

— On va te conduire à l'hôpital, dit-il en détachant plusieurs feuilles de Sopalin d'un distributeur mural. Tiens, mets ça autour de ta main.

Le chauffeur de Trey, qui avait repris connaissance mais demeurait sous le choc, effectua quelques mouvements désordonnés. Léon s'accroupit à son chevet et brandit l'agrafeuse.

— Encore un geste et je te cloue au plancher, gronda-t-il en lâchant deux agrafes en direction du plafond à titre d'avertissement.

17. Cinq cent douze bits

Avec ses cheveux gris en bataille et sa silhouette gracile, Freja, née au Danemark une soixantaine d'années plus tôt, ressemblait à une sorcière de conte nordique. Elle ouvrit la porte de la boutique située dans une rue peu passante et posa sur le trottoir un panneau portant l'inscription : *Nous rachetons vos bijoux en or, même abîmés ! Expertise gratuite !*

Le premier client de la journée avait besoin d'une pile pour sa montre. Freja fouilla longuement dans un tiroir en plastique avant de trouver le modèle qui convenait et proposa de l'installer gratuitement. La transaction ne dura pas plus de cinq minutes.

Un quart d'heure plus tard, la clochette placée au-dessus de la porte tinta, puis deux individus se présentèrent derrière le comptoir. L'un d'eux boitait bas, l'autre avait un épais bandage sur le visage.

— Bonjour messieurs, sourit-elle.

Trey avait passé une partie de la nuit aux urgences pour se faire retirer les trois agrafes plantées dans son postérieur. Il était fatigué et de méchante humeur.

— Hier, un gamin vous a rendu visite, dit-il. Douze ans, du genre rondouillard. Les ordinateurs qu'il vous a vendus m'appartiennent. Je ne veux pas vous causer d'ennuis, seulement retrouver mon matériel. Je vous rembourserai ce que vous lui avez payé, bien entendu.

Le chauffeur, qui se tenait un pas en retrait, montra à Freja un épais rouleau de billets de cinquante livres.

— Six cents, c'est bien ça ?

Rompue à ce genre de situations, Freja répondit d'une voix très calme.

— J'étais de congé, hier. C'est mon collègue qui a dû s'en occuper. Mais sachez que nous ne gardons aucun matériel électronique de valeur dans la boutique. S'il a acheté des ordinateurs, il a déjà dû les confier au technicien chargé d'effacer les données et de les reconfigurer avant qu'ils ne soient mis en vente sur eBay.

— Il doit bien y avoir un moyen de les récupérer, s'agaça Trey. Les disques durs contiennent des données d'une importance capitale. Je suis prêt à vous offrir deux cents livres de plus si vous me rendez ce service.

Freja lui adressa un sourire compatissant.

— Veuillez m'accorder quelques minutes, je vais vérifier, dit-elle en allumant le vieux PC placé à côté de la caisse.

— Ça ne vous choque pas plus que ça, que votre collègue ait acheté des ordinateurs portables à un gamin de douze ans ? demanda Trey tandis que l'ordinateur lançait une antique version de Windows. Vous avez de la chance. Si j'étais allé voir les flics pour déclarer le vol, vous seriez dans la merde jusqu'au cou.

— Cher monsieur, répondit Freja, je travaille dans cette boutique depuis plus de dix ans. Je reçois souvent des gens dans votre cas, et par expérience, je sais que s'ils se présentent devant moi, c'est parce qu'ils n'ont pas intérêt à avertir les autorités, pour une raison ou une autre.

Trey resta muet. Ulcéré, il se contenta de tambouriner des doigts sur le comptoir.

— Ah, voilà! s'exclama Freja en tournant l'écran dans sa direction. Quatre MacBook treize pouces, six cents euros. Si vous le souhaitez, je peux appeler notre technicien. Avec un peu de chance, il n'aura pas encore effacé les données.

Elle décrocha un téléphone filaire et s'entretint brièvement avec son collègue.

— Vous êtes verni, sourit-elle. Il avait du travail en retard. Il peut rapporter les ordinateurs dans l'après-midi. Je ne vous demanderai que les six cents livres que nous avons déjà réglées, plus deux cents pour couvrir nos frais. Pouvez-vous repasser vers dix-huit heures, ou demain matin, à l'ouverture?

Trey fit la moue.

— Y aurait-il un moyen de les récupérer un peu plus tôt?

— Je suis navrée, mais notre technicien se trouve à Watford. Si vous me laissez vos coordonnées, je vous rappellerai dès que les MacBook seront disponibles, promit Freja.

L'air maussade, Trey griffonna son numéro de téléphone au dos d'un prospectus, puis il quitta la boutique en compagnie de son chauffeur.

Dès qu'elle se trouva seule, Freja franchit le rideau de perles qui séparait le comptoir de l'arrière-boutique. Elle se fraya un passage dans un bric-à-brac d'objets hétéroclites jusqu'à un petit bureau sur lequel étaient alignés les quatre MacBook volés dans l'imprimerie de Trey. Constatant que l'essentiel des données était crypté, James Adams en avait démonté la coque afin de réaliser des copies intégrales des disques durs.

— Vous avez été parfaite, dit-il en surveillant la barre de progression sur l'écran de son ordinateur.

— Vingt-cinq ans d'expérience, sourit-elle. J'ai l'habitude que la police me pose des questions bizarres et que ce genre d'individu exige de récupérer son matériel. Vous en avez pour combien de temps ?

— Quelques heures, répondit James.

— Pourquoi ne pas saisir le matériel, tout simplement ?

— Je ne tiens pas à ce que son propriétaire sache que nous avons mis la main sur ses données.

— Il est dangereux ? demanda Freja. Est-ce que je devrais m'inquiéter ?

— Ce n'est pas un tendre, mais il n'a aucune raison de s'en prendre à vous, répondit James. Pour le reste, je n'ai pas encore découvert la nature exacte de ses activités, mais je suis prêt à parier que je suis tombé sur quelque chose d'énorme.

...

— Deux sucres comme d'habitude, dit James en posant un mug orné de l'inscription *la meilleure tata du monde* devant John Jones, son supérieur hiérarchique.

Informé que Trey avait récupéré ses ordinateurs peu après seize heures, Jones avait aussitôt quitté le campus et roulé à tombeau ouvert afin de rejoindre Birmingham dans les plus brefs délais.

— Alors, il y avait quoi dans ces MacBook ? demanda Léon.

— Les données ont été transmises au service des communications de Cheltenham, répondit James en s'asseyant aux côtés de Daniel. Outre des maquettes de brochures touristiques, des e-mails et des documents administratifs sans importance, nous avons trouvé des tracts appelant à rejoindre des groupes islamiques radicaux. L'un des ordinateurs comporte une partition chiffrée à cinq cent douze bits qui pèse plusieurs centaines de mégas. Je suis convaincu qu'il s'agit des fichiers que Trey était si impatient de récupérer.

— Ça prendra combien de temps pour décrypter ces données ? demanda Daniel.

Léon sauta sur l'occasion pour rabaisser son frère jumeau.

— Il est impossible de décrypter du cinq cent douze bits, abruti ! ricana-t-il.

— Exact, confirma James. Le processus de déchiffrage par la force brute prendrait des dizaines d'années, même avec les ordinateurs les plus performants. Notre seule chance, c'est de mettre la main sur celui qui connaît la clé de chiffrement.

— Pendant que James analysait le contenu des ordinateurs, j'ai effectué des recherches sur Trey Al-Zeid, intervint John Jones. Selon la police locale, il rackette les compagnies de taxis de Birmingham, les commerçants et les propriétaires locatifs. Ce que nous ignorons, c'est la destination des fonds extorqués. À en croire certains habitants de Sandy Green, ils financeraient des groupes djihadistes en Afrique du Nord et au Moyen-Orient. Pour les autres, tout finirait dans la poche de Trey et de son gang.

John but une gorgée de thé avant de poursuivre sa démonstration.

— Le père de Trey possède l'une des plus grosses compagnies de taxis de la ville, mais son véritable boss est un individu surnommé Doc. Ce dernier a été photographié par les services de police lors de plusieurs fêtes de quartier au cours des dernières années, mais sa véritable identité reste inconnue à ce jour.

— Intéressant, non ? fit James en se tournant vers ses agents. Je crois que vous serez d'accord pour dire qu'il n'est plus question de recruter Oli. Il est malin, c'est sûr, mais pour le reste...

— … c'est le pire enfoiré que j'aie jamais rencontré, gloussa Daniel.

— Exact. Vous avez empêché Trey de le massacrer, mais il n'est pas pour autant tiré d'affaire. Nous allons faire en sorte que les services secrets lui attribuent une nouvelle identité, puis nous lui trouverons un foyer ou une famille d'accueil à au moins deux cents kilomètres de Birmingham.

— On ne pourrait pas l'emmener dans un coin tranquille et le supprimer discrètement ?

— Ce serait un plaisir, plaisanta James. Ça m'économiserait pas mal de paperasse.

— Alors j'imagine que la mission va durer quelques semaines de plus ? demanda Léon.

James hocha la tête. Les jumeaux étaient ravis à l'idée de ne pas regagner le campus et de se soustraire à leur punition.

— Le seul souci, fit observer Daniel, c'est qu'on risque de ne pas être spécialement populaires dans le quartier, vu qu'on a planté trois agrafes dans les fesses de Trey et qu'on lui a piqué son flingue.

John et James échangèrent un regard amusé.

— C'est vrai. On va sans doute devoir ramer un peu pour regagner sa confiance, dit ce dernier. Mais ne vous faites pas trop de souci, j'ai déjà élaboré une stratégie qui pourrait bien être payante…

18. Bon vent

Rhea entra dans le bureau de permanence, effectua un déhanché provocant et fit éclater une bulle de chewing-gum. Son maquillage était plus chargé que jamais, et sa tenue vestimentaire violait une bonne vingtaine de règles du règlement intérieur.

— Tu voulais me voir, mon Gurbirounet ? lança-t-elle d'une voix faussement lascive.

Puis elle aperçut le garçon de dix-sept ans assis sur une chaise en plastique et lui adressa un sourire enjôleur.

— Je te présente Ryan, dit Gurbir. Aurais-tu la gentillesse de l'accompagner jusqu'à la chambre treize ?

— Mais c'est celle d'Oli, fit-elle observer.

— Il a quitté l'établissement.

— Eh bien, bon vent ! C'était un emmerdeur de première.

Puis elle se tourna vers Ryan.

— Tu me suis ? gloussa-t-elle avant de sortir du bureau en roulant éhontément des hanches.

Ryan attrapa son sac marin et la suivit dans le couloir. L'atmosphère empestait le tabac froid.

— J'aime bien ton jean, dit Rhea. Il te fait des super fesses.

— Merci, dit Ryan, un peu gêné. Tu es ici depuis combien de temps ?

— Depuis trop longtemps. Et il me reste trois mois à tirer en confinement, répondit-elle en ouvrant la porte de la chambre treize d'un coup de pied.

Le ménage avait été fait après le départ d'Oli, mais les posters d'Aston Villa étaient toujours en place. Ryan jeta son sac sur le lit.

— Je pourrais peut-être te faire visiter le quartier, si ça te dit, proposa Rhea.

— Ouais, d'accord, pourquoi pas, répondit Ryan.

Soudain, Daniel fit irruption dans la pièce.

— Eh, mais qui voilà ! s'exclama-t-il en lui portant un coup de poing à l'épaule. Tu as fait bon voyage ?

Léon entra à son tour dans la pièce. Aussitôt, il remarqua que Rhea dévorait Ryan des yeux et se sentit submergé par une violente nausée.

— Salut frérot, dit-il sans desserrer les mâchoires.

Puis il marcha droit vers sa petite amie et déposa un baiser sur ses lèvres de façon à marquer clairement son territoire.

— Tu m'as manqué, roucoula-t-il.

Rhea fit un pas en arrière.

— Je t'ai manqué ? répéta-t-elle. Je te rappelle qu'on s'est vus au petit déjeuner.

Elle lâcha un bref éclat de rire puis s'adressa à Ryan.

— Alors comme ça, vous êtes frères ? Maintenant que vous me le dites, la ressemblance est assez frappante.

— Les lois de la génétique étaient en ma faveur, sourit Ryan. J'ai trusté tous les gènes d'intelligence et de beauté. Les jumeaux se sont partagé ce qui restait.

— Va te faire foutre, grand con, ricana Daniel.

Léon, qui n'était pas d'humeur à échanger des plaisanteries, resta de marbre.

— Bon, eh bien, je vais vous laisser à vos retrouvailles, dit Rhea.

Consciente et ravie du malaise de son petit ami, elle adressa un clin d'œil à Ryan.

— On se retrouve dans ma chambre un peu plus tard ? demanda Léon.

Rhea quitta la pièce sans même prendre la peine de répondre.

— Elle est plutôt canon, apprécia Ryan, incapable de résister au plaisir d'aiguillonner son petit frère.

— Je te déconseille de marcher sur mes plates-bandes, gronda Léon.

— Eh, je n'y suis pour rien, moi, si ta copine me drague ouvertement. Comment j'étais censé savoir que vous étiez ensemble ?

— Oh-oh, je sens que ça va saigner, gloussa Daniel.

— De quoi tu te mêles, toi ? tempêta Léon. Tu peux me rappeler la dernière fois que tu es sorti avec une fille ?

S'ensuivit l'une des sempiternelles prises de bec dont les jumeaux étaient coutumiers. Ryan lâcha un profond soupir. Il n'avait pas retrouvé ses frères depuis cinq minutes que leur présence lui était déjà insupportable.

— Vous allez la fermer, vous deux ? hurla-t-il.

Ayant obtenu le silence de Léon et Daniel, il prit une profonde inspiration et leur parla sur un ton confidentiel.

— On est en mission, vous vous rappelez ? J'ai eu James au téléphone. C'est pour ce soir. Alors j'aimerais que vous me laissiez déballer mes bagages, histoire d'avoir le temps de passer au réfectoire avant qu'on rende visite à Trey…

...

Ryan et ses frères roulèrent jusqu'à Edgbaston, un quartier situé au sud-ouest de Birmingham, à bord d'une vieille Peugeot 208 de la flotte de CHERUB.

Devant la villa dont James leur avait communiqué l'adresse, ils découvrirent un coupé BMW M3 et un monospace Citroën dont la banquette arrière était équipée de deux sièges enfant. La demeure semblait un peu trop vaste et luxueuse pour un homme qui, officiellement, gérait la modeste compagnie de taxis de son père.

La femme qui leur ouvrit la porte avait les traits tirés. Derrière elle, deux enfants âgés de trois ou quatre ans couraient à moitié nus.

— Ça ne nous intéresse pas, dit-elle d'une voix traînante en désignant l'autocollant *Pas de démarcheurs* placé en évidence au-dessus de la boîte aux lettres.

— Nous sommes venus rencontrer votre mari, expliqua poliment Ryan. Vous êtes Mrs Al-Zeid ?

— Il nous attend, ajouta Léon.

La femme lâcha un soupir, s'essuya le front du revers de la main, puis se tourna vers l'escalier.

— Trey ! Il y a trois gamins qui demandent à te voir.

— Comment ça, des gamins ? cria l'intéressé depuis le premier étage. Dis-leur d'aller se faire foutre.

— Ils disent que tu es au courant.

— Qu'est-ce que c'est que ces conneries ? Je n'attends pas de...

La fin de la phrase se perdit dans les hurlements poussés par l'un des enfants qui venait de s'étaler de tout son long sur le carrelage de la cuisine.

— Tu vas descendre, oui ou non ? s'agaça la femme avant de se précipiter pour consoler son fils. Il faut encore que je stérilise les biberons et que je sorte le linge de la machine !

Les garçons en profitèrent pour se glisser à l'intérieur de la maison. Daniel colla un micro miniaturisé derrière le radiateur.

— Qu'est-ce que vous me voulez ? gronda Trey en dévalant les marches vêtu d'un short et d'un maillot de basket des Sonics de Seattle, une main posée sur sa fesse blessée.

Lorsqu'il reconnut les jumeaux, ses joues s'empourprèrent aussitôt.

— Comment osez-vous vous présenter chez moi ? aboya-t-il. Et d'ailleurs, comment avez-vous obtenu mon adresse ?

— Ce n'était pas bien difficile, expliqua Ryan. Disons qu'on a fait notre petite enquête. Mes frères et moi avons pensé qu'il valait mieux vous rencontrer ici pour régler notre petit différend plutôt que dans les locaux de votre société, en présence de vos employés.

Sur ces mots, il sortit le revolver de sa poche, fit basculer le barillet et le tendit à Trey.

— Où sont les balles ? demanda ce dernier.

— Nous faisons un pas dans votre direction, Mr Al-Zeid, mais nous ne sommes pas assez stupides pour vous rendre une arme chargée.

Trey émit un grognement.

— Alors, qu'est-ce que vous avez à me dire ?

— Je viens d'emménager au centre Nurtrust avec ces deux-là, expliqua Ryan en désignant les jumeaux d'un hochement de tête. Et nous risquons d'y rester un petit bout de temps. Vous êtes un homme influent à Birmingham, Mr Al-Zeid. Mes frères et moi n'avons aucun intérêt à vous avoir pour ennemi.

— Ce petit salaud m'a planté trois agrafes dans le cul, cracha Trey en pointant un index menaçant en direction de Daniel.

— Vous aviez pris mes frères en otages, dit calmement Ryan. Ils se sont comportés ainsi parce qu'ils avaient peur, mais c'est Oli qui est responsable de tout.

— Alors pourquoi n'est-il pas venu me présenter ses excuses en personne ?

— Il a changé de foyer.

— Et où se trouve-t-il, maintenant ?

Les jumeaux haussèrent les épaules.

— Aucune idée, mais on va se renseigner, répondit Léon.

— En attendant d'en savoir davantage, mes frères et moi sommes prêts à prouver notre bonne volonté en travaillant pour vous. Gratuitement, bien entendu.

Trey s'accorda quelques secondes de réflexion.

— Vous avez foutu un beau bordel, dit-il. Vous n'avez pas seulement inondé mon imprimerie, mais aussi la boutique du rez-de-chaussée. Il va falloir tout retaper.

— Vous n'étiez pas assuré ? demanda Léon.

— Comme il s'agit d'un acte criminel, mon assurance exigerait un rapport de police. Et je ne veux pas que les flics fourrent leur nez dans mes affaires.

Les trois frères hochèrent la tête.

— Avant de commencer les travaux, les locaux doivent être vidés, poursuivit Trey. Vous commencerez demain, après les cours. Ça prendra plusieurs jours. Tout doit être terminé avant lundi, quand la nouvelle moquette sera livrée.

— C'est entendu, dit Ryan. Ensuite, nous serons quittes, d'accord ?

— Vous me rendrez aussi les six cents livres que vous avez prises à Oli.

Ryan sortit une enveloppe de la poche de son blouson.

— Voici votre argent, ainsi que votre balle de revolver.

Trey se saisit de l'enveloppe et en vérifia le contenu.

— Demain après les cours, rappela-t-il sur un ton ferme. Et la prochaine fois que vous voudrez me rencontrer, appelez la compagnie de taxis et prenez rendez-vous, comme tout le monde.

19. Beast

Monty, un échalas de vingt ans aux longs cheveux gras, accueillit les frères Sharma à la porte des locaux de l'imprimerie. Deux déshumidificateurs électriques dont les tuyaux d'évacuation débouchaient dans la cuvette des toilettes ronronnaient de part et d'autre du local. Ryan s'amusa du bruit de ventouse que produisaient ses baskets sur le sol détrempé.

— Il faut évacuer tout ça, dit Monty en désignant les rames de papier désormais inutilisables. Ensuite, vous virerez la moquette.

Cette seconde tâche, qui devait être accomplie à quatre pattes, se révéla un enfer. Certaines plaques de tissu synthétique cédaient sur une simple traction, mais les autres partaient en morceaux et exigeaient l'emploi d'un cutter et d'une décolleuse thermique.

En vingt minutes, Ryan n'avait ôté que neuf dalles sur quatre cents. Ses genoux étaient trempés et douloureux, ses doigts souillés de colle à moquette en décomposition.

— Vous feriez bien d'accélérer la cadence, avertit Monty en ouvrant la porte pour laisser entrer un technicien de la société Xerox.

Tout en poursuivant sa corvée, Ryan regarda ce dernier démonter l'imprimante.

— Ces machines ne sont pas conçues pour résister à une telle inondation, dit l'homme. Celle-ci est irréparable.

— C'est impossible, s'affola Monty. On a un gros travail à rendre la semaine prochaine. Il *faut* qu'elle fonctionne.

— Navré, mais je ne peux pas faire de miracles. Je vous invite à visiter notre local de démonstration. Le nouveau modèle 950L dispose des mêmes fonctionnalités. De plus il gère les encres fluorescentes et vous bénéficierez de deux ans de garantie. Il pourrait vous être livré en fin de semaine prochaine.

— Trop tard, dit Monty. Le grand patron sera ici mardi et tout doit être en ordre de marche. Par pitié, essayez de voir ce que vous pouvez faire. Notre prix sera le vôtre, et vous serez payé en espèces.

L'ingénieur recula d'un pas puis essuya ses mains tachées d'encre à l'aide d'un chiffon.

— J'aimerais pouvoir vous satisfaire, mais je pourrais travailler sur cette machine pendant une semaine sans garantir qu'elle se remette à fonctionner. Elle n'est tout simplement pas conçue pour qu'on verse de l'eau à l'intérieur.

De guerre lasse, Monty raccompagna le technicien à la porte.

— Apparemment, Doc va se pointer mardi, chuchota Daniel.

— Info enregistrée, répondit Ryan.

Aux alentours de vingt et une heures, les garçons, qui avaient fini par prendre le coup de main, avaient arraché la moitié des dalles de moquette. Retranché dans un angle de la pièce, Monty terminait la maquette du menu d'un restaurant du quartier sur un Mac Pro.

Tout en travaillant, les garçons avaient collé des dispositifs de surveillance très particuliers sous les bureaux, des micros basse fréquence conçus pour capter les sons produits par les claviers d'ordinateurs, identifier la signature sonore spécifique de chaque touche puis, à l'aide d'un puissant logiciel, reconstituer les chaînes de caractères composées par leur utilisateur.

Peu après vingt-deux heures, alors que les frères Sharma avaient achevé les trois quarts du travail, Monty les fit descendre à l'épicerie du rez-de-chaussée.

— On pourra bientôt rentrer ? gémit Léon. J'ai super mal aux genoux.

— Ça m'étonnerait, répondit Monty en désignant le camion stationné devant le bâtiment.

Un colosse vêtu d'une combinaison verte avait ouvert le rideau de fer de l'épicerie. Lorsque les garçons entrèrent dans la boutique, ils furent frappés par l'état déplorable des lieux. Les rayonnages avaient été débarrassés de leurs articles et les réfrigérateurs évacués. Le plafond gorgé d'eau présentait une bosse inquiétante, et deux néons pendaient tristement au bout de leurs câbles électriques. Une couche de vase jaunâtre drainée par l'eau qui avait filtré au travers du béton recouvrait le lino.

L'inconnu en combinaison était nimbé d'une puissante odeur de sueur. Il avait le surnom *BEAST* tatoué sur les phalanges.

— Tout ce qui est en métal va dans le camion, expliqua-t-il. Et comme je voudrais être rentré chez moi avant une heure du matin, on va tous en mettre un coup. Compris ?

— Compris, répondirent en chœur les frères Sharma.

Dans un fracas de ferraille, ils désossèrent les étagères et abattirent les éléments qui leur résistaient à coups de masse en caoutchouc. Ils terminèrent cet exercice vers minuit, des coupures sur les mains et les vêtements incrustés de poussière de plâtre.

— J'ai besoin de quelqu'un pour m'aider à décharger tout ça à la casse, annonça Beast. Les autres, vous pouvez partir.

Ryan, qui était le plus âgé et n'avait pas encore effectué sa rentrée au lycée local, se porta volontaire. En cette heure tardive, la circulation était très fluide. À chaque irrégularité de la chaussée, les éléments métalliques entassés à l'arrière produisaient un vacarme d'enfer.

— Tu connais Trey ? demanda Beast.

— Je l'ai rencontré une fois, répondit Ryan tandis que le camion s'engageait sur la route A41.

— Il croit qu'il peut cacher à Doc ce qui s'est passé, mais il aurait mieux fait de tout lui dire. Si Doc apprend la vérité, il aura de gros problèmes.

Un motard passa sur la voie de gauche à près de cent soixante kilomètres-heure.

— Il a l'air pressé de mourir, celui-là, dit Ryan.

— Mon fils s'est acheté une bécane, et il roule comme un cinglé. Je lui ai dit de ne pas compter sur moi pour pousser son fauteuil roulant quand il se sera cassé les deux jambes, mais rien n'y fait.

Ryan observa quelques secondes de silence avant de demander :

— C'est quoi, exactement, le boulot de Doc ?

— Il a plusieurs cordes à son arc. On se connaît depuis que je suis gamin. On a tous les deux commencé à bosser à la casse auto quand on a arrêté l'école. Maintenant, c'est lui le patron, et moi, je continue à conduire ce foutu camion.

Ils quittèrent la route et empruntèrent une piste criblée d'ornières jusqu'au centre de recyclage des métaux. C'était un lieu sinistre évoquant la série *Breaking Bad*, avec ses carcasses de voitures empilées jusqu'à six mètres de hauteur. Près de la clôture, des autobus à impériale londoniens attendaient l'heure de leur dernier voyage pour la presse hydraulique.

— C'est le plus gros compacteur d'Europe, annonça fièrement Beast en désignant la fosse où les véhicules étaient réduits en parallélépipèdes d'à peine un mètre cube. Il ne fonctionne pas la nuit parce que le bruit dérange les habitants du lotissement voisin. Dans le temps, on allait coller des claques à ceux qui allaient se plaindre auprès du conseil municipal, mais maintenant, Doc nous demande de nous tenir à carreau.

Il arrêta le camion devant une montagne de ferraille puis, avec l'aide de Ryan, déchargea les débris récupérés dans l'épicerie.

— Il y a des toilettes dans le coin ? demanda Ryan.

— Pas de chichis entre nous, gamin, s'esclaffa Beast. Tu peux pisser où ça te chante.

Lorsque Ryan se fut soulagé contre un mur de pneus, il accompagna Beast vers deux petits bâtiments préfabriqués qui abritaient les services administratifs de la casse. Ils entrèrent dans celui de droite, le plus moderne, avec des volets aux fenêtres et une hotte d'air conditionné sur le toit.

— C'est le bureau de Doc ? demanda Ryan.

— En théorie, répondit Beast. Mais comme il voyage beaucoup, il n'y passe pas beaucoup de temps.

Il sortit une bouteille de Coca du réfrigérateur placé dans un angle de la pièce et la tendit à Ryan.

— Tiens, c'est pour toi, dit-il. Tu l'as bien mérité.

— À ce propos, vous n'auriez pas des petits boulots à me refiler ? J'ai besoin de me faire un peu d'argent. Je n'ai que dix-sept ans, mais je peux soulever deux fois mon poids.

— Non, on n'a besoin de personne, répondit Beast avant de verrouiller le bureau et de se diriger vers une vieille BMW garée près du portail. Et il me semble qu'un garçon de ton âge devrait aller au lycée.

Puis, voyant Ryan s'approcher de la portière passager, il ajouta :

— Désolé, mais je ne suis pas chauffeur de taxi. Tu n'as qu'à prendre le bus de nuit, en bas de Savoy Crescent. Et je te conseille de ne pas traîner dans le coin, à moins que tu ne veuilles faire connaissance avec notre vigile et son berger allemand.

Sur ces mots, les roues arrière de la BMW soulevèrent un nuage de poussière, puis Ryan se retrouva seul devant le portail de la casse. Il envisagea de fouiller les bureaux puis estima qu'il valait mieux ne pas agir sans préparation.

Il pressa deux fois le lobe de son oreille pour activer son unité de communication et fut instantanément mis en contact avec James.

— Tu as tout entendu ?

— Affirmatif. Tu vas bien ?

— Oui, mais ce con m'a planté au milieu de nulle part. Tu peux venir me chercher ?

— La dernière fois que tu es monté à l'arrière de ma moto, tu as dit que c'était l'expérience la plus terrifiante de ta vie. Et tu as juré que ça ne se reproduirait jamais.

— C'est vrai, mais vu que tu es toujours en vie, je suppose que tu ne dois pas conduire si mal que ça. Et pour ne rien te cacher, je suis complètement claqué.

20. Source

Vers trois heures du matin, après avoir déposé Ryan au foyer Nurtrust, James regagna son studio et rédigea un rapport détaillé qu'il adressa à l'équipe de recherche du campus.

Le lendemain midi, il franchit la porte d'un Costa Coffee du centre de Birmingham. Il commanda un triple expresso et un jus d'orange au comptoir puis se dirigea vers la table où l'attendait une jeune femme portant baskets et survêtement, comme si elle sortait d'une salle de gym.

— Bonjour, Tanisha. Est-ce que je peux vous offrir quelque chose ?

— Non, c'est gentil, j'ai ce qu'il me faut.

— Merci d'être venue si rapidement, dit James en s'installant sur la banquette en skaï. Vous connaissez bien Aisha Patel ?

— Nous avons commencé notre carrière ensemble, elle dans le service presse de la police, moi comme journaliste au *East Birmingham Echo*. Il y a donc des années que nous échangeons des informations.

— Selon elle, vous avez écrit plusieurs articles au sujet des activités criminelles de Doc, mais la plupart n'ont pas été publiés.

— Excusez-moi, mais Aisha n'a pas été très claire au téléphone. De quel service faites-vous partie, exactement ?

James lui présenta une carte de détective-inspecteur de la police métropolitaine.

— Mais pour qui travaillez-vous *vraiment* ? insista Tanisha en plissant les yeux.

— Je vous assure que cette carte est authentique. Regardez l'hologramme.

— Quel âge avez-vous ? Vingt-cinq, grand maximum ? C'est un peu jeune pour se hisser au rang de détective-inspecteur.

Sourire aux lèvres, James rangea le document puis montra discrètement à la jeune femme son insigne de l'Intelligence Service.

— Je vois, dit Tanisha. Je peux donc deviner ce qui vous amène : vous voulez savoir si Doc est un islamiste radical dont l'argent sale finance l'État islamique en Syrie.

— Et c'est le cas, selon vous ?

— La vérité est plus complexe.

— La complexité, c'est toute ma vie…, plaisanta James.

— Tout d'abord, Doc s'appelle en réalité Martin Jones.

— Tiens, un nom cent pour cent britannique. Bizarre, vous ne trouvez pas ?

— Il est né en 1968, d'une mère galloise et d'un père pakistanais, expliqua Tanisha. En ce temps-là, la société était bien plus raciste qu'aujourd'hui. C'est pourquoi ses parents lui ont donné un prénom anglais et ont décidé qu'il porterait le nom de sa mère. Ils tenaient une épicerie dans le nord du pays de Galles. La famille s'est installée à Birmingham quand Doc avait dix ans. C'était un garçon difficile, qui a eu maille à partir avec la justice dès son plus jeune âge et a collectionné les séjours en maison de correction. Il s'est marié à dix-huit ans. À vingt, il avait déjà deux enfants.

— Pratiquant ?

— Pas que je sache. Sa première femme n'était même pas musulmane. À peu près à l'époque où il a divorcé pour épouser la deuxième, il a monté une petite bande qui a remporté le gros lot lors de la guerre des taxis, dans les années 80.

— La guerre des taxis ? répéta James.

— Il y avait alors une centaine de compagnies privées qui se faisaient concurrence à Birmingham. Leurs dirigeants se sont engagés dans une politique de baisse des prix, si bien que toutes ces sociétés se sont trouvées confrontées à de sérieuses difficultés financières. C'est alors qu'ils ont commencé à employer des moyens illégaux pour augmenter leurs parts de marché. Sabotage des véhicules, faux appels, brouillage des radios – c'était avant l'apparition du téléphone portable. Puis ça a été l'escalade. Des chauffeurs ont eu les jambes cassées à coups de manche de pioche, leurs habitations ont brûlé. Et à ce petit jeu, Doc et sa bande étaient les plus forts. Aujourd'hui, il possède les trois compagnies de taxis qui ont survécu à cette crise. Elles sont officiellement détenues par ses proches, bien entendu.

— Et ses autres activités ? demanda James.

— Il possède un centre de recyclage des métaux, mais les affaires n'ont pas l'air florissantes, puisqu'il y a quelques années, il a commencé à rançonner les commerçants de son quartier.

— Et les autorités le laissent faire ?

— Il compte de solides soutiens au sein de la police, expliqua Tanisha. La plupart des officiers d'origine indo-pakistanaise recrutés au cours des quinze dernières années pour améliorer les rapports avec la population locale sont liés à son organisation. Officiellement, ils condamnent ses agissements, mais en réalité, ils le considèrent comme un pilier de la communauté. Il faut reconnaître que Doc soigne sa popularité auprès des habitants. Il a chassé les dealers du quartier. Il a financé la réparation de la mosquée. Il a sauvé le petit commerce en dissuadant les investisseurs immobiliers de s'implanter. Accessoirement, en période d'élection, il arrose tous les candidats, qu'ils soient travaillistes ou conservateurs, pourvu qu'ils ne menacent pas ses intérêts.

— Et je suppose que son influence s'étend à la presse locale, intervint James.

— Bien entendu, confirma Tanisha. Tous les journalistes ont des informations le concernant, mais il est impossible de les publier sous peine de faire faillite. Les annonceurs sont presque tous liés à Doc, et de toute façon, aucun vendeur de journaux n'oserait vendre un quotidien où figurerait un article qui lui serait défavorable.

— Il a tout verrouillé, dit James.

Tanisha plissa les yeux.

— Et vous savez ce qui me fout le plus en rogne ? C'est que les gens comme vous courent après d'hypothétiques islamistes et laissent ce criminel contrôler la moitié de la ville.

— Détrompez-vous. Si je trouve un moyen de le jeter derrière les barreaux, je n'hésiterai pas une seconde.

— Ne vous fatiguez pas, soupira Tanisha. Je sais bien ce que vous pensez. Je pourrais même prédire votre prochaine question.

— Ah oui, vraiment ?

— Vous allez me demander si Doc s'est radicalisé, et s'il effectue des dons en faveur de groupes radicaux.

— Bien joué, admit James.

Tanisha leva les yeux au ciel.

— Doc a encore de la famille au Pakistan, et l'argent qu'il leur envoie leur a permis de devenir influents dans leur région. En 2013, l'armée américaine a procédé à une frappe de drone à proximité de leur résidence. Deux de ses neveux et son filleul de huit ans ont été tués. En outre, plusieurs de ses cousins ont été arrêtés et torturés par les troupes pakistanaises chargées de la chasse aux talibans.

— Vous êtes bien informée, fit observer James. Pourtant, vous ne travaillez plus pour l'*Echo*, n'est-ce pas ?

— Comme pour la plupart des journaux, nos recettes ont plongé quand les investissements publicitaires se sont reportés sur Internet, et les trois quarts de la rédaction se sont retrouvés au chômage. Aujourd'hui, je cumule deux jobs d'agent d'entretien dans le quartier des affaires et je travaille comme bénévole dans un foyer pour femmes victimes de violences domestiques. Mais je vis toujours à Sandy Green. Il suffit de tendre l'oreille pour apprendre toutes sortes de choses.

— Vos sources sont-elles fiables ?

— *Ma* source était la femme de ménage de la troisième épouse de Doc. Je ne la connais pas très bien, mais je ne vois quel intérêt elle aurait à me mentir.

— Alors ces événements auraient pu faire basculer Doc en faveur du camp islamiste ?

— Peu probable. Il boit de l'alcool et passe ses vacances à Las Vegas. Sa dernière femme et quatre de ses six enfants ne sont même pas musulmans. Si vous voulez mon avis, il n'est pas prêt à se laisser pousser la barbe et à vivre selon les préceptes de la charia. Ce qui est sûr, c'est qu'il est violemment opposé à l'intervention occidentale au Moyen-Orient et en Afrique du Nord.

— Ce qui pourrait le conduire à financer des groupes djihadistes… dit James.

— Doc n'a pas la moindre once de sens moral. Il a fait battre à mort des chauffeurs de taxi, fait chanter des fonctionnaires municipaux, commandité des incendies criminels et battu si sévèrement ses deux ex-épouses qu'elles ont terminé à l'hôpital. Il effectue quatre à cinq séjours annuels au Moyen-Orient. Je ne sais pas ce qu'il a en tête, mais si j'étais vous, je chercherais davantage du côté d'affaires louches et juteuses que de la guerre sainte…

21. Patron

Ryan retrouva les jumeaux à la sortie du collège et les conduisit à l'imprimerie. Tandis que Monty et un individu à barbe de hipster travaillaient dans le bureau, les trois frères achevèrent de décoller la moquette dans la zone d'imprimerie.

— C'est l'heure de la pause, déclara Monty peu avant dix-huit heures. Je vais préparer du café. Qui en veut ?

À cet instant, une clé tourna dans la serrure, puis un homme trapu, à la peau tannée par le soleil, fit son apparition. Au premier coup d'œil, les frères Sharma reconnurent Doc, dont ils avaient étudié le visage sur les photos de surveillance des services secrets. Il était accompagné d'une jeune fille aux épaules larges vêtue d'un jogging Adidas blanc.

— Doc, quelle surprise..., lâcha Monty, terrorisé, en grimaçant un sourire.

Le petit homme étudia d'un œil perplexe le sol dépouillé de sa moquette et les déshumidificateurs remisés dans un angle de la pièce.

— Qu'est-ce que c'est que ce foutoir ?

— On a eu… un petit dégât des eaux.

Doc adressa un hochement de tête à la jeune fille. Aussitôt, elle porta à Monty un direct en plein visage et un solide coup de genou dans les côtes puis, l'immobilisant d'une clé de bras, le plaqua face contre le bureau.

Frappés par la violence de l'attaque, le hipster et les frères Sharma retinrent leur souffle.

— Tu m'as menti, dit Doc avec le plus grand calme.

— C'est vrai, mais c'est Trey qui m'a demandé de ne rien dire, gémit Monty.

— Rafraîchis-moi la mémoire, petit. Qui est le propriétaire de cette imprimerie ? Trey ou moi ?

— C'est vous, monsieur.

— Et qui ai-je chargé de la faire tourner ?

— Moi, monsieur.

— Ce matin, j'ai reçu un e-mail m'annonçant que j'avais commandé une nouvelle imprimante, pour le prix royal de soixante-douze mille livres. Mais il n'est pas question que j'éponge tes conneries, Monty. C'est *toi* qui régleras la facture.

— Mais je ne trouverai jamais une telle somme…

— Tes parents sont propriétaires de leur maison et de leur boulangerie, je me trompe ? Je parie que tu n'auras aucun mal à les persuader de prendre une hypothèque.

— Mais ils ont travaillé dur toute leur vie, pleurnicha Monty.

Doc se tourna vers la jeune fille.

— Mon cœur, je crois que ce crétin a besoin d'une petite explication supplémentaire, dit-il.

Elle retourna sa victime comme une crêpe, lui assena trois violents coups de boule puis, l'attrapant par le col et le fond du pantalon, le jeta dans le couloir.

— Je te laisse une semaine pour trouver une solution ! cria Doc.

Il sortit de sa poche deux billets de vingt livres qu'il remit au hipster.

— Emmène-le à l'hôpital. Et si on te pose des questions, tu n'as rien vu, rien entendu, pigé ?

Tremblant comme une feuille, le graphiste quitta précipitamment le bureau, laissant les frères Sharma seuls en compagnie de Doc et de sa garde du corps.

— On m'a parlé de vous, dit Doc. Il paraît que vous avez corrigé Trey et son abruti de chauffeur. L'un de vous est-il prêt à montrer à ma fille Mya ce qu'il a dans le ventre ?

En tant qu'aîné, Ryan se porta volontaire.

— Ça marche, si elle est d'accord, dit-il en relevant ses manches.

Mya, qui s'attendait à affronter un adolescent inexpérimenté, ne se donna même pas la peine de lever sa garde. Elle fit un pas en direction de son adversaire et lui porta un coup de pied à la cuisse, mais Ryan détourna sa jambe, se projeta vers elle, la saisit à la gorge et la força à reculer. Il évita de peu un coup de coude au visage, la renversa sur le bureau de Monty puis, envoyant valser stylos et écran d'ordinateur, fit basculer l'ensemble du meuble et pesa de tout son poids de façon à la coincer contre le mur.

— Hé, tu n'as pas le droit de faire ça ! protesta Mya, la tête en bas, en tentant vainement de se dégager.

— La prochaine fois, je te conseille de surveiller ta garde, dit Ryan. Et de ne jamais sous-estimer ton adversaire.

Dès qu'il eut relâché la pression, Mya se redressa d'un bond et revint à l'assaut. Il fléchit les jambes, exploita son élan pour la soulever de terre et la fit rouler sur son dos, si bien qu'elle atterrit lourdement sur les fesses à côté de son père.

— Ça suffit ! ordonna ce dernier.

Les jumeaux étaient aux anges. Ivre de rage, Mya les fusilla du regard.

— Quel âge as-tu ? demanda Doc.

— Dix-sept ans, répondit Ryan. Mes frères en ont quatorze.

— Tu aimes te battre ?

— Seulement quand c'est nécessaire.

— Des scrupules ?

— Qu'est-ce que vous voulez dire ? demanda Ryan.

— Imaginons que je te propose cent livres pour envoyer un emmerdeur à l'hôpital. Ça te poserait un problème ?

Ryan haussa les épaules.

— S'il ne le fait pas, je m'en chargerai, intervint Léon.

— Je vois que les frères Sharma ont du potentiel, sourit Doc. Vous vivez à Nurtrust, n'est-ce pas ?

— Ouais, répondit Ryan. C'est pas la joie, et on est complètement fauchés. J'ai demandé à Beast s'il pouvait me trouver du boulot à la casse. Plein-temps, temps partiel, peu importe. Si vous l'interrogez, il vous dira que je travaille dur.

Doc s'accorda quelques secondes de réflexion.

— Entendu, dit-il. Passe me voir à la casse demain matin. Je verrai ce que je peux faire pour toi.

— Merci beaucoup, fit Ryan avec un sourire. Vous n'aurez pas à le regretter.

— Maintenant, j'ai besoin d'être seul, annonça Doc en s'asseyant derrière l'un des bureaux. Vous pouvez vous tirer.

— Mais Trey a dit qu'on devait... commença Ryan.

Doc éclata de rire.

— Celui-là, il a de la chance que son père soit l'un de mes plus vieux amis. Il terminera le boulot tout seul, à genoux et avec les dents.

Dès que les garçons eurent quitté les locaux, Doc souleva l'écran d'un MacBook Pro, ouvrit une session personnelle et entra son mot de passe, activant instantanément le micro basse fréquence placé sous le bureau...

22. Ferraille

Comme tous les samedis matin, les résidents du foyer traînaient dans les couloirs en pyjama ou prenaient leur petit déjeuner au lit. Ryan, qui détestait sa chambre confinée à la fenêtre garnie de barreaux, s'installa dans un pouf de la salle télé, une assiette de bacon et de galettes de pomme de terre sur les genoux. Rhea vint aussitôt s'asseoir à ses côtés, un mug de chocolat chaud à la main.

— On pourrait faire un truc tous les deux, ce soir, dit-elle. Il y a un club pas loin d'ici, le Passenger.

— Et qu'est-ce que tu fais de Léon ? demanda-t-il.

Rhea haussa les épaules.

— Il est mignon, mais c'est un gamin. J'ai un an de plus que lui, tu sais.

— Désolé, mais je ne peux pas sortir avec toi, dit Ryan. Tu me plais, mais je ne peux pas lui faire ça.

Rhea posa une main sur sa cuisse.

— Tu ne sais pas ce que tu rates, ronronna-t-elle.

À cet instant, Daniel entra dans la pièce.

— Ryan, je peux te dire un mot en privé ? demanda-t-il.

Ce dernier posa son assiette à côté du pouf puis suivit son frère dans le couloir.

— Tu flirtes avec Rhea ? gloussa Daniel. J'en connais un qui ne va pas trop apprécier… Bref, je viens de recevoir un SMS de James. Il faut qu'on soit tous les trois chez lui dans une demi-heure.

Ils entrèrent dans la chambre de Léon. Ce dernier, qui venait de sortir de la douche, ne portait qu'une serviette nouée autour de la taille.

— La vache, tu as un énorme bouton dans le dos, ricana Ryan.

— Je sais, je le laisse mûrir, grogna Léon en enfilant un caleçon. Alors, à votre avis, qu'est-ce que James a de si urgent à nous dire ?

— Il veut sans doute me féliciter, suggéra Ryan. Et reconnaître publiquement que cette mission n'allait nulle part avant que je ne débarque.

— Ça va les chevilles ? demanda Léon en fourrant son jean maculé de colle à moquette dans son panier à linge sale.

— On ne vous voit plus beaucoup ensemble, Rhea et toi, gloussa Daniel. Vous avez cassé ?

Léon jeta un regard noir à Ryan puis haussa les épaules.

— Je m'en fous, de cette meuf.

Le visage fermé, Léon s'assit sur le lit pour enfiler ses chaussettes. On pouvait littéralement entendre grincer ses dents.

— Cool, alors Ryan peut tenter sa chance ? lança Daniel.

Ryan lui flanqua une claque à l'arrière du crâne.

— Ferme-la, sale petit fouteur de merde ! Et va t'habiller en vitesse. James ne supporte pas qu'on soit en retard.

...

James rassembla ses agents autour de la table du studio. L'air inhabituellement joyeux, il avait préparé du thé et des sandwichs au bacon. Daniel en prit un puis en souleva la tranche supérieure.

— Tu n'aurais pas de la mayonnaise ? demanda-t-il.

— Pas de ça chez moi, malheureux ! se récria James en réprimant un frisson de dégoût. Je vous ai fait venir ici pour vous tenir au courant des dernières avancées. Il nous a fallu environ une heure d'enregistrement pour décoder le mot de passe de Doc, qui nous a permis d'accéder aux données figurant sur les disques durs des MacBook. Une équipe de recherche a passé la nuit à étudier ce contenu et… Oh, merde !

Une tranche de bacon venait de s'échapper de son sandwich et avait atterri entre ses pieds, provoquant l'hilarité des frères Sharma.

— Et ? demanda Ryan tandis que James se penchait pour la ramasser.

— Ils ont trouvé des documents comptables, pour l'essentiel. Ceux de la compagnie de taxis, du centre de recyclage et de l'imprimerie, mais aussi de petites sociétés qui lui servent probablement à blanchir l'argent sale. Nettoyage à sec, cybercafés… du classique, quoi ! Les factures de la maison de retraite de sa mère, les e-mails cryptés qu'il échange avec sa femme quand il est en voyage, des niaiseries sentimentales sans intérêt…

— Rien d'incriminant ? demanda Léon.

— Pas directement, mais quand on aura mis tout ça bout à bout, on aura sûrement une idée très précise de la façon dont il mène ses activités de racket.

— Et sur ses déplacements au Moyen-Orient ? demanda Ryan. Ce n'est pas ce qui nous intéresse en priorité ?

— Il nous reste des milliers de messages à étudier, sur les disques durs et sur les clouds. Il possède des dizaines de comptes mails. J'ai mis quatre analystes et un expert de la police scientifique sur le coup, mais on devra sans doute patienter plusieurs jours avant d'y voir plus clair.

— Et en attendant, qu'est-ce qu'on fait ? demanda Daniel.

— Vous, les jumeaux, je vous conseille de profiter du week-end, d'aller au cinéma ou de faire du shopping.

Les jumeaux échangèrent un sourire.

— Le problème, c'est qu'on est à court de fric, dit Léon.

James leva les yeux au ciel puis sortit deux billets de vingt livres de sa poche.

— Bande de parasites, soupira-t-il en les déposant sur la table. Amusez-vous bien, et surtout, évitez les ennuis, d'accord ?

Puis il se tourna vers Ryan.

— Toi, tu te rendras au centre de recyclage, comme prévu. Ta priorité, c'est de placer des micros dans le bureau de Doc, mais ne prends aucun risque inconsidéré.

— Et sa voiture ? Je pourrais y coller un mouchard.

— Les traceurs fiables sont trop volumineux pour passer inaperçus en cas de fouille. Je demanderai à un agent du MI5 de s'en occuper.

...

À l'instant où Ryan descendit de la vieille Peugeot 208 à proximité du portail, la presse hydraulique se mit en action et il sentit le sol vibrer sous ses pieds. Quatre employés vêtus de bleus de travail déplaçaient une citerne de carburant rouillée.

— J'ai rendez-vous avec Doc, dit-il au vigile qui gardait l'entrée de la casse.

— Désolé, mais il se trouve à l'étranger, répondit l'homme en le considérant d'un œil soupçonneux.

— Non, je ne crois pas, insista Ryan. Je l'ai vu hier après-midi, et il m'a demandé de passer ce matin.

Le vigile fit la moue puis décrocha le talkie-walkie suspendu à sa ceinture. Il échangea quelques mots rendus inaudibles par le passage d'un camion puis désigna la petite construction qui abritait le bureau de Doc.

— C'est bon, il va te recevoir.

Ryan trouva Mya assise sur la plus haute des trois marches donnant accès au bureau. Il aperçut de discrètes ecchymoses à hauteur de son cou. Elle lui lança un regard noir.

— Je peux entrer? demanda-t-il.

— Tu peux toujours essayer, dit-elle sur un ton menaçant.

— C'est quoi ton problème? sourit Ryan. Tu n'en as pas eu assez?

— J'ai retenu mes coups. J'ai toujours des scrupules à tabasser les gamins dans ton genre.

— Oh, je crève de trouille. Plaisanterie mise à part, ton père est là?

— Oui, mais il est au téléphone. Alors attends et ferme-la.

Ryan patienta une dizaine de minutes. Il eut tout le temps de penser aux dispositifs d'écoute qui se trouvaient dans la poche ventrale de son sweat-shirt à capuche et au meilleur itinéraire de fuite si la situation tournait au vinaigre. Puis son esprit se mit à vagabonder, et il imagina Rhea vêtue d'une tenue provocante pour une sortie en boîte de nuit. Après tout, peut-être Léon n'éprouvait-il réellement plus rien pour elle, comme il l'avait prétendu…

La porte s'ouvrit à la volée, Doc dévala les trois marches métalliques et porta à Ryan un jab amical à l'épaule.

— Salut, beau brun ! s'exclama-t-il joyeusement.

Un individu vêtu d'une combinaison de travail immaculée le rejoignit. Tout était net chez cet homme, de la coupe de cheveux aux stylos-billes alignés dans la poche de poitrine.

— Ryan, je te présente George, le contremaître, dit Doc. Alors, comment trouves-tu ma petite entreprise ?

— Des camions et des machines qui font un maximum de boucan, c'est le rêve de tout gamin de cinq ans !

Doc éclata de rire puis invita Ryan à le suivre le long d'une allée de gravier.

— J'aime ce business, dit-il. Faire de l'argent avec des déchets, c'est de la prestidigitation ! Pas question de stratégie commerciale ou de publicité, et je ne risque pas de voir le dirigeant d'une start-up californienne piquer la moitié de ma clientèle avec une application mobile.

— C'est sûr, la ferraille, c'est du solide, sourit Ryan. Alors, en quoi consisterait mon boulot ?

Doc se tourna vers son subordonné.

— Qu'est-ce que tu en penses, George ?

— Le prochain poste qui se libérera sera pour toi, mon garçon, répondit le contremaître. Mais ça prendra probablement quelques semaines.

— Et en attendant, je te confierai quelques petits jobs adaptés à tes compétences, ricana Doc en boxant les airs pour illustrer son propos.

Il se tourna vers George.

— Je t'ai raconté que ce petit salaud avait envoyé Mya au tapis ?

— Excellent. Il pourrait rendre visite à cette emmerdeuse du lotissement qui appelle la mairie chaque fois qu'on utilise le compacteur après dix-neuf heures.

Ryan suivit les deux hommes jusqu'à un gigantesque hangar en aluminium ceint d'une haute clôture grillagée. À l'intérieur, trois hommes démontaient une antique armoire de stockage. Derrière eux, perdues dans un amas de pièces métalliques, il remarqua de vieilles consoles équipées d'écrans intégrés qui, elles aussi, semblaient destinées à la casse. En étudiant leur design et leur coloris beige caractéristique, il estima qu'elles dataient de la fin des années 70 ou du début des années 80.

— Qu'est-ce que c'est ? demanda-t-il.

— Notre département informatique. Ces vieilles machines sont de vraies mines d'or, quand on sait les désosser.

Tandis que Doc et George s'entretenaient avec leurs employés, Ryan, poursuivant son inspection, identifia des cylindres équipés de jauges graduées en barils et en galons, puis de longs poteaux qu'il prit d'abord pour les rayons d'une grande roue de fête foraine. Puis, lorsqu'il découvrit quatre énormes têtes de forage stockées dans un angle du hangar, il comprit à quoi il avait affaire : du matériel de forage pétrolier.

Revenant sur ses pas, il étudia le logo figurant sur les consoles : *Offshore Marine Exploration*. Il était sur une piste, sans nul doute. Cet équipement d'extraction, les fréquents déplacements de Doc au Moyen-Orient, dont l'économie reposait sur l'industrie pétrolière… Il aurait aimé poursuivre ses investigations, mais Doc et George vinrent à sa rencontre.

— File-moi tes coordonnées, dit ce dernier en lui tendant son iPhone.

Ryan composa son numéro sur le clavier.

— On va devoir te laisser, petit, annonça Doc. On reste en contact, d'accord ?

Tandis que les deux hommes filaient vers une autre zone du centre de recyclage, Ryan rejoignit au pas de course l'entrée de la casse. Quand elle l'aperçut, Mya, qui s'était rassise sur les marches, lui adressa un sourire malveillant. Puis il remarqua que son rétroviseur droit avait été arraché de la portière et gisait à ses pieds dans la poussière.

— C'est toi qui as fait ça ? hurla Ryan en se précipitant vers la jeune fille.

Mya esquissa un sourire.

— Cette décharge grouille de rats, dit-elle. Ce sont sans doute eux qui ont fait ça.

— Espèce de connasse, gronda Ryan.

Elle se dressa d'un bond.

— OK, on remet ça ! cria-t-elle en adoptant une posture de combat. Cette fois, tu ne me feras pas passer pour une minable.

Elle avait haussé sa garde, et Ryan, qui ne pouvait plus compter sur l'effet de surprise, n'était pas convaincu de pouvoir la vaincre aussi facilement une seconde fois. En outre, sa voiture faisait partie de la flotte de CHERUB, et il n'aurait pas à payer pour le remplacement du rétroviseur. Objectivement, le jeu n'en valait pas la chandelle.

— Désolé, mais je ne suis pas homme à lever la main sur une faible femme, lança Ryan sur un ton théâtral avant d'esquisser une révérence pleine d'ironie, de monter à bord du véhicule et de quitter les lieux pied au plancher.

23. Or noir

Vêtu d'un short et de son maillot d'Arsenal porte-bonheur, James fit entrer Ryan dans le studio. La télévision était branchée sur Sky Sports. Sur la table se trouvaient une bouteille de bière et la moitié d'une pizza dans son carton Domino's.

— Pepperoni, dit-il. Elle doit être un peu froide, mais n'hésite pas à te servir.

— Tu as une assiette ?

James désigna un placard au-dessus de l'évier.

— Alors, comment ça s'est passé ? demanda-t-il tandis que Ryan plaçait deux parts de pizza dans le micro-ondes.

— Je ne sais pas encore. Je n'ai pas pu visiter le bureau de Doc, mais j'ai peut-être une piste. J'ai découvert un hangar plein de matériel de forage pétrolier. Et des consoles portant l'inscription *Offshore Marine Exploration*.

— Doc t'a dit de quoi il s'agissait ?

— Il dit qu'ils récupèrent ce qui a de la valeur et que le reste part à la ferraille. Mais d'habitude, à la casse, tout est en vrac. Là, il n'y a que des machines servant à l'extraction du pétrole, et elles ont l'air intactes.

— Intéressant, dit James en soulevant l'écran de son ordinateur portable. Notre analyste comptable m'a adressé un rapport préliminaire. La casse est la principale source de revenus de Doc, mais elle a enregistré des pertes importantes au cours des dernières années. Officiellement, le manque à gagner viendrait d'un important stock de matériel dont le recyclage n'aurait pas permis de réaliser les bénéfices escomptés.

— Il y aurait une histoire de blanchiment là-dessous ?

— Possible. Je vais demander au comptable d'enquêter sur un éventuel transfert de bénéfices occultes via des intermédiaires offshore.

Tandis que James composait le numéro de l'expert, Ryan lança le navigateur de son téléphone et consulta l'article Wikipedia consacré à Offshore Marine Exploration.

Basée à Aberdeen (Écosse), Offshore Marine Exploration (OME) était une société spécialisée dans la conception et la production de matériel de forage pétrolier. Ses outils de pointe permettant l'exploitation en eaux profondes équipaient la plupart des plates-formes pétrolières britanniques et norvégiennes dès la fin des années 1970. Introduite sur le marché boursier en 1986, elle a gravement

souffert du krach du 18 octobre 1987. Déclarée en
faillite en 1991, elle a vu ses actifs rachetés par son
rival texan GeoPump Inc., qui a délocalisé son usine
au Mexique, entraînant le licenciement de plus de
trois cents employés. La production des systèmes
OME a pris fin en 1995, lorsque GeoPump a dû
fermer ses portes à son tour.

— Allô, Martin ? dit James. Je voudrais que tu effectues une recherche ciblée dans la compta de la casse. Je cherche des factures liées à l'achat de matériel de forage pétrolier, en particulier de la marque OME... Hein ?... Sans blague ? Tu es formel ?... OK, attends, je note...

Lorsqu'il mit fin à la conversation, il adressa à son agent un sourire radieux.

— Mon petit Ryan, on dirait que tu as touché le gros lot. Martin avait déjà identifié des achats importants d'équipement de forage en Écosse et en Norvège. Presque deux millions de livres rien qu'en 2015. Le plus étonnant, c'est que tout ce matériel a été enregistré comme déchets non recyclables dans les livres de comptes de la société.

— Ce qui veut dire ? demanda Ryan, un peu perdu.

— Aucune idée, dit James. Mais Martin m'a communiqué les coordonnées d'une société baptisée OME911. Apparemment, ils ont effectué des réparations sur du matériel OME à la casse de Doc, il y a deux ans.

Sur Google, Ryan trouva un lien vers le site Internet de la compagnie, mais aboutit à une page proposant l'achat de noms de domaines expirés : *OME911.com est disponible à partir de 99 dollars !*

— Vois ce que tu peux trouver sur Wayback Machine[3].

En quelques secondes, Ryan accéda à une version du site datant de 2011 dont il lut le texte d'accueil à haute voix.

— *OME911 est le leader de la maintenance et de la réparation des pompes et des systèmes de contrôle Offshore Marine Exploration. Anciens collaborateurs d'OME, nos ingénieurs ont une connaissance parfaite des technologies employées et des outils informatiques de diagnostic.*

James composa le numéro figurant sur la page *Contact* et tomba sur une ligne non attribuée.

— On dirait qu'ils ont fermé, eux aussi, maugréa James. Imprime la page.

Il se connecta à la base de données réservée aux membres des services secrets, un outil qui permettait d'accéder au registre des sociétés, aux services fiscaux et aux données bancaires de la plupart des citoyens européens. En quelques minutes, il obtint l'identité et les dernières adresses connues des quatre employés d'OME911, consigna ces informations sur un carnet puis fit tourner leurs noms sur Google.

— Nom de Dieu ! s'exclama-t-il en tournant l'écran vers son agent. Regarde, c'est un article paru dans un journal d'Aberdeen.

---

3. Service d'archivage en ligne permettant aux internautes de visionner les versions anciennes de sites Internet. (*N.d.T.*)

Ryan en lut le titre : *L'ingénieur pétrolier Chris Carlisle retrouvé mort d'une overdose dans un hôtel de l'aéroport de Birmingham*. Il réalisa aussitôt qu'il s'agissait d'un des trois ingénieurs figurant sur la liste de James.

— L'aéroport n'est qu'à quelques kilomètres de la casse de Doc, fit-il observer.

— Sacrée coïncidence, pas vrai ? sourit James en pianotant fiévreusement sur son clavier.

— Qu'est-ce qu'on a sur ses collègues ?

— Gordon Sachs et Kam Yuen. Aucun d'eux n'a rempli sa déclaration d'impôts en avril. Et ils n'ont pas passé un seul coup de fil sur leur mobile depuis octobre de l'année dernière. Soit à peu près à la date où Chris Carlisle a été retrouvé mort dans sa chambre d'hôtel.

— Et le quatrième employé ? demanda Ryan.

— Morag Henderson, la secrétaire, répondit James en consultant sa liste. Voilà un nom qui fleure bon l'Écosse. On lui passe un petit coup de fil ?

Il composa le numéro et activa le haut-parleur.

Morag avait plus de soixante-dix ans. Il fallut quelques minutes à James pour la convaincre qu'il n'essayait pas de lui fourguer une assurance-vie ou un abonnement à un service juridique. Il lui expliqua qu'il faisait partie de la police criminelle et qu'il était chargé de compléter le dossier relatif au décès de Chris Carlisle.

— Notre société a été fondée par d'anciens ingénieurs d'OME, expliqua la femme avec un accent écossais à couper au couteau. Quand leur boîte a coulé, il restait beaucoup d'équipement Offshore Marine en service à travers le monde. Alors ils ont racheté le logiciel de diagnostic et un stock de pièces de rechange, puis ont commencé à intervenir au Royaume-Uni comme à l'étranger pour assurer le fonctionnement des pompes et des panneaux de contrôle. À nos débuts, en 1995, la compagnie comptait six ingénieurs, mais trois d'entre eux ont pris leur retraite. Au fil des années, le matériel OME a été progressivement remplacé.

— Et vos activités ont décliné jusqu'à la fermeture.

— Nous pensions que c'était inévitable, en effet. Mais les gouvernements occidentaux ont imposé un embargo en Libye, en Irak et en Syrie. Dans ces pays, il a dès lors été impossible de se procurer du matériel neuf, et l'équipement OME est resté en place. C'est de la bonne qualité, vous savez. Certaines installations ont plus de quarante ans, et elles fonctionnent encore très bien.

— Et si je comprends bien, Gordon, Kam et Chris étaient les seuls à pouvoir assurer la bonne marche de ces puits en cas de panne…

— Ils n'intervenaient que sur l'électronique. Le matériel OME est simple, rustique et solide. Les réparations peuvent être effectuées avec les moyens du bord. Mais les consoles requièrent des compétences particulières. Sachant qu'un site d'extraction en panne peut faire perdre vingt mille dollars par jour, nos ingénieurs étaient très demandés.

— Mais pourquoi avoir fermé votre société, si les dispositifs OME sont toujours en activité ?

— Chris avait soixante-quatre ans lorsqu'il est mort. Kam et Gordon en avaient presque soixante. Avec tous ces conflits dans le monde arabe, leurs conditions de travail étaient devenues extrêmement dangereuses. Quand Kadhafi dirigeait la Libye, ils gagnaient jusqu'à trois mille dollars par jour, logeaient dans les meilleurs hôtels et étaient escortés par la police. Après la chute du régime, la situation est devenue intenable. Les kidnappings d'Occidentaux se sont multipliés. Quant à l'Irak, n'en parlons pas. Même les représentants des plus grosses firmes pétrolières étaient assassinés malgré leurs escortes de mercenaires.

— Et c'est ce qui a poussé Kam et Gordon à cesser leur activité ?

— Ils ne se demandaient plus s'ils allaient être kidnappés, mais *quand*, expliqua Morag. De mon côté, je continuais à recevoir des appels de sociétés qui nous proposaient jusqu'à cinquante mille dollars pour la remise en état de leurs installations, mais il n'était plus question pour Kam et Gordon de remettre un pied dans ces zones de guerre. Alors quand un investisseur a proposé de racheter notre équipement de diagnostic et l'ensemble de nos pièces détachées, ils ont pris la décision de se retirer.

— Quel investisseur ? demanda James.

— Mon Dieu, ma mémoire me fait de plus en plus souvent défaut... Un Indien qui parlait avec l'accent de Birmingham... Impossible de me rappeler son nom.

— Martin Jones ?

— Voilà, c'est lui! s'exclama Morag. Un homme charmant. Son entourage le surnommait Doc, si je me souviens bien. Après la signature du contrat, il nous a tous emmenés dîner dans un excellent restaurant thaïlandais.

— Mrs Henderson, quand avez-vous vu Kam et Gordon pour la dernière fois?

— C'était à l'enterrement de Chris. À vrai dire, nous ne nous rencontrions pas souvent. Une ou deux fois par an, tout au plus. Vu qu'ils passaient la moitié de leur temps dans des avions, ils s'étaient installés à Londres, pas très loin de l'aéroport d'Heathrow. Les pièces de rechange leur étaient livrées depuis notre dépôt d'Aberdeen.

— Ils ont de la famille?

— Chris avait trois enfants et sept petits-enfants. Une femme adorable avec laquelle je joue encore au bowling une fois par semaine. Sa mort m'a causé un tel choc…

— Et Kam et Gordon?

— Kam est divorcé. Il a deux filles qu'il ne voit presque plus, parce que la rupture avec leur mère a fait des dégâts. Quant à Gordon…

Morag marqua une pause puis gloussa:

— … je crois qu'il ne s'est jamais beaucoup intéressé aux femmes, si vous voyez ce que je veux dire.

— Je vois parfaitement, Mrs Henderson. Eh bien, je crois que nous en avons terminé. Je vous remercie infiniment pour le temps que vous avez bien voulu m'accorder. Je tâcherai de ne plus vous déranger à l'avenir.

— Oh, dérangez-moi quand vous voulez, roucoula Morag. Je suis une vieille dame solitaire qui n'a pas beaucoup de distractions.

James raccrocha puis regarda son agent droit dans les yeux.

— Alors, qu'est-ce que tu en penses ?

— Doc a racheté l'équipement d'OME. L'un des trois ingénieurs capables de le faire fonctionner a été retrouvé mort dans un hôtel à quelques kilomètres de la casse. Les deux autres ont disparu, probablement assassinés eux aussi. Il a dû y avoir une grosse embrouille.

James secoua la tête.

— Pourquoi Doc aurait-il liquidé les derniers types capables de faire fonctionner le matériel dans lequel il avait investi ?

— Oui, tu n'as pas tort... Alors qu'est-ce que ça signifie ?

— Selon les experts, l'État islamique est le groupe terroriste le plus riche de l'histoire. Et tu sais pourquoi ?

— Parce que le commerce illégal du pétrole lui rapporte des sommes considérables.

— Exact. Le marché clandestin de l'or noir représente environ un milliard de dollars. Les zones contrôlées par l'EI en Syrie, en Libye et en Irak comptent un nombre incalculable de sites d'extraction. Alors l'explication la plus logique, c'est que Doc a raflé toutes les pièces de rechange nécessaires au bon fonctionnement de ces installations, et qu'il s'est aussi procuré les deux seuls

ingénieurs au monde capables d'effectuer les réparations.

— Tu veux dire qu'il les a enlevés ?

— Nous n'avons pas encore de preuves formelles, dit
James, mais j'y mettrais ma main à couper...

24. États de service

CINQ SEMAINES PLUS TARD

James avait passé la nuit dans l'appartement de Kerry, au treizième étage d'un immeuble du quartier londonien de Canary Wharf.

Au matin, avant de partir pour le bureau, elle l'avait aidé à nouer sa cravate et l'avait rassuré sur sa tenue vestimentaire.

— Bonne chance pour la réunion, avait-elle dit en déposant un baiser sur ses lèvres. Tout se passera très bien, tu verras.

Mais James se sentait engoncé dans son costume gris. Sa cravate le serrait comme la corde d'un pendu. Son pantalon le grattait et ses élégantes chaussures derby le blessaient à hauteur du tendon d'Achille.

Il emprunta le métro à l'heure de pointe, sortit à la station Westminster puis remonta Whitehall jusqu'au ministère de la Défense. Après avoir franchi le poste de sécurité, il fut escorté par un militaire en uniforme jusqu'à un bureau du septième étage d'où, grâce à une vitre sans tain, on pouvait surveiller la salle de réunion contiguë.

— Tu es très élégant, sourit John Jones en lui donnant l'accolade. Anxieux ?

— Un peu, admit James. C'est la première fois que je présente un rapport au ministère. J'ai l'impression que c'est mon premier jour d'école.

— Deux ministres, quelques pontes du SAS, les directeurs du MI5 et du MI6, quelques experts de l'industrie et de l'islam radical... je ne vois pas ce qui t'impressionne, ironisa John. Café ?

— Non, juste un verre d'eau.

Une minute plus tard, James fit son entrée dans la salle de réunion. Il faillit avaler sa langue quand il vit le ministre du Renseignement accompagné du vice-Premier ministre en personne. *C'est énorme !* se répétait-il en boucle, gagné par la panique.

Lorsque tous les participants eurent pris place autour de la longue table, il ouvrit son rapport et en commença la lecture. À son grand étonnement, il retrouva aussitôt son calme.

Tous ses auditeurs ayant connaissance de l'existence de CHERUB, il présenta un résumé de sa mission à Sandy Green puis détailla ses découvertes concernant Kam Yuen et Gordon Sachs.

— Ils n'ont pas été vus au Royaume-Uni depuis plus de six mois, expliqua-t-il. Au cours de mon enquête, j'ai pu rassembler des preuves que Martin Jones, alias Doc, avait organisé leur enlèvement et leur transport vers l'Afrique du Nord à bord d'un avion-cargo transportant du matériel de forage pétrolier.

James marqua une pause et but une gorgée avant de reprendre son exposé.

— L'opération menée conjointement par nos services de renseignement électronique en association avec la CIA a permis d'intercepter plusieurs e-mails faisant état de dysfonctionnements dans des exploitations pétrolières présentant la double caractéristique d'être équipées de matériel OME et d'être contrôlées par l'État islamique. Nous avons désormais la certitude que l'EI dispose d'ingénieurs qualifiés, et si Yuen et Sachs ne sont pas cités nommément dans ces échanges, nous sommes convaincus que c'est bien d'eux qu'il s'agit. Grâce à Morag Henderson, j'ai dressé une liste de quatre-vingt-quatre puits de pétrole où ils seraient susceptibles d'intervenir.

Le vice-Premier ministre s'éclaircit la gorge.

— Ces installations sont situées en plein désert. Ce sont des cibles idéales pour une attaque aérienne. Pourquoi aucune mesure n'a été prise pour les démanteler ?

Le directeur du MI6 prit la parole.

— La politique des gouvernements britannique et américain concernant les exportations illégales de pétrole est très claire. Nous avons choisi de nous en tenir à de strictes mesures d'embargo et de confinement. En clair, nous empêchons l'acheminement du brut vers les raffineries par voie terrestre et maritime.

Le bombardement des exploitations provoquerait d'innombrables pertes parmi les travailleurs civils. Nous craignons aussi des représailles contre des puits non contrôlés par l'EI et une désorganisation totale de l'industrie pétrolière dans la région, voire à l'échelle mondiale.

Le vice-Premier ministre hocha la tête.

— Il semblerait en effet que nous ayons les mains liées. Et que pouvons-nous faire pour nos otages ?

— Je me permets de vous rappeler que les représentants parlementaires ont exclu toute intervention terrestre sur le territoire de l'État islamique, intervint le ministre de la Défense. Même si nous parvenons à localiser Yuen et Sachs, le recours aux forces spéciales n'est pas envisageable.

— Mais si l'existence de ces otages est révélée publiquement, notre gouvernement sera mis en accusation, fit observer le vice-Premier ministre. On nous reprochera de n'avoir rien mis en œuvre pour libérer deux ressortissants enlevés sur le sol britannique.

— Dans ce cas, faisons en sorte que cette information ne soit pas rendue publique, dit le ministre du Renseignement.

L'un des spécialistes de l'industrie pétrolière prit la parole.

— Exfiltrer les otages pourrait avoir des effets extrêmement bénéfiques dans la lutte contre le commerce illégal du pétrole. Je m'explique. Les installations OME, qui ont entre vingt et quarante ans, tombent fréquemment en panne. Si nous pouvons priver l'EI des seuls ingénieurs en mesure d'intervenir sur ces puits défaillants, nous réduirons considérablement la production à destination du marché noir.

Plusieurs participants hochèrent la tête.

— Êtes-vous en mesure d'avancer une estimation des pertes financières que nous infligerions à l'ennemi ? demanda le vice-Premier ministre.

L'analyste s'accorda quelques secondes de réflexion.

— Eh bien, en considérant qu'un tiers des quatre-vingt-quatre puits seront hors service dans l'année, et si l'on admet que chacun d'eux était en mesure de produire cinq cents barils par jour au prix de trente dollars l'unité, cela nous fait un total de…

— Cent cinquante-trois millions et trois cent mille dollars dont l'EI ne verra pas la couleur, annonça James.

— Vous avez calculé ça de tête ? sourit le vice-Premier ministre.

— J'ai quelques facilités en arithmétique, répondit James sur un ton modeste tandis que les rires fusaient autour de la table.

— Quel type d'intervention suggérez-vous, Mr Adams ? demanda le colonel représentant les forces spéciales.

— Ça, c'est davantage votre champ d'expertise que le mien. Tout d'abord, cela va de soi, nous devrons localiser Yuen et Sachs. Pour cela, je suggère de saboter les systèmes de contrôle d'une installation importante – l'intervention d'un drone pourrait suffire. Si, comme nous le pensons, Yuen et Sachs sont conduits sur les lieux pour procéder aux réparations, une petite formation de type commando devrait être en mesure de les récupérer.

— Et quelle méthode d'exfiltration proposez-vous ?

— Colonel, je m'en remets à vous. N'oubliez pas que je ne suis que contrôleur de mission à CHERUB.

Le militaire semblait flatté par cette manifestation de respect.

— Vous devrez choisir un puits situé à proximité de la mer ou de la frontière d'un pays allié, expliqua-t-il.

— Messieurs, je crois que vous vous égarez, intervint le ministre de la Défense. Je vous rappelle que le gouvernement se trouve dans l'impossibilité légale d'ordonner une intervention sur le territoire contrôlé par l'EI.

Le vice-Premier ministre frappa du poing sur la table.

— Bon sang, ce sont des ressortissants britanniques, kidnappés sur leur propre sol ! Avez-vous réellement l'intention de ne rien faire pour les ramener à la maison ?

— Pas d'intervention militaire, répondit le ministre du Renseignement. Il s'agit d'une décision du Parlement, je vous le rappelle.

— Une décision parfaitement stupide ! rugit le vice-Premier ministre.

— Messieurs, un peu de calme, dit le chef du MI6. À vrai dire, il n'est pas nécessaire de faire intervenir des soldats de l'armée *britannique*, avec des uniformes *britanniques* et du matériel *britannique*. Tout ce dont nous avons besoin, c'est d'une petite unité de spécialistes bien entraînés sans lien officiel avec nos forces militaires. Si l'opération tourne mal, nous nierons en avoir eu connaissance, tout simplement.

— Vous suggérez de laisser mes hommes sur la touche et d'employer des mercenaires ? s'indigna le colonel des forces spéciales.

Mais tout ce que l'assistance comptait de politiciens était séduit par l'idée d'une opération grise qui leur permettrait de couvrir leurs arrières en cas de coup dur.

— L'équipe peut être montée et entraînée avec des moyens gouvernementaux, précisa le directeur du MI6. Nous devons trouver des personnes rapidement mobilisables, aptes au combat et rompues au travail d'infiltration. Elles recevront l'aide officieuse des forces spéciales, du renseignement britannique et des services secrets de nos alliés au Moyen-Orient.

À cet instant, James réalisa que plusieurs participants le fixaient avec insistance.

— J'ai étudié vos états de service, Mr Adams, sourit le vice-Premier ministre. J'avoue que je suis très impressionné.

Sidéré, James se tourna vers John Jones et lui adressa un regard implorant.

— Mr Jones, pensez-vous que Mr Adams pourrait être temporairement relevé de ses fonctions à CHERUB afin de mener cette opération ? demanda le colonel sans dissimuler son enthousiasme.

John esquissa un sourire.

— Je crois pouvoir me passer de ses services pendant quelques semaines, dit-il. Mais c'est à lui d'estimer s'il est à la hauteur de cette mission.

James éprouvait un fort sentiment d'irréalité. Il n'excluait pas la possibilité de se réveiller en sursaut en compagnie de Kerry, dans leur chambre de Canary Wharf.

— Oui, lâcha-t-il. Je crois que je suis à la hauteur.

25. Commando Adams

Lorsqu'ils eurent quitté la salle de conférences, John serra chaleureusement la main de James.

— Tu as été excellent, dit-il. Et je suis réellement soulagé que nous n'ayons pas abandonné Sachs et Yuen.

— Toute cette opération à monter…, soupira James. Je ne sais pas par où commencer.

John jeta un œil à sa montre.

— Oh, il faut que je file, répondit-il. J'ai un autre rendez-vous avec le MI6. On se parle plus tard, d'accord ?

À peine eut-il tourné les talons que James se retrouva face à face avec le vice-Premier ministre en personne.

— J'ai toute confiance en vous, Mr Adams. Je ne vous demanderai qu'un rapport d'avancement quotidien.

James aurait aimé s'entretenir avec le colonel des forces spéciales, mais la totalité des participants quitta les lieux en quelques secondes, et il se retrouva seul dans l'interminable couloir qui traversait de part en part le ministère de la Défense. Il desserra sa cravate, tituba vers les toilettes, s'isola dans une cabine puis, penché au-dessus de la cuvette, vomit un filet de bile.

Souffrant d'une vive douleur aux côtes, il s'assit, respira profondément, puis sortit son téléphone. Sur l'écran, il découvrit un SMS que Kerry lui avait adressé quarante minutes plus tôt.

Tu vas les éblouir. Je t'aime. K.

Un sourire éclaira le visage de James. Elle seule lui permettait de supporter la tension propre à ses activités. Il n'avait pas la moindre idée de ce qu'il serait devenu sans l'amour inconditionnel qu'ils se portaient.

Il composa son numéro.

— Salut toi, répondit-elle, manifestement essoufflée.

— Est-ce que tout va bien ? s'inquiéta James.

— Je viens de me faire pourrir par mon boss. Je dois relire un contrat de deux cents pages et corriger les erreurs avant demain matin. Du coup, on ne va pas pouvoir déjeuner ensemble.

James n'était pas surpris. Chaque fois qu'il se rendait à Londres en semaine, elle était débordée de travail et ils ne faisaient que se croiser.

— Alors, cette réunion ? demanda Kerry.

Dès que James eut dressé un bref tableau de la situation, elle laissa éclater sa colère :

— Et tu as accepté ? Bon sang, mais est-ce que tu as perdu la tête ?

— Tu ne te rends pas compte de la pression qu'ils m'ont mise, Kerry. John, le chef des forces spéciales, le ministre du Renseignement, le vice-Premier ministre, ils me regardaient tous en silence. Je n'avais pas le choix.

— Les combattants de l'État islamique coupent la tête de leurs ennemis. Il ne s'agit pas d'une mission de CHERUB, James. C'est beaucoup trop dangereux.

— Tu penses que je devrais revenir sur ma décision ?

Kerry observa un long silence puis répondit d'une voix plus posée :

— Je ne veux pas te forcer la main. Excuse-moi d'avoir haussé le ton, mais j'étais sous le choc. Je te soutiendrai, quelle que soit ta décision.

— Mon souhait, c'est de ramener ces otages de Syrie. Mais je vois la réalité en face : mes hommes et moi devrons nous préparer au pire, si la mission tourne mal.

— Alors tu dois choisir les meilleurs, dit Kerry. Entoure-toi de spécialistes pour préparer l'opération et d'agents de terrain en qui tu as entière confiance.

— Tu penses que les autorités me considèrent comme un fusible ? demanda James. Comme un sous-fifre à qui ils feront endosser toute la responsabilité en cas d'échec ?

Kerry lâcha un éclat de rire.

— Si tu te plantes, ton plan de carrière sera le moindre de tes soucis.

— Et merde…, gémit James en donnant un coup de poing dans le distributeur de papier toilette. Pourquoi est-ce que j'ai accepté ?

— Tu dois garder la tête froide, mon amour. Je sais que tu es l'homme de la situation. Dès que tu auras recruté ton équipe et commencé à travailler sur les données…

James l'interrompit.

— Kerry, est-ce que tu envisages vraiment de passer le reste de ton existence à rédiger des contrats soixante-cinq heures par semaine ?

— Non, c'est clair. Je ne ferai pas ça toute ma vie.

— Alors plaque ton boulot. Si on montait l'opération ensemble…

— James, s'il te plaît… J'ai fait des années d'études pour en arriver là, et mon salaire est…

— Mais il n'y a pas que l'argent dans la vie, Kerry !

— Eh, je te rappelle que je n'ai pas hérité d'une fortune à mon départ de CHERUB, moi !

— T'inquiète, je prendrai toujours soin de toi.

— Désolée, mais je ne veux pas me trouver en situation de dépendance. Oh, attends, ne quitte pas, j'en ai pour une minute…

Kerry posa une main sur le micro du téléphone mais James l'entendit s'entretenir avec un homme au ton revêche.

— James, ma réunion va commencer et mon chef me prend la tête. Je te rappelle plus tard, OK ?

— OK, répondit James. Je t'aime.

— Tellement moins que moi, gloussa Kerry. Et ne t'inquiète pas trop, d'accord ? Je suis avec toi.

James mit fin à la communication. Il imagina Kerry vêtue de son tailleur noir de business woman. Il rêvait de la serrer contre lui et de s'enivrer de son parfum.

Apaisé par cette pensée, il sentit ses neurones s'activer. Sans produire de véritable effort de concentration, il commença à analyser le travail de préparation de la mission et à passer en revue ceux qu'il aimerait avoir à ses côtés lorsqu'il se trouverait au contact de l'ennemi.

Il fit défiler les contacts de son téléphone jusqu'à la lettre B puis pressa le bouton d'appel. Son correspondant décrocha à la deuxième sonnerie.

— Salut mec ! s'exclama Bruce Norris.

— Salut mon pote. Tu es toujours au campus ?

— Oui, je reste encore quelques jours pour donner des cours au dojo. Alors, c'est comment, Birmingham ?

— La mission a connu un rebondissement intéressant. Ça te dirait de participer à un raid violent et extrêmement dangereux ?

— Évidemment ! Je ne comprends même pas comment tu peux te poser la question.

— Cool. Figure-toi que j'ai besoin de personnes de confiance pour monter une équipe d'intervention. J'ai pensé que je pourrais reformer la bande, comme au bon vieux temps. Tu es partant sur le principe ?

— Tu me demandes si je veux faire partie du commando Adams ? Sérieux, si tu ne me l'avais pas proposé, j'aurais été obligé de te supplier à genoux.

...

Les jumeaux se trouvant au collège, Ryan s'ennuyait ferme au foyer Nurtrust. Par respect pour Léon, il avait décliné les avances de Rhea. Il avait passé le lundi et le mardi dans sa chambre, à suivre des cours sur Skype avec un prof de maths du campus.

Comme la plupart des agents de CHERUB, il avait passé ses examens par petites sessions, entre deux missions vécues loin du campus. Ses résultats lui permettaient d'accéder aux meilleures universités, mais il avait choisi de passer quelques modules supplémentaires de façon à bétonner ses dossiers d'inscription.

Pour le reste, James avait purement et simplement disparu, et ni Doc ni George, le contremaître de la casse, n'avaient donné de leurs nouvelles. Ce n'est que le jeudi matin qu'il reçut un appel du campus.

— Salut, c'est Ning. Comment tu vas ?

— Je m'ennuie à crever. J'ai fait tellement de maths que je vois des chiffres flotter devant moi quand je ferme les yeux. Là, il faut que j'apporte la voiture au garage.

— Tu as eu un accident ?

— Non. Une espèce de folle s'en est prise à mon rétroviseur. Et toi, qu'est-ce que tu fais ?

— Je suis au centre de contrôle. Je file un coup de main à James.

— Il est au campus ?

— Affirmatif.

— Et tu sais s'il compte rentrer à Birmingham ?

— C'est à ce sujet que je t'appelle, répondit Ning. Vous avez reçu une nouvelle affectation, tes frères et toi.

— Pardon ? s'étrangla Ryan, incrédule. Mais l'opération est loin d'être terminée !

— Je ne suis pas au courant de tous les détails, dit Ning. Mais apparemment, une équipe du MI5 a placé des micros dans le bureau et la villa de Doc. Et ils ont recruté des informateurs, une femme de ménage et un employé de la casse sans titre de séjour.

— Ah. Alors je suppose que CHERUB est hors du coup, maintenant. Les jumeaux vont faire la gueule quand ils apprendront qu'on retourne au campus.

— T'inquiète, vous n'y resterez pas longtemps. Pour le moment, tu as rendez-vous dans une heure avec un certain Joffrey, agent du MI5, pour lui remettre le matériel qui vous reste. Ensuite, vous rentrerez au campus, mais vous aurez juste le temps de récupérer vos maillots de bain et vos tubes de crème solaire.

— Hein ? lança Ryan, qui n'y comprenait strictement rien.

— Grande nouvelle, vous partez pour la résidence d'été. Et le plus génial, c'est que je viens avec vous !

— Attends, je suis complètement paumé, là… Tu peux me passer James ?

— Désolée, mais je ne sais pas où il est. Il cavale de bureau en bureau comme s'il avait mis les doigts dans une prise électrique. Mais pas moyen d'en savoir plus. Ça sent la grosse mission ultrasecrète, si tu veux mon avis…

— Toutes les missions de CHERUB le sont, fit observer Ryan.

— Ouais, ben celle-là m'a l'air encore plus secrète que les autres…

26. Petite

James n'avait pas mis les pieds à la résidence d'été de CHERUB depuis cinq ans. Lorsque le jet quinze places s'inclina sur la droite afin de se placer dans l'axe de la piste, il se tourna vers le hublot et vit l'île apparaître, petit paradis baigné de lumière automnale.

— Ah, ça rappelle des souvenirs, pas vrai ? dit Bruce, qui occupait le siège situé de l'autre côté de la travée.

De juin à septembre, le complexe ne désemplissait pas. Hors saison, seul un couple de gardiens et une poignée d'officiers de sécurité demeuraient sur l'île.

Outre Bruce et James, cinq agents avaient pris place à bord de l'appareil : Ryan, Ning, Léon, Daniel et son meilleur ami Alfie. Accompagnés de leurs deux assistants, les instructeurs Capstick et McEwen étaient aussi du voyage, ainsi qu'une chef cuisinière et un agent d'entretien.

Tandis que les agents disputaient une partie de *Limite Limite*, James constata que son téléphone avait accroché le réseau pour la première fois depuis deux heures.

Il avait reçu un message vocal d'Amy Collins, l'ex-agent qui, treize ans plus tôt, l'avait aidé à se préparer au programme d'entraînement.

— *Salut, James ! J'ai bien reçu ton message, et c'était un plaisir d'entendre à nouveau ta voix. Mais je bosse au FBI, maintenant, je t'avais pas dit ? Du coup, je suis obligée de décliner ta proposition. En tout cas, j'espère que tout se passera bien pour toi. Promets-moi d'être prudent, d'accord ? À bientôt, mec. Je t'embrasse.*

James rangea le téléphone dans sa poche et s'adressa à Bruce.

— Amy ne participe pas à l'opération, dit-il.

— Dommage. Elle aurait été parfaite.

À cet instant, l'avion toucha la piste. Le pilote déploya les volets et activa les inverseurs de poussée, si bien que tout l'appareil se mit à vibrer.

— J'ai passé d'autres coups de fil, dit James.

— Tu as pensé à Callum et Connor ? suggéra Bruce.

— Ils sont en dernière année de master, et il n'est pas question qu'ils s'absentent. Rat s'est blessé au cou pendant une course de bagnole l'année passée. Et Gabrielle n'est pas disponible, je ne me souviens même plus pourquoi.

— Shakeel ?

— Il est à Brisbane, en train de monter une start-up Internet avec des copains d'université. De toute façon, la dernière fois que je l'ai vu, il s'était complètement laissé aller. Sans exagérer, il devait peser plus de cent kilos.

— Oh, vraiment ? s'étonna Bruce.

L'appareil fit demi-tour en bout de piste et roula jusqu'à un hangar délabré. Un homme portant l'uniforme de la Royal Air Force courut placer des cales devant les trains d'atterrissage.

Dès que James eut quitté l'appareil derrière les deux instructeurs, Lauren, vêtue d'un short et coiffée d'une casquette *Rathbone Racing*, sortit du hangar et vint à sa rencontre.

— Merci d'être venue, dit-il en la serrant dans ses bras.

— Je ne pouvais pas te laisser tomber. Il va bien falloir que je te sauve encore une fois la vie.

Kyle apparut à son tour et serra la main de Bruce.

— Tu as pu te libérer, finalement ? sourit ce dernier.

— Je bosse pour une organisation caritative complètement fauchée. Quand j'ai annoncé à mon patron que je souhaitais prendre six semaines de congé sans solde, il m'a pratiquement sauté au cou.

Une voiturette de golf remonta la piste et s'immobilisa à hauteur du groupe. La jeune femme au regard sévère qui se tenait au volant avait une trentaine d'années. Elle portait un bermuda camouflage et un débardeur blanc. De longues boucles noires cascadaient sur ses épaules musclées et bronzées.

— Tovah ? demanda James. Je suis heureux de te rencontrer enfin en chair et en os, après tout ce temps passé au téléphone.

— Le plaisir est partagé, répondit-elle avec un fort accent israélien.

— Je ne te remercierai jamais assez pour l'aide que tu as bien voulu nous apporter.

— C'est mon gouvernement qu'il faudra remercier, si l'opération réussit.

— Je te présente Bruce, mon meilleur ami. Bruce, je te présente Tovah qui, officiellement, ne fait absolument pas partie des services secrets israéliens.

— Je ne sais même pas de quoi vous parlez, sourit la jeune femme.

— Dans ce cas, que faites-vous ici ? demanda Bruce.

— Moi ? s'étonna Tovah, l'air innocent. Je ne suis qu'une modeste prof de pilotage qui a été chargée de vous apprendre à voler.

∴

Le taxi déposa Kerry devant le siège de sa banque à six heures dix du matin. Elle emprunta un ascenseur jusqu'à une salle de conférence du quarantième étage afin d'étudier une énième fois un contrat en compagnie d'une juriste missionnée par un prestigieux cabinet d'avocats.

Alors qu'elle relisait la page trente, le téléphone de la femme se mit à sonner. À peine eut-elle jeté un coup d'œil à l'écran qu'elle poussa sa chaise en arrière, se leva et enfila son imperméable.

— Je suis navrée, dit-elle, mais je dois me rendre de toute urgence à Amsterdam. Un jet m'attend à l'aéroport de Londres City.

Abasourdie, Kerry posa les deux mains sur le document ouvert devant elle.

— Quand serez-vous de retour ? Pourrons-nous valider le contrat aujourd'hui ?

— C'est peu probable. Contactez ma secrétaire dès l'ouverture de nos bureaux afin de convenir d'un rendez-vous.

— Est-ce que quelqu'un d'autre ne pourrait pas...

Mais la juriste récupéra son attaché-case et quitta précipitamment la pièce avant qu'elle n'ait pu achever sa phrase.

— Et merde, grommela Kerry en donnant un coup de poing sur la table.

Elle vida sa tasse de café tiède et avala un petit gâteau à la cannelle avant de composer le numéro de Doug, son chef de service.

— On a un problème, monsieur. Doreen a interrompu la réunion pour se rendre à Amsterdam.

— Pardon ? hurla l'homme. Et vous ne l'avez pas retenue ?

— Qu'est-ce que vous vouliez que je fasse ? Que j'appelle la sécurité ?

— Je vous déconseille d'adopter ce ton ironique ! Je vous attends dans mon bureau immédiatement.

Deux minutes plus tard, Kerry se présenta devant son supérieur dans une vaste pièce disposant d'une baie vitrée dominant la Tamise et d'un écran géant branché sur la chaîne financière Bloomberg.

— C'est bien vous qui avez choisi Doreen pour finaliser cet accord financier, je me trompe ? rugit Doug.

— Je me suis contentée de choisir la meilleure, comme vous l'avez suggéré.

— Elle est toujours débordée, c'est de notoriété publique. J'ai impérativement besoin de ce document pour la réunion de onze heures. Croyez-vous sincèrement que le consortium coréen acceptera de signer une moitié de contrat ?

— Je peux encore me renseigner auprès des cabinets juridiques avec lesquels nous avons l'habitude de travailler. Peut-être peuvent-ils encore nous...

— Aucune chance, Chang ! aboya Doug. Il ne nous reste que deux heures. Vous auriez dû régler la question hier soir.

— J'ai travaillé jusqu'à vingt-deux heures, monsieur.

Soit deux heures après toi, connard, pensa Kerry.

— Je crois que vous n'êtes tout simplement pas à la hauteur, mademoiselle. Et si vous ne me prouvez pas le contraire, je vous trouverai un remplaçant.

Doug était constamment d'humeur massacrante. En règle générale, mieux valait ne pas lui répondre, mais Kerry, cette fois, n'était pas disposée à se laisser piétiner.

— Doreen et moi avons rédigé la première version du contrat il y a dix jours, fit-elle observer. Vous l'avez gardé sous le coude pendant une semaine, et ce n'est qu'hier que vous avez pointé les erreurs.

— Je suis un homme très occupé, au cas où vous ne l'auriez pas remarqué.

Kerry leva les yeux au ciel.

— Très occupé, vraiment ? Cette semaine, vous avez disputé deux parties de golf durant les heures de bureau. Moi, j'ai travaillé tous les jours jusqu'à au moins vingt heures pour essayer de débrouiller ce foutu contrat de crédit-bail.

Doug se dressa d'un bond.

— Comment osez-vous me parler sur ce ton ? tempêta-t-il. Vous occupez votre poste depuis deux ans, et je connais des stagiaires plus efficaces que vous.

— Vous êtes un véritable tyran, soupira Kerry.

— Ma petite, si votre charge de travail vous semble trop lourde…

— Premièrement, je ne suis pas votre *petite*. Deuxièmement, souhaitez-vous que j'essaye de trouver quelqu'un pour remplacer Doreen, oui ou non ?

— Comme vous voudrez, dit Doug. Vous êtes à l'origine du problème, c'est à vous de le résoudre.

Kerry lâcha un grognement, pivota sur ses hauts talons et quitta le bureau. Dans le couloir, elle croisa l'une de ses collègues.

— Est-ce que tout va bien ? s'inquiéta cette dernière, frappée par sa mine décomposée.

— Je survivrai, répondit Kerry, sans grande conviction.

De retour dans son petit bureau sans fenêtre, elle sentit les larmes lui monter aux yeux. Outre le document qui la tourmentait, trois épais dossiers étaient posés sur sa table : financement d'une usine d'embouteillage au Chili, cession d'une compagnie ferroviaire russe, rachat d'un fabricant de meubles gallois par un milliardaire espagnol qui comptait licencier tout le personnel et délocaliser la production en Roumanie.

Sentant son téléphone vibrer dans sa poche, elle étouffa un juron et constata qu'elle venait de recevoir un MMS de James. En ouvrant le message, elle découvrit une photo du bungalow numéro trente-deux de la résidence d'été accompagnée du texte : *Bien arrivés. Tu te souviens de la nuit qu'on a passée ici en juillet 2008 ?*

Kerry zooma sur le cliché et distingua le reflet de James dans la fenêtre, iPhone brandi à hauteur du visage. Il portait le jean slim noir qu'elle trouvait si sexy. Jamais elle n'avait éprouvé un tel besoin de le prendre dans ses bras. Au même instant, elle entendit Doug hurler sur l'un de ses subordonnés. Alors, sans s'accorder le temps de réfléchir, elle répondit au message.

Trop tard pour rejoindre l'équipe ?
Bien sûr que non. Tu es sérieuse ?
Je n'ai jamais été aussi sérieuse.

Kerry ouvrit son attaché-case d'une main tremblante. Elle en vida le contenu sur le bureau puis y glissa à la place le portrait encadré de James et les figurines South Park alignées au-dessus de son écran d'ordinateur.

Elle ouvrit le dossier de rachat de la fabrique de meubles et choisit plusieurs documents compromettants.

Elle les glissa dans une enveloppe sur laquelle elle inscrivit l'adresse d'un quotidien local gallois. Ces informations n'empêcheraient pas la transaction, mais au moins, l'investisseur espagnol et sa banque ne pourraient plus prétendre qu'elle bénéficierait aux ouvriers et à l'économie de la région.

Enfin, elle se débarrassa de son badge nominatif, attrapa sa mallette et s'engagea dans le couloir. À hauteur de la photocopieuse, elle trouva Doug en compagnie d'une stagiaire.

— J'attends ces chiffres depuis hier, espèce d'incapable ! hurlait-il.

Malgré son désir de vengeance, Kerry emprunta l'ascenseur sans lui adresser un regard. Au rez-de-chaussée, elle remit l'enveloppe à la réceptionniste.

— Ça doit partir avec le courrier urgent, précisa-t-elle. Et si Doug me cherche, dites-lui que j'ai rendez-vous avec un juriste au sujet du contrat Kobayashi.

En franchissant les portes automatiques du siège, elle pensa au salaire et au bonus à six chiffres sur lequel elle venait de faire une croix.

N'était-il pas insensé de plaquer son boulot pour participer à une mission à haut risque en territoire hostile, à trois mille kilomètres de Londres ?

Non. Pas le moins du monde. Et à bien y réfléchir, cette décision était même la plus sensée qu'elle ait jamais prise.

27. Infarctus

— Bonne journée à tous, lança Capstick en forçant son accent australien. J'ai une excellente nouvelle à vous annoncer !

Vêtus de l'uniforme réglementaire de CHERUB, Ning, Ryan, Alfie et les jumeaux étaient alignés devant la piscine, dont les deux assistants instructeurs étaient en train de retirer la bâche.

— D'habitude, on me paye pour vous martyriser et m'assurer que vous êtes en excellente forme physique, continua Capstick. Mais aujourd'hui, ma tâche est radicalement différente. Je dispose de vingt-huit jours pour préparer d'anciens agents à une mission à haut risque. Ils ont quitté les effectifs opérationnels de notre organisation depuis plus de cinq ans, et la plupart d'entre eux passent désormais leur temps assis derrière un bureau. C'est vous dire l'ampleur du défi que j'ai accepté de relever. Et c'est pourquoi je vais avoir besoin de vous, mes petits. Votre rôle consistera à leur montrer de quoi vous êtes capables et à quel point ils sont loin du niveau d'entraînement minimum exigé. Vous ouvrirez la voie durant les marches et les courses d'endurance, vous leur servirez de sparring-partners, vous les affronterez durant les séances de sport collectif et vous suivrez les mêmes cours d'enseignement théorique. Pendant un mois, la bataille fera rage entre agents et vétérans !

— Entre agents et retraités, vous voulez dire... sourit Ryan.

Capstick éclata de rire.

— Excellente trouvaille, Sharma ! Et c'est ainsi que nous appellerons nos anciens pendant tout le séjour. À présent, dépêchez-vous d'aller passer un maillot de bain, les enfants. Je vous donne rendez-vous ici même dans un quart d'heure pour notre première séance d'entraînement.

...

— Mais regardez-moi ça..., gloussa Bruce en pinçant le bourrelet qui débordait paresseusement du short de Kyle. Depuis combien de temps tu n'as pas fait d'exercice ?

Les deux ex-agents suivaient le sentier reliant les bungalows à la piscine.

— Je te rappelle que je ne passe pas ma vie à me prélasser sur les plages de Thaïlande, moi.

— Tu crois que je me *prélasse* ? Je m'entraîne six heures par jour, quatre fois par semaine. Et le reste du temps, je donne des cours de boxe thaï.

En chemin, ils retrouvèrent James et Lauren assis sur un muret. Bruce fut frappé par les épaules et les bras de cette dernière, surdéveloppés par la pratique du sport automobile.

— Je suis heureux de constater que tous mes anciens collègues ne se sont pas laissés aller, ricana-t-il.

Lauren contempla la bedaine de Kyle.

— La vache, pouffa-t-elle, je crois que tu es encore plus gros que mon frère.

— N'importe quoi, soupira James. Je suis l'entraînement réglementaire des contrôleurs de mission. Je ne suis pas si gros que ça.

— Je vous déteste, lâcha Kyle, tandis qu'ils contournaient la haie qui ceignait la piscine olympique.

— Et merde, s'exclama James lorsqu'il découvrit la centaine de balles colorées qui flottaient à la surface et les deux poubelles placées à chaque extrémité du bassin. Je *déteste* ce jeu.

— Vous avez deux minutes de retard, annonça Capstick en consultant sa montre de plongée. Si ça se reproduit, vous me ferez quarante pompes. Me suis-je bien fait comprendre ?

Les quatre « retraités » hochèrent la tête en silence.

— Bien ! poursuivit l'instructeur. Voici les règles. Les balles rouges valent un point, les jaunes trois, les bleues cinq et les vertes dix. Vous ne pouvez tenir qu'une balle à la fois. Il est interdit de ceinturer un adversaire, de le frapper ou de lui tenir la tête sous l'eau. Toute tricherie entraînera la disqualification de son auteur. Chaque manche durera vingt minutes, ou jusqu'à ce qu'il ne reste plus de balles. La première équipe à remporter trois manches sera déclarée gagnante. Les perdants courront douze kilomètres autour de l'île avant le dîner.

— Ils sont cinq et nous ne sommes que quatre, fit observer Lauren. C'est totalement injuste.

— Tu n'as qu'à te plaindre auprès de ton frère et de ses piètres qualités de recruteur. Et la justice n'existe que dans les contes de fées. Maintenant, tout le monde en place, les agents à gauche, les retraités à droite.

Les deux équipes s'alignèrent de part et d'autre du bassin, à cinquante mètres de distance. Un assistant instructeur assis à califourchon sur le plongeoir donna le coup de sifflet annonçant le début de la première manche.

Bruce, meilleur nageur de tous les participants, fut le premier à s'emparer d'une balle verte. Lorsque Alfie fit rempart de son corps, il la passa à Lauren qui, d'une main ferme, effectua un tir direct dans la poubelle.

— Dix zéro, annonça Bruce en s'emparant d'une balle jaune.

Aussitôt, Alfie le ceintura.

— Eh, il y a faute, là ! protesta-t-il.

Son adversaire avait beau le dominer d'une bonne vingtaine de centimètres et peser quinze kilos de plus, il était si puissant qu'un simple coup de rein lui permit de se dégager. De nouveau, il transmit la balle à Lauren qui n'eut aucune difficulté à atteindre sa cible.

De l'autre côté de la piscine, Ryan et Léon se contentaient de lancer les balles en cloche près de leur but et de laisser Daniel et Ning, placés en attaque, conclure les actions. Kyle, qui faisait office de gardien, parvint à parer la plupart des tirs de Daniel, mais Ning, qui nageait comme un poisson dans l'eau, était insaisissable et redoutablement précise.

James, lui, se concentrait sur les balles moins disputées que les remous avaient poussées vers le bord du bassin. Constatant que cette stratégie portait ses fruits, Ryan crawla dans sa direction, disparut sous la surface puis, d'un coup sec, baissa son short de bain jusqu'aux chevilles.

— Manœuvre antisportive ! brailla James, contraint de lâcher la balle qu'il avait en main pour cacher son intimité.

Dès la cinquième minute de jeu, il ne restait plus qu'une cinquantaine de balles, pour la plupart de faible valeur. Déchaînés, Bruce et Ning marquaient but sur but sans guère rencontrer d'opposition.

Kyle, à bout de souffle, se hissa hors de l'eau et se laissa tomber au bord de la piscine.

— Tu es blessé ? s'inquiéta James en lançant l'ultime balle bleue à quelques centimètres du but adverse.

— Point de côté, haleta Kyle. Bon sang, ça fait tellement mal…

— Mais on n'en est qu'à la première manche ! Mon pote, je n'imaginais pas que tu étais à ce point à court d'entraînement…

Kyle étant provisoirement hors jeu, le match opposait désormais cinq agents à trois retraités. N'ayant plus la moindre chance de l'emporter, ces derniers durent se résoudre à limiter les dégâts.

À quatre minutes trente de la fin de la première manche, la dernière balle acheva sa course dans le but des retraités. Aussitôt, les assistants vidèrent les poubelles et procédèrent au décompte.

— Tu es écarlate, s'inquiéta Lauren en étudiant le visage de Kyle, qui avait dû mobiliser tout ce qui lui restait d'énergie pour s'allonger sur un transat.

— Mais c'est qu'il va nous faire un infarctus, plaisanta Bruce. Dis-moi, tu ne t'étais pas abonné à un club de gym?

— Il n'a pas précisé qu'il s'y rendait, sourit James.

— Vous verrez, dans quelques jours, quand je serai un peu moins rouillé, gémit Kyle.

— Je crois que nous avons un vainqueur, annonça Capstick, à qui un assistant venait de remettre un morceau de papier. Les agents, deux cent quarante-trois points. Les retraités, cent trente-deux.

— On a presque deux fois plus de points! s'exclama triomphalement Léon.

Lauren et Bruce échangèrent un regard consterné. Capstick s'approcha de James et lui donna une claque dans le dos.

— Alors, jusqu'ici, comment trouvez-vous mes méthodes, patron? sourit-il.

James, qui avait recruté l'instructeur, était officiellement son supérieur hiérarchique mais, comme tous les membres du commando, il s'était engagé à obéir scrupuleusement à ses ordres durant les sessions d'entraînement.

— Formidables, mentit James.

— Les gamins vous ont littéralement massacrés, sourit Capstick en considérant Kyle, qui semblait plus mort que vif. Et on dirait bien que vous allez devoir faire le tour de l'île en portant ce champion sur votre dos.

Tandis que les assistants replaçaient les balles dans la piscine pour la deuxième manche, James vit Tovah, vêtue d'un bikini noir, trottiner sur le chemin des bungalows.

— Je crois que je pourrais me noyer entre ses seins, roucoula Bruce.

— Tu n'es qu'un porc sexiste, gronda Lauren en lui portant un coup de poing à l'épaule.

— Bonjour, dit Tovah lorsqu'elle rejoignit le groupe au bord de la piscine. L'entraînement a déjà commencé, à ce que je vois. Ça a l'air amusant. Croyez-vous que je pourrais me joindre à vous ?

28. Photo souvenir

— Ô jour glorieux ! s'exclama gaiement Bruce en sortant de la salle de bains du bungalow. Le soleil brille et la vie est belle !

— Moins fort, gémit Kyle en plaquant un oreiller sur son visage. Oh bordel, qu'est-ce que j'ai mal...

— Où ça ?

— Partout. Tu sais, je crois que je suis trop vieux pour ces conneries.

— Mais tu as vingt-six ans ! lui rappela Bruce. Tu devrais être au top de ta forme.

Kyle se redressa et glissa péniblement les pieds dans ses tongs.

— James est déjà debout ? dit-il en considérant les draps enchevêtrés sur le lit voisin.

— Kerry est arrivée en bateau vers trois heures du matin. Ils étaient comme des bêtes sauvages à la période des amours.

— La chance... soupira Kyle. Une vraie institution,

ces deux-là. Moi aussi, j'aurais aimé rencontrer l'âme sœur à l'âge de douze ans.

— Tu oublies qu'ils se sont séparés une bonne centaine de fois, fit observer Bruce.

— C'est vrai, mais personne n'a jamais douté qu'ils finiraient ensemble.

— Si, moi. Je suis sorti avec Kerry entre deux ruptures, je te le rappelle.

— Oh. Désolé, j'avais oublié.

— T'inquiète. J'ai un peu morflé quand elle m'a plaqué, mais tout est oublié. Et les Thaïlandaises sont les plus belles femmes du monde. Et toi, toujours avec ce géomètre, celui qui porte un anneau dans le nez?

— Non, il m'a largué pour un programmeur informatique indien, soupira Kyle en contemplant l'écran de son iPhone. Bon, on va le prendre, ce petit déj?

— Et comment! Je crève la dalle.

La cantine étant en cours de réfection, la chef avait installé des tables pliantes et des chaises dépareillées dans l'un des appartements habituellement réservés au personnel de la résidence, et établi ses cuisines dans le studio voisin.

— Salut les retraités! s'exclama James lorsque Kyle et Bruce le rejoignirent devant le buffet où il se servait une assiette pleine à ras bord de bacon, d'œufs et de saucisses.

— Tu as l'air particulièrement épanoui, sourit Bruce. On dirait que quelqu'un n'a pas fait que dormir, cette nuit…

— Où est Kerry? demanda Kyle.

— Elle est encore sous la douche, répondit James.

Les agents s'étaient installés à une longue table formée de deux tréteaux et d'une planche de contreplaqué.

— Tu as des difficultés à marcher, Kyle ? lança Alfie. Tu as besoin d'une canne ? Ou d'un déambulateur, peut-être ?

Bruce vint au secours de son ami.

— Et toi, mon grand ? Pas trop mal aux côtes ? J'ai peur d'y être allé un peu fort, hier, quand je t'ai attrapé par la taille.

— T'as raison, tu ne devrais pas faire tant d'efforts, ricana Léon. À ton âge, il faut commencer à surveiller sa tension.

— Et ses problèmes de vessie, ajouta Alfie, provoquant l'hilarité de ses camarades.

À cet instant, Kerry fit son entrée dans la salle à manger, serra Kyle, Lauren et Bruce dans ses bras puis se tourna vers la table des agents.

— À quelle heure emmène-t-on ce ramassis de crétin faire un tour au dojo ? gronda-t-elle.

— Plus tôt qu'ils ne l'imaginent, ricana Bruce en s'asseyant à côté de Lauren. On verra s'ils feront toujours les malins, demain matin, quand ils compteront les dents qu'il leur reste.

— Tu ne me fais pas peur, le défia Alfie. Je fais deux têtes de plus que toi !

Tandis que les agents se tordaient de rire, James vint s'asseoir à la table des retraités, entre Kyle et Lauren. À peine se fut-il installé que Tovah franchit le rideau de perles qui séparait la cuisine de la salle à manger et lui présenta une assiette de fruits frais recouverts d'un film alimentaire.

— Ben quoi? s'étonna-t-il.

— J'ai de tristes nouvelles, annonça Tovah. J'ai effectué quelques calculs, et j'ai le regret de t'annoncer que tu vas devoir perdre quatre kilos si tu veux avoir une chance de t'envoler.

Sur ces mots, elle substitua son assiette à celle de James. Médusé, ce dernier découvrit avec consternation les deux tranches de melon et les grappes de raisin dont il allait devoir se contenter.

— Tu te fous de moi? s'étrangla-t-il. Mais regarde Kyle, bon sang! Il est largement plus gras que moi.

— Eh! s'exclama l'intéressé, indigné.

— Kyle souffre d'une légère surcharge pondérale, mais il est beaucoup plus petit que toi. En conséquence, malgré sa silhouette un peu empâtée, il ne pèse *que* soixante-quatre kilos, et toi soixante-dix-neuf. Tu dois absolument descendre à soixante-quinze.

À l'exception de James, toutes les personnes présentes dans la pièce éclatèrent de rire.

— Mmh, ces saucisses sont absolument délicieuses, le provoqua Kerry, tandis qu'il contemplait d'un œil morne le contenu de son assiette. Et ce régime est valable pour tous les repas de la journée?

— Absolument, confirma Tovah. C'est le seul moyen d'atteindre son objectif de perte de poids.

Lauren braqua son téléphone vers James.

— Hé, qu'est-ce que tu fous ? grogna ce dernier.

— Juste une photo souvenir, grand frère. Cette expression sur ton visage… Je ne veux pas prendre le risque de l'oublier.

...

Le conseil d'administration de CHERUB ayant investi plusieurs années de son budget de fonctionnement dans la construction du Village, l'entretien de la résidence d'été avait été négligé. Le gymnase ne faisait pas exception à la règle, avec son plancher terne, ses vitres ébréchées et ses tapis de sol réparés au ruban adhésif.

Sous les ordres de Capstick, agents et retraités débutèrent la séance d'entraînement par des séries de flexions et d'étirements. Opposé à Léon, Kyle, qui n'avait pas combattu depuis de nombreuses années, domina ses courbatures et parvint à faire bonne figure. Daniel, lui, fut surclassé par Tovah.

James et Alfie, les deux poids lourds, terminèrent sur un match nul à l'issue d'un combat acharné.

Bruce n'avait jamais cessé de pratiquer les arts martiaux à haut niveau. Conscient que Kerry manquait considérablement de pratique, il épargna celle qui lui avait servi de sparring-partner depuis son neuvième anniversaire.

Après une heure et demie d'affrontements plus ou moins équilibrés, agents et retraités, le souffle court, se mirent en rang devant McEwen et Capstick.

— C'est bien, annonça ce dernier. Vous avez travaillé dur. Surtout toi, Kyle. Je ne reconnais plus le vieillard que j'ai vu se noyer dans la piscine hier après-midi.

L'intéressé sourit à pleines dents. Bruce lui adressa une tape amicale entre les omoplates.

— Cependant, vous semblez avoir oublié que vous êtes en compétition. Pour régler cette question une bonne fois pour toutes, chaque équipe va à présent désigner ses trois meilleurs combattants afin de participer à trois affrontements. Les gagnants seront les premiers à la douche et au buffet. Les perdants nettoieront les tapis de sol puis feront dix fois le tour du dojo en courant.

Ryan, leader naturel de l'équipe des agents, rassembla ses camarades dans un angle du dojo.

— Qu'est-ce que tu en penses, Alfie ? demanda-t-il.

— Personne ne peut battre Bruce, mais Ning peut battre Kerry et Lauren, qui sont à court d'entraînement.

— Si je te comprends bien, Bruce et Ning remporteront leur manche. Du coup, tout se jouera sur le troisième et dernier combat.

— Je n'aime pas trop ces petits calculs, objecta Ning. Bruce et moi sommes les meilleurs. On devrait se rencontrer.

— On essaye de penser stratégie, dit Ryan.

— J'ai entendu parler du légendaire Bruce Norris depuis ma première leçon au dojo du campus, sourit Ning. J'ai *toujours* rêvé de voir ce qu'il avait dans le bide.

— Alors on est certains de perdre sur l'ensemble des trois manches.

Ning fronça les sourcils et posa les poings sur les hanches.

— Pourquoi êtes-vous convaincus que je ne peux pas gagner ?

Ses camarades éclatèrent de rire.

— Sois réaliste, Ning, ricana Alfie. Bruce a gagné le championnat d'arts martiaux du campus chaque année depuis ses *treize ans*. C'est lui qui a entraîné les meilleurs combattants de CHERUB.

— Il a vécu en Thaïlande, ajouta Ryan. Il enseigne la boxe thaï à des *Thaïlandais*. Tu saisis ?

— Je peux le battre, insista Ning en frappant ses poings l'un contre l'autre. C'est lui que j'affronterai, et aucun autre. C'est comme ça et pas autrement.

29. Ultraléger

Lauren et Ryan ouvrirent les hostilités, la technique et la stabilité de l'une s'opposant à l'allonge et à la vitesse de l'autre. À l'issue d'un affrontement relativement équilibré, Lauren le laissa porter une attaque puis exploita son élan pour le renverser, le plaqua au sol puis bloqua ses bras dans son dos.

Alfie et James entrèrent en lice. Tous deux lents et puissants, ils se retrouvèrent au sol au bout de quelques secondes et s'y empoignèrent durant de longues minutes dans un concert de jurons et de grognements. Incapable de les départager, Capstick finit par accorder le point de la victoire aux agents dans le seul but d'assister à une dernière manche décisive.

Bruce Norris était un peu plus petit que la moyenne. Il était mince, musclé, et si rapide que la plupart de ses opposants se retrouvaient hors de combat avant d'avoir pu tenter quoi que ce soit. Avec son dos large et ses bras puissants, Ning était de taille comparable. Durant son enfance, elle avait été sélectionnée par les autorités chinoises pour intégrer une école formant de futurs champions de boxe olympique.

— Combattez ! cria Capstick tandis que les membres des deux équipes formaient un cercle autour des compétiteurs.

Il n'y eut pas de round d'observation : dès les premières secondes, Bruce balaya les jambes de Ning, l'envoya rouler sur le tapis, se jeta sur elle puis pesa de tout son poids. Mais lorsqu'il essaya de mettre un terme au combat en lui infligeant une clé de bras, il rencontra une résistance inattendue. Stupéfait, il se sentit soulevé de terre et reçut un puissant coup de genou dans les côtes.

En une fraction de seconde, la situation s'inversa, et Ning se retrouva à califourchon sur son adversaire, le menaçant de son poing. Si l'enjeu avait été plus important, Bruce aurait encaissé le coup qu'elle s'apprêtait à lui porter et aurait tenté de reprendre le dessus, mais il redoutait de se faire casser le nez et de passer le reste du séjour avec des mèches dans le nez et un masque de protection sur le visage. Aussi préféra-t-il frapper du plat de la main sur le tatami pour signifier qu'il abandonnait le combat.

Tous les spectateurs, agents et retraités, saluèrent avec enthousiasme cette issue inattendue.

— Tu as perdu, Bruce ! s'exclama Alfie, qui n'en croyait ses yeux.

Ning aida son adversaire à se relever.

— Bien joué, dit Bruce. Je suis impressionné.

La jeune fille avait l'habitude de corriger des garçons au dojo. Ce qui sortait de l'ordinaire, c'est que sa victime du jour ne cherchait pas de justification à sa défaite.

— J'avais un avantage, expliqua-t-elle. Tu ne m'avais jamais vue me battre. Moi, j'ai vu plusieurs de tes combats en vidéo, au campus. Tu emploies toujours la même tactique lors du premier round, quand tu estimes que ton adversaire n'est pas à la hauteur.

— Je te trouve tout à fait à la hauteur, sourit Bruce.

— Tu me battrais à tous les coups si tu connaissais mon style de combat.

— Ne me cherche pas d'excuses, d'accord ? Tu as un potentiel incroyable, et tu le sais aussi bien que moi. Tu comptes entrer à l'université quand tu quitteras CHERUB ?

— Je ne sais pas. Je ne suis pas encore décidée.

— Si tu veux passer une année sabbatique, je pourrais te trouver un job d'instructrice dans mon dojo, en Thaïlande. Tu pourrais même gagner confortablement ta vie sur le circuit pro, si ça te dit.

— Je vais y réfléchir, dit Ning, radieuse. Je suis arrivée de Chine sans un sou, alors si je trouvais un moyen de mettre un peu d'argent de côté, je ne dirais pas non…

— Ça ne te rapportera pas une fortune, mais le mode de vie est génial, crois-moi. Et je parie que tu rencontreras le surfeur de tes rêves.

Ning baissa la tête et fixa la pointe de ses orteils.

— Laisse tomber. Les garçons ne s'intéressent pas aux filles dans mon genre. Leur truc, c'est les squelettes avec des seins comme des obus.

Bruce éclata de rire.

— Ne dis pas n'importe quoi. Plein de mecs seraient ravis de sortir avec toi.

— Ah oui ? Et qui, par exemple ?

— Ben… moi, pour commencer, lâcha Bruce.

Ning esquissa un sourire embarrassé. Elle ignorait s'il s'agissait d'avances en bonne et due forme ou d'une plaisanterie un peu grossière.

Bruce, lui, ne savait plus où se mettre. Les mots étaient sortis de sa bouche malgré lui. Aucun doute, il s'agissait d'une tentative de drague, la plus maladroite de toutes. Qu'est-ce qui lui était passé par la tête ? Il ne se trouvait pas sur une plage de Thaïlande, entouré de touristes cherchant une aventure. Il travaillait pour CHERUB, Ning était un agent, et elle n'avait que dix-sept ans.

Par chance, McEwen le tira de la situation affreusement gênante dans laquelle il s'était fourré.

— Bruce, tu peux rejoindre les retraités, dit-il. Vingt tours de gymnase, et au trot. Ning, bouge tes grosses fesses et file à la douche. Exécution !

⁘

Après avoir déjeuné de carottes crues accompagnées de houmous, James rassembla agents et retraités devant le bâtiment administratif, où les instructeurs avaient aligné quinze motos Honda quatre cent cinquante centimètres cube.

— Qui a déjà piloté une moto ? demanda-t-il.

Lauren, Bruce, Alfie et Ryan levèrent la main.

— Parfait. Vous allez expliquer aux autres les règles de sécurité et le fonctionnement des commandes, puis nous rejoindrons Tovah à l'autre bout de l'île.

Lorsque les moins expérimentés eurent suivi cette brève session d'instruction, tous s'élancèrent sur la piste sinueuse menant à l'aérodrome. Durant ce bref trajet, Léon, Daniel et Alfie provoquèrent la fureur des instructeurs en prenant des risques inconsidérés aux abords d'un précipice puis en roulant délibérément dans une flaque d'eau afin d'éclabousser Capstick et Kerry.

Arrivé à destination, James, qui ouvrait la voie, se positionna dans l'axe de la piste puis tourna la poignée d'accélérateur à fond. Agents et retraités se calèrent dans son sillage, traversèrent la piste, puis tous mirent pied à terre à l'extrémité du tarmac bâti sur un polder.

C'est là que les attendait Tovah, assise sur le capot d'un pick-up jaune. Devant elle se trouvait un appareil étrange ressemblant à un bobsleigh biplace équipé de trois roues disposées en triangle.

— Approchez, n'ayez pas peur, dit-elle. Je vous présente le PX1, une petite merveille cent pour cent fibre de carbone conçue par les ingénieurs des armées américaine et israélienne.

— Qu'est-ce que c'est que ce truc ? demanda Alfie.

— Comme vous le savez, il est beaucoup plus facile de s'introduire en territoire ennemi — par largage aéroporté, par exemple — que d'en sortir. Lorsque les membres du commando auront récupéré les deux ingénieurs, ils se trouveront dans une situation délicate : une seule route pour regagner la frontière turque, et l'assurance d'y rencontrer au moins cinq barrages de l'État islamique. Soyons lucides, ils n'auront aucune chance de s'en sortir par voie terrestre.

Sur ces mots, elle souleva une trappe sur un flanc de l'engin puis déploya deux longues tiges perpendiculaires au tube de carbone et une hélice fixée sur un support vertical. Elle se pencha dans l'habitacle et en sortit un pare-brise en plexiglas qu'elle fixa devant le siège du pilote. Enfin, elle brancha au fuselage un câble relié à une bonbonne d'air comprimé qui, en quelques secondes, gonfla une aile de nylon de huit mètres d'envergure.

— Le PX1 est un ultraléger motorisé, appelé aussi ULM. Il dispose d'un rayon d'intervention de deux cents kilomètres pour une charge de cent cinquante kilos. Sa vitesse de croisière est de cent kilomètres-heure en l'absence de vents contraires, et il émet moins de quatre-vingts décibels, ce qui le rend pratiquement indétectable à une distance de cinquante mètres. Compte tenu de sa taille et du matériau dont il est constitué, il n'apparaît que sur les radars disposant des technologies les plus avancées. Alors, qui veut monter faire un tour avec moi ?

James se porta volontaire.

— Hé, je croyais qu'il était trop lourd, fit observer Alfie.

— Trop lourd pour parcourir cent kilomètres sans tomber en panne sèche, confirma Tovah. Mais ce n'est qu'un vol de démonstration. James, si tu veux bien prendre place à l'avant...

Lorsque Tovah l'eut aidé à boucler son harnais à cinq points d'attache, James attacha la jugulaire de son casque puis étudia le tableau de bord disposant de trois écrans et d'une dizaine de boutons.

— Où sont les commandes du lance-roquettes ? plaisanta-t-il.

La voix de Tovah lui parvint dans ses écouteurs intégrés.

— Ah ah, très drôle. Maintenant, étudie l'interface et lance le moteur.

Sous le manche à balai, James repéra un bouton rouge où figurait l'inscription *start*. Quand il le pressa, un sifflement à peine perceptible se fit entendre.

— Sélectionne *lancement*, puis *décollage*. Ensuite, règle les paramètres sur *trois* et la météo sur *clair*.

James suivit ces instructions. Le mot *Go* s'afficha sur l'écran de gauche.

— À présent, pousse doucement la manette située sous ta main droite.

Le son produit par l'hélice et le moteur s'amplifia imperceptiblement, puis l'ULM commença à rouler.

— Parfait, dit Tovah. Pousse la manette à fond, pleins gaz. Quand le compteur affichera soixante kilomètres heures, tu tireras lentement sur le manche à balai.

Les commandes de l'appareil, conçues pour les membres des forces spéciales et non pour des pilotes expérimentés, avaient été simplifiées au maximum. L'écran central clignota en jaune dès qu'il atteignit la vitesse de décollage.

— On va trop vite ? demanda-t-il, sentant le manche vibrer tandis que le nez de l'appareil commençait à se lever.

— Non, tout va bien, dit Tovah. Il ne te reste qu'à surveiller l'altimètre. Si tu ne tiens pas à nous crasher sur la colline droit devant, vire tranquillement sur la gauche dès que notre altitude aura atteint soixante-dix mètres.

James vivait sa première expérience de pilotage aérien. À bord de cet appareil au cockpit ouvert, bercé par les vibrations du moteur et le visage fouetté par le vent, il se sentait grisé.

— C'est trop cool, gloussa-t-il. Les autres, en bas, ils sont minuscules…

— Maintenant, incline le manche au maximum, toujours vers la gauche.

— Sérieusement ? demanda James.

— Je te rappelle que je suis ton instructeur de vol, insista Tovah. Applique mes ordres sans discuter, s'il te plaît.

Lorsque James s'exécuta, l'écran central clignota en rouge et afficha les mots *Manœuvre compensée.*

— Le PX1 dispose des mêmes systèmes électroniques que les avions de ligne, expliqua Tovah. Si tu te diriges droit vers le sol ou que tu essaies de faire un looping, l'ordinateur rectifie automatiquement ton assiette. Plus tard, tu apprendras à voler en manuel et à décoller depuis une piste accidentée, mais lors d'un vol normal, tu n'auras qu'à programmer ta destination sur le GPS et à lancer la procédure de décollage. Tu devras juste apprendre à atterrir.

— Je peux essayer ? demanda James.

Tovah éclata de rire.

— Tu plaisantes ? En théorie, la formation réglementaire dure au moins six semaines, et je n'en ai que quatre à vous accorder. J'ai toute confiance en toi, mais tant que tu n'auras pas fait tes preuves, je crois qu'il est préférable que je pose cet engin moi-même.

— Tu crois qu'on a une chance d'être au point après une période d'instruction aussi courte ? demanda James.

— J'ai prévu trois heures d'apprentissage quotidiennes, répondit Tovah. Une en réel et deux sur simulateur, auxquelles s'ajoutera l'étude des procédures d'urgence et de maintenance. Si vous suivez rigoureusement ce programme, votre retour de Syrie sera un jeu d'enfant...

30. Mayday

QUATRE SEMAINES PLUS TARD

À bord de leur PX1, James et Kerry avaient décollé de la base militaire de Gibraltar deux heures plus tôt, au coucher du soleil. Confrontés à des vents contraires et à une pluie battante, ils n'avaient parcouru que cent trente kilomètres en direction de l'est. Cette expérience était sans rapport avec les sauts de puce effectués autour de l'île. Harnachés à leurs sièges sans garniture, chahutés par les mouvements brusques de l'appareil sans rien d'autre à faire que de vérifier la jauge de carburant et de confirmer leur position par radio, ils étaient épuisés.

Lorsqu'ils se trouvèrent à dix kilomètres de l'aérodrome, le tonnerre se mit à gronder. Avant le décollage, l'ordinateur de bord avait annoncé qu'en cas de pépin, la réserve de carburant permettrait à l'appareil de voler soixante kilomètres de plus que son plan de vol initial. Il n'en indiquait plus que dix-huit au moment où, entre deux éclairs, ils distinguèrent les lumières de l'aérodrome.

— Contrôle, ici Golf Écho Cinq, dit James, qui occupait le siège arrière. Nous avons un visuel sur la piste, à approximativement quatre mille cinq cents mètres. Demande autorisation d'atterrir.

Droit devant, à quelques centaines de mètres, il aperçut l'appareil aux ailes jaunes de Ryan et Kyle.

— Négatif, Golf Écho Cinq, répondit Tovah. Votre plan de vol est modifié. Vous êtes autorisés à vous poser sur le site 4B.

— Bien reçu, dit James.

— Et merde… gémit Kerry. Le 4B, par ce temps !

Outre la piste en dur de l'aérodrome, plusieurs sites secondaires avaient été définis tout autour de l'île. Ils permettaient aux apprentis pilotes de se familiariser avec les conditions d'atterrissage complexes qu'ils étaient susceptibles de rencontrer lors d'une opération réelle.

— Golf Écho Cinq à contrôle, notre réserve de carburant est tombée à quinze kilomètres, annonça James.

— Pas de problème, Golf Écho Cinq. C'est suffisant pour effectuer votre approche du site 4B et revenir vous poser à l'aérodrome en cas d'échec.

Kerry donna un coup de poing sur le tableau de bord, coupa son micro puis s'exclama :

— Elle se fout de notre gueule !

Pour relever la compétition, Tovah avait établi un classement des pilotes. Kerry se trouvait à la quatrième place, mais le site 4B lui avait toujours donné du fil à retordre. Lors de sa première tentative, elle avait dû s'y reprendre à trois fois, après une approche trop haute, et un essai contrarié par un fort vent de travers. La deuxième fois qu'elle avait tenté sa chance, elle avait effectué une descente parfaite, mais l'un des pneus arrière avait éclaté au contact d'un rocher, causant des dégâts mineurs au niveau du fuselage.

— On s'en fout, dit James, qui grelottait dans sa combinaison trempée. Pose-toi sur la piste principale.

Mais Kerry ne partageait pas la nature rebelle de James.

— Je ne recule jamais devant une difficulté. Programme le nouveau plan de vol.

De sa main gantée, James entra les coordonnées géographiques du site 4B. Dès que les informations s'affichèrent sur son ordinateur de bord, Kerry tira sur un levier pour prendre le contrôle manuel de l'appareil.

Lorsque le PX1 survola la piste brillamment éclairée, James constata que deux appareils se trouvaient déjà au sol. L'avion reprit de l'altitude, frôla la crête de la colline qui occupait le centre de l'île puis s'inclina sur la droite.

— La visibilité est épouvantable, gémit Kerry en essuyant la visière de son casque d'un revers de main.

L'obscurité était telle qu'on n'apercevait aucun détail du relief. Le site 4B se trouvait à un kilomètre et demi de la piste principale, soit à moins d'une minute de leur position. Ils survolèrent les bâtiments de la résidence à une altitude de soixante-quinze mètres, puis Kerry activa le feu d'atterrissage au xénon qui équipait le nez de l'appareil, illuminant son objectif, une courte et étroite étendue herbeuse encadrée d'arbres.

James était confiant. La vitesse et l'angle de descente étaient convenables. En outre, le vent avait considérablement faibli.

— Piste à quarante mètres, annonça-t-il. Tu es un poil basse... Kerry. Redresse un peu. Redresse, nom de Dieu, redresse !

À cet instant précis, un craquement se fit entendre puis le PX1 pencha dangereusement sur la gauche.

— On a touché les arbres ! hurla James.

Kerry n'avait qu'une fraction de seconde pour se décider : devait-elle remettre les gaz et reprendre de l'altitude, ou tenter *in extremis* de rétablir l'assiette de l'avion ?

Elle choisit la première option, mais l'appareil ne réagit pas à la manœuvre. James leva les yeux vers la voilure et faillit avaler sa langue.

— L'aile est déchirée ! cria-t-il.

La toile à demi dégonflée toucha le sol, puis la tige de soutien droite se brisa. Désormais privé de toute stabilité, le fuselage du PX1 effectua plusieurs pirouettes sur lui-même avant de percuter le sol.

La tête de James fut projetée en arrière et ses genoux heurtèrent violemment le dossier du siège avant. Kerry poussa un cri perçant tandis que la carcasse de l'avion glissait latéralement dans l'herbe, trains d'atterrissage brisés.

James pressa le bouton de son communicateur.

— Mayday, mayday, mayday ! On s'est crashés !

La carlingue continua à labourer le sol meuble jusqu'à ce que la seconde tige de soutien se brise, projetant une pluie d'échardes de carbone au visage de James. Lorsque son écran s'éteignit, il se sentit totalement impuissant et désorienté. Le PX1 acheva sa course contre un arbre et s'immobilisa nez vers le bas, presque à la verticale.

— Golf Écho Cinq, est-ce que vous me recevez ? demanda Tovah d'une voix étranglée. Quelle est la situation ?

Toujours sanglé à son siège, le visage tourné vers le sol, James posa une main sur l'épaule de Kerry, qui demeura sans réaction.

— Rien de grave de mon côté, haleta-t-il en tentant de détacher son harnais. Mais Kerry ne bouge plus et sa tête pend bizarrement dans le vide. Mon Dieu, je crois que ses jambes sont coincées sous l'avant de l'appareil…

— Garde ton calme, James. On arrive immédiatement.

...

De l'autre côté de l'île, à l'aérodrome, Kyle et Ryan venaient de réaliser un atterrissage impeccable. Bruce et Lauren, qui s'étaient posés quelques minutes plus tôt, étaient déjà en train de replier leur aile à l'écart de la piste quand Tovah jaillit de la construction en préfabriqué qui faisait office de tour de contrôle.

— On a un mayday sur le site 4B, annonça-t-elle. James et Kerry. Il a l'air d'être OK, mais Kerry a perdu connaissance.

Lauren pâlit.

— Qu'est-ce qu'on attend ? s'écria-t-elle avant de se précipiter vers l'une des motos alignées devant le hangar. Bruce, monte derrière moi.

Tandis que la Honda disparaissait dans un nuage de poussière, Kyle récupéra une mallette de premiers soins dans le poste de secours.

— Tu veux que je t'accompagne ? demanda Ryan tandis que son coéquipier sautait sur la moto la plus proche.

— Il faut que tu sécurises les avions, répondit Kyle en désignant l'un des appareils que des rafales de vent menaçaient de renverser.

Bruce serrait la taille de Lauren tandis qu'elle roulait à tombeau ouvert sur la piste menant au lieu du crash. Privé de casque, il était terrorisé. Il avait beau se répéter qu'il se trouvait entre les mains d'une pilote professionnelle, des images affreuses de tôle froissée et de corps déchiquetés se formaient malgré lui dans son esprit.

Lorsqu'ils atteignirent le site 4B, Lauren repéra immédiatement la tranchée creusée dans l'herbe par le PX1 en perdition. Grâce au phare de la Honda, elle découvrit le fuselage appuyé contre un arbre, planté verticalement dans le sol. Elle mit aussitôt pied à terre et se porta au secours de son frère.

Elle le trouva coincé dans son siège, à un mètre et demi de hauteur. Il était parvenu à ôter son casque et son harnais, mais une tige de soutien s'était repliée sur son genou et le retenait prisonnier de l'épave.

— Je ne peux pas bouger, lâcha James, le souffle court.

— Ça va aller, on va te sortir de là.

Respectant à la lettre les consignes de sécurité, Bruce souleva une trappe et coupa l'alimentation du moteur.

— Tu peux bouger les doigts et les orteils ? demanda-t-il.

— Oui, je n'ai rien de cassé. Sortez-moi de là en vitesse, qu'on puisse s'occuper de Kerry.

— Aucune douleur au niveau de la nuque ?

— Bordel, mais puisque je te dis que ça va ! Tu ne vois pas qu'elle est inconsciente ?

Un faisceau lumineux balaya le site du crash, puis la moto de Kyle s'immobilisa près de l'épave.

Bruce tira la goupille qui maintenait la tige de soutien puis, avec l'aide de Lauren, aida James à s'extraire de l'appareil et à s'étendre dans l'herbe, à quelques mètres de là. Ce dernier était blême. Sa respiration était saccadée. Il tenta de se relever pour se porter au secours de Kerry, mais sa sœur l'en dissuada.

— Tu dois rester allongé jusqu'à ce qu'on ait pu t'examiner, ordonna-t-elle avant de retourner vers l'appareil.

Kerry était fermement plaquée au siège par son harnais, si bien que seule sa tête, alourdie par le poids de son casque, pendait dans le vide. L'air grave, Lauren se tourna vers Bruce.

— Je crois qu'il vaudrait mieux positionner le fuselage à plat avant de la sortir de là.

Ils saisirent le support de l'hélice puis déposèrent délicatement l'appareil au pied de l'arbre contre lequel il avait terminé sa course.

— La vache, soupira Kyle en ouvrant la valise médicale d'urgence. Le tronc a drôlement morflé. Et une partie des racines sont sorties de terre. Le choc a du être super violent.

Bruce se pencha au-dessus de Kerry et souleva lentement la visière de son casque.

— Elle est en vie ? demanda James en tentant à nouveau de se lever.

— Tu restes assis ! rappela fermement Lauren.

Kyle braqua une lampe de poche vers le visage de Kerry et constata avec satisfaction que ses paupières papillonnaient sous l'effet de la lumière.

— Kerry, est-ce que tu m'entends ?

— Oui, gémit-elle.

— Excellent, dit Kyle. Elle est sonnée mais consciente.

À cet instant, Capstick, McEwen, Alfie, Ning et Ryan rejoignirent à leur tour le site 4B à bord du Land Rover des instructeurs. Seule Tovah était demeurée à l'aérodrome, car les jumeaux se trouvaient toujours en vol.

— Elle a du mal à respirer, dit Lauren en étudiant les mouvements de la cage thoracique de Kerry. Kyle, tu as de l'oxygène ?

Ce dernier hocha la tête et sortit de la valise un masque transparent et une bonbonne pressurisée.

— Est-ce que tu sens mes doigts ? demanda Bruce en faisant courir sa main sur le bras de Kerry afin de s'assurer qu'elle n'avait pas subi de lésion à la moelle épinière.

Elle hocha la tête, mais ce mouvement à peine perceptible semblait mobiliser le peu d'énergie qui lui restait. Bruce serra sa main tremblante. Kyle posa le masque sur son visage.

— J'ai mal, j'ai tellement mal…, gémit-elle. Je suis désolée d'avoir tout fait foirer.

— Ne dis pas de bêtises, murmura Bruce. On va te sortir de là.

Tandis que Capstick et McEwen accouraient avec une civière, Lauren se pencha dans l'habitacle, ôta les goupilles qui maintenaient Kerry au plancher du PX1 et constata que ses jambes étaient comprimées sous le tableau de bord par les débris du nez de l'appareil. Elle tira fermement sur le siège et s'entailla profondément l'index dans une glissière.

Bruce et Kyle détachèrent le harnais de Kerry, l'extirpèrent de l'habitacle puis, avec d'infinies précautions, la déposèrent sur la civière. Capstick la débarrassa de son casque et de ses bottes.

— Où est-ce que tu as mal ? demanda-t-il.

— Aux côtes et au genou droit, répondit Kerry dans un souffle.

À l'aide d'une paire de ciseaux, Capstick découpa la combinaison de la cheville à la hanche, exposant une jambe sanguinolente. Quand il découvrit une rotule apparente et manifestement déplacée, Kyle faillit se trouver mal.

— Je ne comprends pas, dit l'instructeur en étudiant un morceau de métal noir qui saillait de l'articulation. Comment ce bout de ferraille peut-il se trouver ici alors que la combinaison n'a même pas été déchirée ?

— Elle a subi une grave blessure au genou quand elle avait dix ans, expliqua Bruce. Ça, je crois que c'est la plaque de fer qu'ils lui ont posée.

Kerry leva la tête pour observer la blessure et se sentit aussitôt gagnée par la nausée.

James profita d'un moment d'inattention de Lauren, qui faisait panser son doigt blessé par Ning, pour se lever et accourir au chevet de sa compagne.

— Ça va aller, mon amour, chuchota-t-il en prenant sa main.

— Tu sais bien que non. La mission commence dans deux jours. J'ai tout foutu en l'air.

Capstick adressa à James un regard lourd de sens.

— Cette blessure est sérieuse, confirma-t-il. Kyle, administre-lui un antalgique. Bruce, contacte les garde-côtes de Gibraltar et demande-leur d'envoyer un hélico pour procéder à une évacuation sanitaire.

31. Grillé

Le lendemain, à l'aube, James débarqua d'une vedette des garde-côtes espagnols et posa le pied sur le ponton situé à proximité de l'aérodrome. Il portait une minerve en mousse, la moitié inférieure de sa combinaison et un T-shirt bleu ciel fourni par le service d'urgences où Kerry avait été prise en charge. Il salua le capitaine du vaisseau, bâilla à s'en décrocher la mâchoire puis emprunta le sentier menant à la résidence où agents et retraités dormaient encore profondément.

Trop tendu pour espérer trouver le sommeil, il pénétra dans le bâtiment administratif puis, ignorant la civière tachée de sang et la mallette de premiers soins déposées dans l'entrée, se rendit directement dans la grande salle de réunion aux murs délabrés dont Tovah avait fait le centre de planification de la mission.

Sur deux tables placées côte à côte se trouvait une immense carte de la zone frontalière turco-syrienne. Des épingles à tête colorée indiquaient les positions des installations pétrolières contrôlées par l'État islamique, ainsi que les endroits où, à en croire les communications interceptées par le réseau de surveillance Echelon[4], les ingénieurs étaient susceptibles de se trouver.

James s'assit devant l'un des ordinateurs et contacta pour la énième fois de la nuit les urgences médicales de la Royal Air Force basées à l'ouest de Londres.

— Des nouvelles ? demanda-t-il lorsque le visage désormais familier du lieutenant de permanence apparut à l'écran.

Ce dernier pianota sur son clavier.

— Rien à signaler pendant le transport, dit-il. Elle a été admise dans nos services à six heures sept du matin puis transférée sous sédation à l'hôpital militaire de Harlow. L'opération est programmée pour onze heures.

— Formidable, dit James. Les médecins espagnols vous ont transmis les radios et les clichés du scanner ?

— Oui, ils nous ont tout envoyé, ainsi qu'un rapport médical complet.

— Excellent. Comment pourrai-je la contacter à l'issue de l'opération ?

— Je ne dispose pas encore de ces informations. Je vous enverrai un e-mail dès que j'en saurai davantage.

— Je vous remercie infiniment, lieutenant, bâilla James avant de mettre un fin à la communication.

---

4. Réseau mondial d'interception des communications mis en place par les États-Unis et leurs alliés canadiens, britanniques, australiens et néo-zélandais. (*N.d.T.*)

Il tourna son fauteuil vers le bureau et considéra la carte. Était-il encore envisageable de mener la mission sans Kerry ? Impossible de répondre à cette question sans solliciter l'avis des deux spécialistes de l'équipe : Tovah, ancien commando de l'armée israélienne, et Capstick, vétéran des forces spéciales australiennes. Il leur adressa un message pour les convoquer à une réunion, après le petit déjeuner.

Épuisé, James avait impérativement besoin d'une dose massive de caféine. Alors qu'il se dirigeait vers la salle de repos du personnel, il entendit une exclamation étouffée provenant du bureau voisin, puis un choc sourd, comme si un objet pesant était tombé sur le parquet. Supposant qu'il s'agissait d'un animal venu fureter dans le bâtiment délabré, il n'y prêta pas attention. Puis un gémissement se fit entendre, l'incitant à revenir sur ses pas.

Le bureau était fermé, mais il pouvait apercevoir la silhouette floue d'un couple enlacé derrière le panneau de verre dépoli qui constituait la partie supérieure de la porte. L'homme et la femme mesuraient à peu près la même taille.

— Tu es tellement jolie, dit l'homme en caressant les longs cheveux bruns de sa partenaire.

À sa grande stupéfaction, James reconnut la voix de Bruce. Mais qui pouvait bien être cette fille ? Tovah ? Impossible, elle était beaucoup plus grande. La chef cuisinière ? Impossible. Elle avait les cheveux bouclés. La femme du gardien ? Peu probable. Elle avait une soixantaine d'années.

— Aïe ! s'exclama l'inconnue.

Bon sang, la voix de Ning !

— Qu'est-ce qui t'arrive ? demanda Bruce.

— Ta montre s'est prise dans mes cheveux.

— Oh, je suis désolé…

James était sous le choc. Devait-il se réjouir ou se désoler ? Bruce était l'un de ses meilleurs amis. Il était gentil, honnête et n'avait jamais rencontré beaucoup de succès auprès des femmes. Mais il avait enseigné les arts martiaux au campus, ce qui, d'un point de vue technique, faisait de lui un membre du personnel de CHERUB. Or, le règlement interdisait toute relation prof-élève et, pour couronner le tout, Ning n'avait que dix-sept ans.

Cette dernière s'assit sur le bureau, attrapa Bruce par le cou, l'attira vers elle et l'embrassa fougueusement.

— Viens, murmura Ning. Je veux que tu sois le premier. Je ne suis plus une petite fille, tu sais ?

Bruce brisa leur étreinte et fit un pas en arrière.

— J'en meurs d'envie, dit-il. Mais tu connais les règles. En fait, je ne devrais même pas t'embrasser.

— Tu n'es pas titulaire, fit observer Ning. Et tu retourneras en Thaïlande dès la fin de l'opération. Qu'est-ce qu'on en a à foutre ?

— Titulaire ou pas, je fais partie du personnel.

À bout d'arguments, Ning lâcha un soupir agacé.

— Ah, c'est bien moi de craquer pour le seul mec du campus qui ne pense pas qu'à s'envoyer en l'air !

— Je te jure que j'ai très envie de toi, dit Bruce. Tu es tellement sexy…

L'air faussement embarrassé, Ning détourna le regard.

— Tu quitteras CHERUB l'année prochaine, poursuivit Bruce. Je te trouverai un job en Thaïlande et on pourra faire ce qu'on veut sans se préoccuper du règlement.

— Tu vas tellement me manquer. Et si je démissionnais ?

— Ne dis pas de bêtises. Tu n'as même pas dix-huit ans. Et puis, nous n'avons aucune raison de nous presser. Je te rappelle qu'il y a une vie après CHERUB.

— Alors il faudra qu'on reste en contact sur Skype.

— Tous les jours, promit Bruce. Et je te jure que je n'irai pas voir ailleurs. Je tiens *vraiment* à toi.

Ning baissa pudiquement les yeux.

— Bon, lâcha-t-elle. C'est entendu. Alors vu qu'on ne va pas faire des folies de nos corps, je crois qu'on ferait mieux de se dépêcher si on ne veut pas rater le petit déjeuner.

— Il vaudrait mieux qu'on sorte d'ici séparément, histoire qu'on ne nous voie pas ensemble, dit Bruce. Les jumeaux sont de vraies fouines, et ils n'arrêtent pas de balancer des allusions à notre sujet. Ils disent qu'il y a de l'électricité dans l'air chaque fois qu'on est ensemble, et que ça se voit à cent mètres.

James regagna la salle des cartes une seconde avant que Ning ne sorte du bureau. Dès qu'elle eut quitté le bâtiment, James rejoignit Bruce et le surprit en train de ramasser les objets qui étaient tombés de la table.

— Comment je t'ai grillé ! s'exclama-t-il.

— Hein ? bredouilla Bruce en se redressant d'un bond, le visage écarlate. Qu'est-ce que tu veux dire ?

— Tu m'as carrément impressionné, mon pote. Comment tu as fait pour ne pas craquer ?

— Il existe des lois qui protègent les mineurs des adultes. Et vu ce qu'a été ma vie avant CHERUB, je suis bien placé pour le savoir. Alors je les respecte à la lettre.

— Admirable, sourit James.

— À vrai dire, je ne sais pas trop ce qui se passerait si la direction de CHERUB était au courant. Officiellement, mon contrat a pris fin quand je suis arrivé ici.

— En tout cas, tu n'as rien à craindre de ma part. Tu es mon meilleur ami, et l'un des types les plus bienveillants que je connaisse. Quant à Ning, elle a été mon assistante au centre de contrôle. Elle est intelligente, super drôle, et je comprends parfaitement pourquoi tu as craqué pour elle. En plus, vous avez un truc en commun : vous adorez vous battre. Je crois vraiment que vous êtes faits l'un pour l'autre.

— J'ai quand même six ans de plus qu'elle, dit Bruce. Les potes vont se foutre de ma gueule et dire que je les choisis au berceau.

— Et qu'est-ce que ça peut faire ? sourit James. Vous pouvez compter sur moi pour vous rendre visite en Thaïlande, quand vous serez installés dans votre dojo familial, avec votre ribambelle de bébés ninjas…

32. Quartier libre

Afin de rester éveillé, James nettoya la civière et rangea le matériel médical dans l'infirmerie. Kerry ne quittait pas ses pensées. Il était onze et quart en Angleterre. Elle était sans doute déjà au bloc, entre les mains des chirurgiens.

Sa tâche achevée, il monta sur le pèse-personne placé près du lit médicalisé : sans même ôter ses vêtements, il pesait cinq cents grammes de moins que la limite imposée par Tovah. Sourire aux lèvres, il quitta la pièce et rejoignit la salle des cartes.

Assis devant un ordinateur, Capstick étudiait un rapport d'écoute de cinquante pages. Tovah, les pieds sur la table, jouait à *Angry Birds* sur son Galaxy Note.

— Alors, quel est le verdict ? demanda James. L'opération peut avoir lieu sans Kerry ?

— Nous avions envisagé la possibilité qu'un des membres du commando se blesse ou tombe malade. Il aurait été préférable de partir à six, mais ça ne remet pas en cause la mission.

L'air peu convaincu, James se tourna vers Capstick.

— On ne pourrait pas la remplacer ?

— Navré, mais j'en ai terminé avec les opérations de terrain. J'ai trois enfants dont la mère deviendrait folle si je lui annonçais que je pars me battre en Syrie. McEwen, lui, est disqualifié d'office par son poids. Quant à mes assistants, n'y pensez même pas, car j'ai douze recrues qui commencent le programme d'entraînement dans trois jours.

— Tu pourrais ne rien dire à ta femme, fit observer Tovah.

Capstick éclata de rire.

— J'ai mis ma vie en danger un nombre incalculable de fois, dit-il sur un ton ferme. Je ne sais pas comment je m'en suis sorti, mais tout ça est derrière moi, et je n'ai pas l'intention de tenter le diable.

— Je comprends, sourit James. Et je respecte ta décision. Tovah, tu peux nous faire un point sur la situation ?

— Nous disposerons de quatre PX1, plus un appareil de rechange en cas de problème technique. Vu que Kerry n'était pas très bien placée au classement des pilotes, le tableau de service reste inchangé. Seul Kyle occupera un siège passager, ce qui nous laissera trois sièges disponibles. Notre charge maximale par avion est de cent cinquante kilos, et comme Yuen et Sachs sont plutôt lourds, tu feras le voyage à vide, James.

Ce dernier fronça les sourcils.

— Tu veux dire que j'ai fait ce régime pour rien ?

Tovah lâcha un bref éclat de rire.

— Ce n'est pas l'avis de tout le monde. Kerry m'a informée qu'elle pouvait voir tes abdominaux pour la première fois depuis des années, et elle m'a chaudement félicitée.

— Je jure que je ne toucherai plus jamais à une tranche de melon de toute ma vie ! tempêta James.

Tovah s'adressa à Capstick.

— Du neuf du côté d'Echelon ?

— Rien qui concerne directement les otages depuis vingt-six jours. Mais les échanges Internet indiquent qu'une installation pétrolière située vingt kilomètres à l'est d'Al Hakasah a dû interrompre sa production pendant quelques jours le mois dernier. La veille de la reprise des activités, un individu soupçonné de travailler dans ce complexe a rédigé les messages suivants *via* Facebook : *Bonne nouvelle, retour au boulot demain* puis *Le Chinois a réparé la console.* Ce Chinois, c'est Kam Yuen, ça ne fait pratiquement aucun doute.

— Ce qui confirme que les otages sont vivants, se réjouit James.

Capstick hocha la tête.

— Selon les estimations des Nations unies, l'État islamique exporte chaque semaine pour quatre millions de dollars de pétrole via la frontière nord de la Syrie. Pour eux, Sachs et Yuen sont irremplaçables.

— Peut-on être certains qu'ils n'ont pas été séparés ?

— En fait, ils ne peuvent travailler qu'en binôme. Sachs est spécialisé dans le hardware, et Yuen est expert en logiciels.

James hocha la tête.

— Ils doivent être accompagnés d'une escorte de protection, dit-il. A-t-on des informations à ce sujet ?

— Non, rien, soupira Capstick. Mais selon les experts que nous avons interrogés, ils voyagent probablement à bord d'un blindé léger avec trois à six gardes armés. Tout détachement plus important serait trop repérable.

— Et quel serait leur temps de réaction ? demanda James. Si un puits tombe en panne, en combien de temps Yuen et Sachs peuvent être dépêchés sur les lieux ?

— Selon nos sources, il s'écoule un à trois jours entre le message indiquant un dysfonctionnement et l'arrivée des ingénieurs. Bien entendu, ils n'ont pas le don d'ubiquité, alors si deux exploitations cessent de fonctionner eu même moment...

— ... ils privilégieront le puits le plus productif, conclut James. Ce qui va conditionner le choix de notre cible. Tovah ?

La jeune femme posa un doigt sur la carte.

— Je suggère le puits de Tall Tamar. C'est une importante exploitation située à quatre-vingts kilomètres au sud de la frontière turque, à l'écart de la ligne de front où sont concentrées les forces armées de l'État islamique. Logiquement, nous ne devrions y rencontrer qu'une opposition relativement faible. Les autoroutes sont endommagées mais praticables, et on m'a déjà mise en contact avec un passeur qui connaît parfaitement la région et nous indiquera une cache où nous pourrons établir notre poste de commandement.

Capstick se frotta pensivement le menton.

— Une question me trotte dans la tête depuis un moment… Pourquoi le gouvernement israélien tient-il à ce point à participer au sauvetage de deux otages britanniques ?

— Parce que l'État islamique a juré de détruire notre État, répondit Tovah. Et comme le trafic de pétrole constitue sa principale source de revenus, cette opération est un bon moyen de réduire sa puissance financière.

— OK, ça me semble logique, sourit Capstick.

James s'éclaircit la voix.

— Très bien. Je crois que nous en avons terminé. Tovah, j'approuve ton choix. L'exfiltration aura lieu à Tall Tamar, et je t'autorise à entamer immédiatement les préparatifs de la phase de sabotage.

∴

À l'issue d'une course de six kilomètres, les cinq agents et les trois retraités qui ne participaient pas à la réunion débouchèrent dans une clairière où les assistants avaient déposé dix motos au cours de la nuit.

Aucun de ces engins n'était en état de rouler. Certains étaient privés de chaîne ou de roue arrière, les autres refusaient de démarrer pour des raisons moins évidentes. Lauren, qui était experte en mécanique, aida

Bruce et Kyle à réparer leurs motos, puis elle réajusta le frein à disque de son propre véhicule.

Les agents, eux, séchaient complètement.

— Vous êtes paumés, pas vrai ? lança Lauren, tout sourires, alors que Bruce et Kyle quittaient la clairière, poignée d'accélération au taquet. Vous dormiez pendant les cours de mécanique ?

— Je ne comprends pas, répondit Ryan, les mains souillées de cambouis. Je vois bien que le tuyau d'alimentation n'est pas branché, mais je ne vois pas où je pourrais le fixer.

— Peut-être parce qu'il n'y a rien sous la coque du réservoir ?

— Oh. Alors du coup, aucune chance qu'elle démarre…

— Voilà, tu as pigé, sourit Lauren en désignant une autre moto. Démonte le câble d'alimentation, branche-le sur celle-là et regonfle le pneu arrière. Ensuite, vérifie que les freins fonctionnent et tout devrait être en ordre.

— Aurais-tu la gentillesse de me donner un coup de main ? demanda Alfie, qui tentait vainement de réparer la suspension de sa Honda.

— Oh, mais c'est que tu es drôlement poli aujourd'hui, ironisa Lauren. Tu te souviens de ce que tu as dit quand mon siège s'est cassé à l'atterrissage ? Que mes fesses étaient plus larges que le Grand Canyon ?

— Je plaisantais, bien sûr. Tu es bien foutue, tu le sais parfaitement.

Lauren leva les yeux au ciel.

— Vous êtes tous plus nuls les uns que les autres, dit-elle. Daniel, ton démarreur électrique a juste besoin d'être revissé. Ning, regonfle tes pneus et nettoie la boue qui bloque le frein arrière. Léon, cet éclair qui s'affiche sur ton compteur signifie que ta batterie est à plat, mais il suffit que tu pousses ta moto en haut de la colline et que tu descendes une dizaine de mètres en roue libre pour relancer le moteur.

Sur ces mots, elle enfourcha sa moto et démarra d'un coup de kick.

— Et moi ? demanda Alfie.

— Toi, aucune idée, mon grand, répondit Lauren en haussant un sourcil moqueur. Tout ce que je sais, c'est que mon Grand Canyon va voir ailleurs si tu y es.

Elle espérait le contraindre à faire le trajet à pied, mais il ne rejoignit la résidence que quelques minutes après elle, à l'arrière de la moto de Ning. Comme le prévoyait l'emploi du temps qui leur avait été distribué la veille, ils se rendirent au dojo, convaincus qu'ils allaient y retrouver Capstick et McEwen pour un énième exercice de combat. À leur grande surprise, ils découvrirent deux vieux postes de télé à tube cathodique placés au centre de la salle, ainsi qu'une PS4 et une antique console Sega Megadrive. Dans un angle, un buffet avait été dressé.

— Oh, mon Dieu, *Ecco le Dauphin* ! s'exclama Lauren en reconnaissant l'écran d'accueil affiché sur l'une des télés. J'adorais ce jeu quand j'étais gamine !

— Les graphismes sont immondes, grogna Alfie. C'est dingue, je n'aurais jamais imaginé qu'il existait des jeux vidéo quand tu étais petite.

À une vitesse foudroyante, Lauren fléchit les genoux, attrapa la cheville d'Alfie puis le fit tomber lourdement sur les fesses.

— Trop lent, jeune homme, gloussa-t-elle.

James entra dans la pièce et frappa dans ses mains pour requérir l'attention générale.

— Un peu de silence, s'il vous plaît. J'ai le plaisir de vous annoncer que notre objectif a été définitivement fixé et que l'attaque de drone aura lieu cette nuit.

Les agents poussèrent des exclamations enthousiastes, mais Bruce et Kyle affichèrent un air grave.

— Et comme vous avez tous bien travaillé au cours de ces quatre dernières semaines, je vous donne quartier libre. Ces consoles sont à votre disposition, et des lasagnes vous seront servies dans quelques minutes. Amusez-vous bien !

Dans une ambiance joviale et détendue, Lauren prit les contrôles d'Ecco le Dauphin.

Tandis que James se trouvait devant le buffet, Ryan vint à sa rencontre. Il semblait préoccupé.

— Quelque chose ne va pas ? demanda James en croquant dans un poivron farci.

— C'est à propos de la mission, répondit Ryan. Vu que Kerry est blessée, il vous manque quelqu'un, n'est-ce pas ?

— Nous nous sommes adaptés à la situation, dit James. L'opération n'est pas compromise.

— Mais j'ai réfléchi et…

— Oh, tu as réfléchi ? Voilà qui est inhabituel. Est-ce que je dois m'inquiéter ?

— Ah ah, très drôle. Bref, je suis arrivé deuxième au classement des pilotes, derrière Lauren. Je pèse soixante-deux kilos, soit un peu moins que Kerry, alors…

James secoua vigoureusement la tête.

— J'apprécie ton enthousiasme, Ryan, mais Ewart t'a autorisé à venir ici pour participer à l'entraînement du commando, pas pour mettre ta vie en danger. La mission n'a pas d'existence légale, ce qui exclut l'emploi de militaires ou d'agents britanniques. Et ceci vaut pour CHERUB. Nous utiliserons de l'équipement étranger. Si nous sommes capturés, nous nous présenterons comme des mercenaires embauchés par l'assurance kidnapping et rançon de Sachs et Yuen. Ce qui, voyons les choses en face, ne nous empêchera pas d'être exécutés.

— Kerry était la seule du groupe à parler correctement arabe, fit observer Ryan. Moi, je le parle couramment.

— Tovah se débrouille très bien.

— Mais son rôle consiste à rester à l'arrière pour préparer les PX1, n'est-ce pas ? Vous n'allez tout de même pas lancer l'assaut sans interprète ?

James s'accorda quelques secondes de réflexion. À l'évidence, il était sensible à cet argument.

— Tu n'as pas tort, mais nous partons pour la Turquie demain à l'aube. Si je voulais t'intégrer au groupe de combat, je devrais rédiger un long rapport, le transmettre à Ewart puis obtenir l'approbation du comité d'éthique qui, selon toute probabilité, rejettera ma proposition.

— Pour quelle raison ? demanda Ryan

— Parce que seuls des agents majeurs peuvent participer à cette opération. C'est une règle absolue. Les agents de CHERUB ne doivent pas être mis en danger, sauf lorsqu'une mission ne peut pas être menée par des adultes.

— Dans ce cas, je vais présenter ma démission.

James éclata de rire.

— Ne dis pas de bêtises, voyons. Je te remercie, mais nous n'aurons pas recours à tes services.

— James, écoute-moi, insista Ryan. Je veux *servir*, tu comprends. J'aurai dix-huit ans dans quatre mois, et il y a de fortes chances que je passe ce temps à me tourner les pouces au campus. C'est sans doute ma dernière chance de me rendre utile.

— Et de te faire tuer, ajouta James. Cette opération n'a rien à voir avec les missions auxquelles tu as participé. C'est un raid commando en bonne et due forme, et je te rappelle que tu n'as que *dix-sept ans*.

— J'en suis pleinement conscient. Des conscrits plus jeunes que moi sont morts dans les tranchées pendant la Première Guerre mondiale. Et aujourd'hui, l'âge minimum d'engagement dans l'armée britannique est de seize ans. Si le pays était en guerre, je serais libre de partir le défendre.

James était partagé. Il avait travaillé avec Ryan lors de la longue mission qui avait conduit à la chute du clan

Aramov. Il savait qu'il avait affaire à un agent exceptionnel, et qu'un sixième membre dans l'équipe lui offrirait davantage d'options si la situation tournait à leur désavantage. Cependant, il ne pouvait pas se résoudre à exposer un jeune homme de dix-sept ans aux dangers d'une zone de guerre livrée au chaos.

— Je ne suis plus un enfant, plaida Ryan. Souviens-toi, quand tu avais mon âge. Tu étais capable de prendre tes propres décisions, non ?

James se remémora les derniers jours de sa carrière d'agent. Ce sentiment affreux d'être condamné à devenir un individu normal. Cette certitude que la partie la plus heureuse et la plus intense de son existence était en train de s'achever. Il sortit son téléphone portable et le tendit à Ryan.

— J'admets que tu pourrais être utile au groupe. Alors tu es le bienvenu, si tu es vraiment toujours décidé. Mais au préalable, tu dois contacter Ewart et l'informer que tu quittes définitivement CHERUB.

33. Pop-corn

En fin de journée, après un tournoi de *FIFA16* remporté haut la main par l'équipe des agents, Capstick et McEwen annoncèrent que le séjour se terminerait comme il avait commencé et invitèrent tous les participants à rejoindre la piscine où flottaient déjà une centaine de balles colorées.

— Je ne veux surtout pas de blessés, dit James qui ne voyait pas cette activité d'un très bon œil. C'est pourquoi nous nous contenterons d'une seule manche de vingt minutes. N'oubliez pas que ce n'est qu'un jeu, compris ?

Malgré cet avertissement, Bruce et Alfie en vinrent aux mains dès les premières secondes de la partie, et Capstick dut plonger dans le bassin pour les séparer.

— Ça suffit, vous deux ! cria ce dernier. Dégagez de cette piscine. Vous êtes expulsés définitivement.

Les deux fautifs sortirent de l'eau la tête basse puis, l'air boudeur, s'assirent sur des transats situés à deux extrémités opposées pour assister à la suite de la rencontre.

Pendant vingt minutes, les huit équipiers disputèrent un match acharné. James ne s'était pas senti en aussi bonne forme physique depuis son départ de CHERUB, six ans plus tôt. Kyle, bronzé et considérablement aminci, termina la partie sans montrer le moindre signe d'essoufflement et réussit quelques actions spectaculaires. À la fin du temps réglementaire, les joueurs s'alignèrent au bord de la piscine et attendirent que le décompte soit achevé.

Alors qu'il ne restait plus que quelques balles, les deux équipes avaient déjà dépassé les cent quatre-vingt-dix points.

— Cent quatre-vingt-seize pour les retraités, annonça l'un des assistants.

— Cent quatre-vingt-dix-neuf pour les agents, dit son collègue en brandissant une ultime balle bleue. Et cinq qui font deux cent quatre.

Léon et Daniel se jetèrent au cou l'un de l'autre.

— On est les meilleurs ! braillèrent-ils à l'unisson.

Alfie défia Lauren du regard.

— Encore raté, Grand Canyon, ricana-t-il.

Tandis qu'elle attrapait son rival par le cou et le jetait tête la première dans le bassin, James récupéra son téléphone et découvrit un message d'Ewart Asker.

— Désolé les agents, mais vous êtes disqualifiés, annonça-t-il après en avoir pris connaissance.

Les intéressés se lancèrent aussitôt dans un concert de protestations.

— Mais on a parfaitement respecté les règles, plaida Ning, indignée.

— Faux, rétorqua James. Vous avez fait appel à un joueur non éligible. Selon les informations qui viennent de m'être communiquées, Ryan Sharma n'est plus un agent de CHERUB.

À cette nouvelle, les traits de Ryan s'affaissèrent, comme s'il prenait brutalement conscience des responsabilités qui pesaient sur ses épaules.

— C'est de l'arnaque pure et simple, soupira Ning en esquissant un sourire.

Kyle posa un bras sur l'épaule de Ryan.

— Ça va, mec ?

— J'avoue que je suis un peu sous le choc. Mais j'ai obtenu ce que je voulais.

Les jumeaux prirent leur grand frère dans leurs bras.

— Finalement, contrairement à ce que je pensais, vous ne serez pas virés de CHERUB avant moi, sourit Ryan.

— Promets-nous d'être prudent, dit Daniel.

— C'est Theo qui va faire la gueule, gloussa Léon. Comme tu ne vivras plus au campus, on va pouvoir le torturer à notre guise sans personne pour venir à son secours.

Ryan sentit sa gorge se serrer. Lorsqu'il avait supplié James de le laisser intégrer le commando, il n'avait pas pensé une seule seconde aux répercussions que son éventuelle disparition pourrait avoir sur son plus jeune frère.

— Merci à tous ! lança James. Les retraités, suivez-moi, il faut que nous préparions l'équipement. Les autres, je vous donne rendez-vous au dojo à vingt-trois heures, pour assister au sabotage de l'installation pétrolière de Tall Tamar.

∴

Le dojo était plongé dans la pénombre. Agents, retraités, instructeurs et assistants étaient installés sur des chaises en plastique ou étendus sur des tapis de combat. Tous avaient les yeux rivés sur l'écran de télévision sur lequel Tovah avait branché son ordinateur portable.

L'image verdâtre transmise en temps réel par le drone manquait de netteté. Contrôlé par deux opérateurs depuis une base aérienne israélienne, l'appareil, un quadcopter d'un mètre d'envergure, filait à soixante kilomètres-heure, deux cents mètres au-dessus d'un village syrien.

— Personne n'a pensé au pop-corn ? plaisanta Léon.

Le pilote opérateur prononça une phrase en hébreu.

— Il dit que le drone se trouve à un kilomètre de la cible, expliqua Tovah.

L'engin perdit rapidement de l'altitude puis la silhouette d'un derrick apparut dans l'objectif de sa caméra.

— Ça va péter ! s'exclama Alfie, projetant un postillon qui atterrit au centre de l'écran.

Tovah le fusilla du regard.

James avait adressé des photos satellite haute définition du site à ses partenaires de l'armée israélienne. Un seul missile aurait pu mettre le puits hors service, mais les ingénieurs n'auraient pas été dépêchés sur une installation réduite en ruine, sans espoir de réparation. L'objectif de cette première phase de la mission était de provoquer une simple panne dont nul ne pourrait penser qu'il s'agissait d'une manœuvre de sabotage.

Le bâtiment qui abritait le centre de contrôle du puits apparut dans le champ de la caméra. C'était une petite construction de plain-pied en préfabriqué posée sur une plate-forme métallique censée la protéger d'une hypothétique inondation. L'opérateur caméra zooma sur la fenêtre puis sur l'homme qui se trouvait à l'intérieur. Ce dernier manifestait des signes d'agitation. Il regardait autour de lui, comme s'il avait entendu un son inhabituel. Le drone prit de l'altitude puis se plaça en vol stationnaire à la verticale de la cible.

À l'écran, l'image se sépara en deux. Tovah pointa la fenêtre de droite.

— Cette image est captée par une caméra haute résolution fixée sous le corps de l'appareil, expliqua-t-elle.

Un bras mécanique équipé d'une pince jaillit du fuselage et lâcha deux dispositifs d'écoute de la taille d'une pièce de monnaie sur le toit, à quelques mètres de distance. Les opérateurs échangèrent quelques mots.

— Ils testent la réception, dit Tovah. Selon eux, le signal audio est excellent.

Ryan se tourna vers James.

— On pourra entendre tout ce qui se passe à l'intérieur quand on sera sur le terrain ? chuchota-t-il.

— Oui, c'est ce que prévoit le plan.

Tandis que le bras se repliait à l'intérieur du drone, le pilote opérateur déplaça l'engin vers une armoire électrique située sur un flanc du bâtiment. D'après les spécialistes qui l'avaient étudiée sur les images-satellites, ce modèle alimenté par des câbles souterrains disposait d'un générateur de secours diesel qui prenait automatiquement le relais en cas de coupure.

L'appareil largua un tube métallique d'une trentaine de centimètres de long. C'était un générateur d'impulsions électromagnétiques, plus connu sous l'acronyme IEM, un dispositif conçu pour créer un champ extrêmement puissant capable de neutraliser tout équipement électrique dans un rayon de dix mètres.

Pour permettre sa récupération après l'opération de sabotage, l'IEM était attaché à une bobine de soixante-dix mètres de fil de nylon qui se dévidait à mesure que l'appareil prenait de l'altitude.

Lorsque le drone se trouva à distance de sécurité, le pilote opérateur activa le générateur. Soudain, l'image à l'écran se brouilla puis le flux vidéo s'interrompit. Dans le dojo, tous les regards se tournèrent vers Tovah tandis que les opérateurs échangeaient fébrilement en hébreu.

— Qu'est-ce qui s'est passé ? demanda anxieusement James. Est-ce que le drone s'est écrasé ?

— L'impulsion n'était pas censée l'endommager, mais on dirait qu'on a fait une petite erreur de calcul, expliqua Tovah. Le signal est perdu. Ils essaient de reprendre le contrôle sur une autre fréquence.

Un instant plus tard, l'image de gauche réapparut. L'engin se trouvait à une centaine de mètres d'altitude, objectif braqué sur le derrick.

Tovah lâcha un soupir de soulagement puis continua à traduire les échanges des opérateurs.

— Le drone a basculé en mode automatique quand il a été touché par le champ de l'IEM qui a interrompu le signal. Tous les systèmes répondent de nouveau correctement, mais ils se demandent si le fil ne s'est pas rompu.

Lorsque le flux vidéo de la fenêtre de droite se rétablit, les opérateurs laissèrent éclater leur joie.

— C'est bon, ils ont récupéré l'IEM, soupira Tovah.

Sur l'écran, chacun put voir le tube métallique disparaître dans la trappe ventrale du drone, puis l'opérateur caméra orienta l'objectif de la caméra principale vers le bâtiment. Un épais nuage de fumée noire s'échappait de l'armoire électrique. L'individu repéré précédemment jaillit de la salle de contrôle armé d'un extincteur. À quelques dizaines de mètres, deux individus coiffés de casques de chantier accouraient depuis la station de pompage.

— L'appareil monte à mille cinq cents mètres et passe en mode automatique pour retourner à la base, annonça Tovah, tout sourires.

— Bon voyage, Mr Drone ! s'exclama James en se levant pour appuyer sur l'interrupteur commandant l'éclairage du dojo. Mes amis, les membres du commando devront se trouver sur la piste à six heures pour embarquer l'équipement et les PX1. Attention, l'avion décollera à sept heures précises, et je ne veux pas de retardataires. Le jet de la Royal Air Force à destination de l'Angleterre partira à onze heures. La chef cuisinière et l'équipe d'instruction auront besoin d'aide pour rassembler le matériel, ce qui signifie que les agents devront prendre leur petit déjeuner et préparer leurs bagages relativement tôt de façon à se présenter à l'aérodrome à neuf heures pile.

— Dès que James aura quitté l'île, vous obéirez à mes ordres, mes petits agneaux, ajouta Capstick. Et comme je n'ai pas distribué de punition depuis presque un mois, je vous conseille vivement de vous tenir à carreau.

34. Cyanure

Durant son séjour à la résidence, entouré de vieux amis, d'instructeurs retors et d'agents facétieux, James ne s'était fait qu'une idée purement théorique de la mission. La réalité le frappa de plein fouet lorsqu'il se retrouva sanglé à son siège, à l'arrière d'un Antonov piloté par deux Russes aux visages rougeauds, un appareil sorti des chaînes de montage soviétiques trente-cinq ans plus tôt, au fuselage criblé d'impacts de balles sommairement rebouchés au mastic.

L'avion-cargo en était à sa deuxième tentative d'atterrissage sur une piste tracée dans la terre. Le train ayant refusé de s'ouvrir au premier essai, le copilote avait dû ouvrir une trappe et le bourrer de coups de marteau pour le déployer, une manœuvre qui n'avait rien de très rassurant.

Épouvantée, Lauren serra la main de James à l'instant où l'Antonov entra brutalement en contact avec le sol, ses réacteurs projetant une quantité phénoménale de poussière dans les champs environnants.

— Je ne me plaindrai plus jamais de Ryanair, plaisanta Kyle lorsque l'appareil s'immobilisa, les roues grinçant sur leur axe rouillé.

Presque surpris d'avoir survécu à ce vol dans un avion sans hublots, sans pressurisation ni chauffage, les six membres du commando détachèrent leurs harnais. Lorsque la passerelle arrière s'abaissa, ils virent deux douaniers turcs descendre d'un pick-up Toyota.

— À toi de jouer, chuchota James.

— Je parle l'arabe, pas le turc, dit Tovah, l'air paniqué. Sans blague, ça t'avait échappé ?

Les deux militaires gravirent la rampe et commencèrent à contrôler les passeports. Quand ils se présentèrent devant James, ce dernier leur remit le manifeste de l'Antonov en prenant soin de leur montrer les sept mille euros en liquide glissés entre les pages centrales.

— Pièces automobiles, dit l'officier dans un anglais hésitant avant d'adresser un sourire à son collègue. Vous pouvez débarquer votre matériel. Dépêchez-vous, et sortez par le portail de service.

Les cinq PX1, les armes, les drones, les gilets pare-balles et le reste de l'équipement avaient été emballés dans des caisses portant les logos Audi et Citroën.

Les membres du commando chargèrent le matériel à bord d'un camion de location dont James prit le volant. Les autres s'entassèrent dans un vieux taxi Mercedes. Tandis que l'Antonov redécollait, les deux véhicules se mirent en route dans le nuage de poussière soulevé par les réacteurs.

Ils évitèrent soigneusement le centre de Viranşehir, la ville la plus proche de l'aérodrome, puis empruntèrent des routes bordées de petites maisons, coupant à travers les champs de coton récemment moissonnés dès que le relief le permettait. Leur destination était une ferme moderne et isolée dont le hangar abritait une énorme moissonneuse-batteuse.

— Ici, vous ne serez pas dérangés, assura le chauffeur du taxi. Le reste de votre équipement est arrivé hier soir. Conformément aux instructions, je vous ai aussi procuré de la nourriture et du matériel de cuisine.

Après avoir transporté l'équipement à l'intérieur et partagé un déjeuner composé de yaourt, de pain et de fromage de fabrication locale, les membres de l'équipe entamèrent les derniers préparatifs. Tovah vérifia qu'aucun des cinq PX1 n'avait été endommagé pendant le transport. Le colis arrivé la veille contenait des ailes grises destinées à remplacer les modèles colorés utilisés pendant l'entraînement.

James et Lauren, eux, se teignirent les cheveux en brun, s'aspergèrent d'autobronzant en spray puis, à l'aide de lentilles de contact marron, camouflèrent leurs yeux bleus.

James, Kyle et Bruce, qui ne s'étaient pas rasés depuis une semaine, prirent quelques selfies afin d'immortaliser leur métamorphose.

Chacun essaya ses bottes, ses sous-vêtements en microfibre blindée à l'épreuve des lames et son gilet pare-balles léger afin de s'assurer qu'ils n'entravaient pas ses mouvements, puis ils enfilèrent des vestes imperméables et d'amples pantalons disposant de nombreuses poches. Les casques lourds, eux, ne seraient utilisés qu'au moment de l'assaut.

Lorsque le commando se trouverait sur le territoire de l'État islamique, Tovah et Lauren devraient porter le voile intégral.

— Pourrais-je savoir pourquoi on m'a demandé de me teindre les cheveux ? grogna Lauren, en fronçant les sourcils derrière la fente de sa burqa. En plus, je n'y vois strictement rien.

— Tu dois t'habituer à te déplacer dans cette tenue, dit Tovah. Tu te feras remarquer si tu te cognes dans tous les obstacles.

Lauren enchaîna quelques pas hésitants. James siffla entre ses doigts.

— Wow, tu es tellement sexy, petite sœur !

Lauren revint sur ses pas et lui donna une claque à l'arrière du crâne.

— Si tu la ramènes encore, je te casse les jambes !

— Oh, tout en féminité… ricana James.

Bruce inspecta la caisse contenant l'armement. Le caractère officieux de la mission prohibant l'usage d'armes britanniques et des autres nations membres de l'OTAN, James avait opté pour du matériel russe et israélien.

— Hé, il y a une bonne trentaine de flingues là-dedans, se réjouit Bruce. Nom de Dieu, des Galil ! J'adore ces petits bijoux !

Il sortit le fusil d'assaut ultracompact de son emballage en polystyrène, cala la crosse au creux de son épaule et colla son œil à la mire. Puis il sortit de la caisse un pistolet de gros calibre qu'il glissa dans sa poche arrière, et un petit 22 qu'il plaça dans la poche pectorale de sa chemise. Enfin, il suspendit à sa ceinture des grenades, des bombes fumigènes, une matraque télescopique, un Taser, plusieurs poignards commando et une machette de cinquante centimètres de long.

— Où qu'elle est la guerre ? lança-t-il d'une voix rauque en louchant comme un demeuré. Où qu'elle est ?

James éclata de rire, mais Tovah n'apprécia pas la plaisanterie.

— J'ai servi dix ans dans les forces spéciales israéliennes, dit-elle sans desserrer les mâchoires. Chaque fois que les opérations auxquelles j'ai participé ont échoué, c'était à cause de maniaques de la gâchette dans ton genre. Ils peuvent se faire tuer si ça leur chante, mais moi, je ne tolère pas qu'on mette ma vie en danger.

Refroidi par cette tirade, Bruce laissa Tovah le dépouiller de son arsenal.

— Un conseil, dit-elle. Il est préférable que nous employions tous le même armement. De cette façon, nous pourrons échanger nos munitions en cas de besoin.

L'atmosphère demeura tendue tandis que les membres du commando plaçaient dans leur sac sous-vêtements de rechange, rations de survie, trousse de premiers soins et matériel électronique. Leurs préparatifs achevés, ils accomplirent un rituel étrange que

James, dans son ordre de mission, avait baptisé *Protocole de dépersonnalisation*.

Chacun, à tour de rôle, déposa dans une boîte en plastique ses papiers d'identité, son portefeuille, ses bijoux, son téléphone portable et tout ce qui pourrait d'une façon ou d'une autre permettre son identification.

En échange, James leur remit une montre Casio bon marché, une oreillette de fabrication chinoise et un imposant téléphone portable combinant liaison cellulaire et satellite.

— Cet appareil dispose de dix jours d'autonomie. Il est pratiquement indestructible et entièrement chiffré. Vous ne l'utiliserez qu'en situation d'urgence, uniquement pour entrer en relation avec les membres du commando. À compter de cet instant, vous n'existez plus. Vous n'avez plus la possibilité de contacter un proche, de consulter vos e-mails ou de vous connecter à Facebook. Gardez constamment à l'esprit que les gouvernements britannique et israélien ignorent où nous nous trouvons et ce que nous projetons d'accomplir. Nous n'obtiendrons pas de renforts des SAS. Aucun hélicoptère Apache ne viendra nous sauver la mise. Si nous sommes abattus, nous ne serons que six corps non identifiés retrouvés au milieu du désert. Pas de sépulture, pas de cérémonie religieuse. Et si nous sommes capturés vivants…

James sortit une plaquette de pilules de sa poche.

— … nous réglerons le problème à l'ancienne, au cyanure, dit-il. Ce n'est pas spécialement plaisant, mais ça vaut mieux que d'être pris vivants et exécutés publiquement par l'État islamique.

Bruce lui arracha la plaquette des mains.

— J'ai un autre plan. Il est très simple : on ne se fait pas descendre, on ne se fait pas capturer, on n'avale pas de cyanure. On nettoie le terrain, on ramène les deux ingénieurs en Angleterre et on va tous fêter ça au campus.

35. Comme à la maison

James reçut un dernier rapport de surveillance peu après quatorze heures. Le système avait intercepté un grand nombre de communications téléphoniques, d'e-mails et de SMS échangés au sein du personnel de l'exploitation pétrolière. Tout indiquait que les ingénieurs seraient escortés sur les lieux un jour ou deux plus tard pour réparer l'installation.

Seule ombre au tableau, les micros placés sur le toit de la salle de contrôle n'avaient émis aucun signal. Il semblait évident qu'ils avaient été endommagés par la puissance sous-évaluée de l'IEM.

Dans l'après-midi, un vieil autocar se présenta à l'entrée du domaine. En un quart d'heure, les membres du commando placèrent dans la soute les caisses contenant les PX1 et les motos partiellement démontées. Chaque jour, ce véhicule hors d'âge effectuait clandestinement la navette entre la Turquie et la Syrie, prenant au passage tous ceux qui, pour une raison ou une autre, souhaitaient franchir la frontière et se rendre en zone de guerre.

En chemin, le chauffeur fit halte une première fois à l'entrée d'une agglomération pour laisser monter des hommes arborant une longue barbe, puis une deuxième fois en rase campagne pour embarquer un individu portant un costume gris et des lunettes aux verres fumés.

Bientôt, des abris de fortune constitués de planches et de bâches en plastique apparurent au bord de la route, de plus en plus nombreux à mesure que le car se rapprochait de la frontière. Depuis le début de la guerre civile en Syrie, des millions de réfugiés avaient gagné le sud de la Turquie.

Le car effectua un dernier arrêt dans un camp géré par le Croissant-Rouge[5]. Cinq membres d'une organisation humanitaire chargèrent des palettes de nourriture et de médicaments dans la soute puis prirent place à bord, suivis d'une journaliste et de son cameraman.

Une vingtaine de soldats assuraient la protection du poste de douanes turc. Des blindés étaient positionnés de part et d'autre de la chaussée, et leurs équipages parés à intervenir en cas de troubles. Côté syrien, une file de véhicules immobiles s'étirait aussi loin que portait le regard. La foule des malheureux qui n'avaient pas été autorisés à franchir la frontière restait massée derrière la clôture, livrée au désespoir et au dénuement le plus complet.

---

5. Équivalent de la Croix-Rouge dans les pays de tradition musulmane.

Les douaniers turcs étaient moins zélés à l'égard de ceux qui souhaitaient quitter leur territoire. L'un d'eux fit signe au chauffeur de s'engager sur une voie unique encadrée de barbelés. Les panneaux rédigés en turc, en arabe et en anglais sommaient les candidats au départ de rester à l'intérieur de leur véhicule. De l'autre côté de la barrière, à quelques dizaines de mètres, se dressait un portrait géant de Bachar el-Assad criblé de balles sous lequel figurait l'inscription *Bienvenue en Syrie*.

D'un geste, le douanier autorisa le chauffeur du car à avancer. Il avait reçu une forte somme d'argent pour assurer aux membres du commando un passage sans encombre. Le véhicule se remit en route dans un nuage de fumée d'échappement, et le commando pénétra pour de bon en territoire syrien sous contrôle de l'État islamique. Laissant derrière eux le poste-frontière, l'interminable file de voitures et le chaos de réfugiés, ils se retrouvèrent en plein désert, sur une autoroute endommagée par les combats. Sur le bas-côté encombré de véhicules calcinés, les panneaux publicitaires avaient tous été abattus ou barbouillés de peinture noire.

La chasse aux excès de vitesse n'étant pas la priorité des nouveaux maîtres de la région, le chauffeur roula pied au plancher pendant quelques dizaines de kilomètres avant de freiner à l'approche d'un poste de contrôle improvisé tenu par trois hommes de l'EI en tenue de combat. Il échangea avec eux quelques plaisanteries, leur remit cinquante euros et put une nouvelle fois reprendre la route sans que ses passagers ne soient inquiétés.

Quelques minutes plus tard, ils quittèrent l'autoroute pour s'engager sur une route plus étroite. À la sortie d'un tunnel qui traversait une formation rocheuse, le chauffeur dut effectuer une embardée afin d'éviter deux voitures encastrées l'une dans l'autre abandonnées au beau milieu de la chaussée.

Au cours des heures suivantes, le bus fit halte à quatre reprises pour débarquer ses passagers, puis les membres du commando se retrouvèrent seuls à bord du véhicule. James sortit de sa poche un petit écran GPS et constata qu'ils se trouvaient désormais à moins de cinq kilomètres de Tall Tamar.

Enfin, ils atteignirent leur objectif, une petite agglomération où s'étaient déroulés des combats acharnés. Toutes les façades des bâtiments avaient été mitraillées et les toits détruits par des obus.

— C'est un ancien village kurde, expliqua le chauffeur. Les habitants qui n'ont pas été tués ont fui vers le nord. Toutes les habitations sont abandonnées.

— Les combattants de l'État islamique patrouillent dans le secteur ? demanda James.

— Si vous postez un guetteur, vous n'avez pas grand-chose à craindre, tant que vous ne vous faites pas remarquer. C'est l'endroit le plus tranquille de la région.

Au centre du village se trouvaient les ruines d'une supérette qu'un blindé avait traversée de part en part, une station-service dont la cuve souterraine avait explosé, formant un cratère dans le bitume, les ruines de plusieurs boutiques et un parking encombré de voitures carbonisées ou écrasées sous les chenilles de chars.

— Ici, c'est parfait, dit Tovah en faisant signe au chauffeur de s'arrêter. La chaussée est presque intacte, et elle offre une ligne droite suffisamment longue pour décoller. Le toit de la supérette est toujours en place. Ça nous fera un excellent abri pour la nuit.

Bruce, Kyle, Lauren et Ryan commencèrent à décharger le matériel.

— Merci pour tout, dit James au chauffeur en lui remettant une enveloppe contenant cinq mille euros en espèces. Le dernier tiers du paiement sera versé sur votre compte dès que nous serons de retour en Turquie.

— Et si vous ne revenez pas ? demanda-t-il.

— Ne vous inquiétez pas, dit Tovah. Mes employeurs ont reçu des instructions.

Lorsque l'autocar se fut remis en route, l'équipe investit la supérette, dispersant les oiseaux perchés sur les poutrelles du toit.

— Tovah et Lauren, commencez à assembler les motos et les PX1. Bruce et Kyle, armez-vous et partez en patrouille. Vous sécuriserez la zone et placerez les détecteurs de mouvement aux endroits stratégiques. Au passage, voyez si vous pouvez trouver un robinet d'eau potable. Nous n'avons emporté que le strict minimum, ce qui, en clair, signifie que nous n'avons pas de quoi nous laver. Ryan, tu vas monter sur le toit pour installer le récepteur satellite et les antennes UHF.

— Et toi, big boss, tu comptes te tourner les pouces ? demanda Lauren sur un ton sarcastique.

— Moi, je vais tâcher de relancer le générateur électrique. Et avec un peu de chance, si je suis content de vos services, je pourrai brancher la bouilloire et vous préparer une bonne tasse de thé, comme à la maison.

36. Moucherons

Il était cinq heures du matin. Plongé dans la pénombre, Bruce était assis sur une pile de caisses en plastique. Devant lui, une rangée d'écrans d'ordinateur lui permettait de suivre en temps réel les images transmises pas les caméras à vision nocturne, de surveiller les données enregistrées par les capteurs de mouvement et d'écouter le flux audio transmis par les micros placés sur le toit de la salle de contrôle de Tall Tamar, qui s'étaient miraculeusement remis à fonctionner. Il concentrait son attention sur la page Internet où apparaissaient les informations adressées par les renseignements britanniques et israéliens.

Peu enclin à l'introspection, Bruce avait toujours été incapable de demeurer inactif plus de quelques minutes. Après avoir jeté un coup d'œil aux écrans et rafraîchi la page du navigateur, il se leva et effectua quelques flexions, histoire de se dégourdir les jambes. Puis, armé d'une lampe torche, il se lança dans une tournée d'inspection de la supérette.

Emmitouflé dans son duvet, Kyle ronflait discrètement, couché à même le sol. Lauren, qui tenait à son petit confort en toutes circonstances, avait aménagé une couchette constituée de carton dans le rayon inférieur d'une étagère.

Bruce s'accroupit pour allumer la bouilloire électrique puis fouilla dans la boîte en plastique contenant les rations de nourriture déshydratée. Les inscriptions sur les sachets étant rédigées en alphabet cyrillique, il étudia les photos avantageuses qui y figuraient puis en palpa le contenu. Lorsqu'il eut fait son choix, il déchira l'emballage, en versa le contenu dans un gobelet en plastique et ajouta de l'eau bouillante jusqu'aux deux tiers. Tout en regagnant son poste de garde, il huma la préparation et fut agréablement surpris par son parfum de chocolat, de banane et de crème anglaise.

Après en avoir bu quelques gorgées, il perçut un son insolite, un raclement discret qui trahissait une activité à l'intérieur même de la supérette. En théorie, personne ne pouvait s'y introduire sans activer les détecteurs de mouvement, mais les oiseaux perchés sur les poutrelles manifestaient leur nervosité par un concert de pépiements.

Bruce chaussa ses lunettes de vision nocturne puis dégaina un pistolet automatique équipé d'un silencieux. Il envisagea un instant de réveiller ses coéquipiers, mais il estima préférable de contrer sans tarder cette éventuelle intrusion ennemie.

Il longea l'angle intérieur d'un mur formant un L et déboula dans la partie du magasin située jusqu'alors hors de son champ de vision. Aussitôt, il perçut un mouvement sur sa droite, puis quelque chose — une épaule, sans doute — le frôla. Il se dégagea vivement et ouvrit le feu au jugé. L'arme n'émit qu'un chuintement à peine audible, mais un son caractéristique se fit entendre lorsque la balle frappa sa cible, la traversa de part en part et termina sa course dans le montant d'une étagère métallique.

— Alerte ! lança Tovah, réveillée en sursaut, avant de se lever et d'attraper son fusil d'assaut.

— Bruce ? s'étrangla James, tiré à son tour du sommeil.

— C'est bon, je suis là. Je crois que j'ai buté quelqu'un.

Tovah fut la première à rejoindre Bruce dans l'aile du magasin. Elle balaya le sol de sa lampe torche et découvrit le corps sans vie d'un chat sauvage.

— Tu pourrais peut-être regarder à quoi tu as affaire avant de tirer, fit observer Kyle, accouru sur les lieux en compagnie de James. Et si j'étais sorti pisser ?

— En tout cas, dit ce dernier en invitant ses coéquipiers à rejoindre le poste de commandement improvisé, ça prouve que nous ne pouvons pas faire entièrement confiance aux cellules de détection. Il faut renforcer la garde.

— Je suis d'accord, approuva Tovah en jetant un coup d'œil à sa montre. Je me porte volontaire. De toute façon, je n'arriverai jamais à me rendormir.

— Moi non plus, soupira James en étudiant les données affichées sur les écrans. Et le soleil ne va pas tarder à se lever.

Sur ces mots, il braqua le faisceau de sa lampe sur le visage de Ryan qui, inconscient de l'incident qui venait de se produire, dormait toujours profondément, un sourire enfantin sur les lèvres.

— Bon sang, gronda Tovah. Quelqu'un a bouffé la dernière ration banane chocolat.

Lauren roula de sa couchette et écarquilla les yeux.

— Qui a tiré sur qui ? bredouilla-t-elle, flottant entre le rêve et la réalité.

— Bruce a liquidé un gros chat, expliqua Kyle. Je crois qu'il faut qu'il change de lunettes.

— Et qu'il nous débarrasse de cette charogne avant qu'elle ne commence à se décomposer, ajouta James.

Tandis que Kyle faisait chauffer de l'eau pour un café instantané, Lauren prépara du porridge et une omelette sur un réchaud à gaz. Alors que tous ses coéquipiers étaient rassemblés autour de lui, Ryan était toujours endormi.

— J'ai un signal en UHF, s'exclama James, les yeux braqués sur l'un des écrans.

L'ordinateur était configuré pour enregistrer les signaux captés par les micros déposés sur le toit de la salle de contrôle. Tovah brancha une paire d'écouteurs sur la prise audio du PC puis les posa sur ses oreilles.

— J'entends deux types qui se plaignent de leurs femmes, expliqua-t-elle. Ils ont l'accent de la campagne.

— Ce qui veut dire ? demanda Kyle.

— Que ce sont de simples ouvriers. Ils attendent sans doute des instructions. Ils se plaignent d'avoir été convoqués à une heure aussi matinale. Apparemment, ils sont encore les seuls employés sur le complexe.

— Ce qui signifie que quelque chose va se passer aujourd'hui, en conclut James.

À cet instant, Ryan ouvrit un œil puis, constatant que ses coéquipiers étaient assis en cercle autour de lui, se redressa brusquement.

— Qu'est-ce qui se passe ? bâilla-t-il.

— On admire ta capacité à pioncer en territoire ennemi, sourit James.

— On dirait que je ne suis pas encore sorti de l'adolescence, gloussa Ryan. Et pourquoi je m'inquiéterais ? On est juste à quatre-vingts kilomètres de la frontière, dans une zone contrôlée par des fanatiques qui ne rêvent que de nous couper la tête. Il reste des œufs ?

James lui servit une assiette et Kyle lui versa une tasse de café.

— Ça y est ! s'exclama Tovah avant qu'il n'ait pu en boire une gorgée.

— Quoi donc ? demanda James.

— Le boss des ouvriers vient de débarquer. Il leur a annoncé qu'ils devraient sortir les consoles en panne de la salle de contrôle et les remplacer par les neuves.

— Quand ça ?

— Un électricien viendra remplacer l'armoire électrique à huit heures. Les consoles de rechange et les ingénieurs sont attendus vers midi.

— Excellent ! se réjouit Bruce. Notre timing est parfait.

— Nous devons placer les caméras autour du puits avant l'aube, annonça James.

— C'est le moment de lâcher les microdrones d'observation, dit Tovah.

— Et s'ils sont repérés ? demanda Ryan.

James se baissa pour sortir de son sac un petit boîtier de polystyrène.

— Ce drone mesure trois centimètres de long et pèse moins de dix grammes, mais il est équipé d'une caméra haute définition. Son autonomie ne lui autorise que trois kilomètres de vol, mais il peut transmettre son flux vidéo pendant plus de douze heures. Une fois les coordonnées de l'objectif programmées, il est totalement autonome jusqu'à l'atterrissage. Lorsqu'il se déplace, il est impossible de le différencier d'un insecte. Sa coque est constituée d'amidon de maïs biodégradable qui se dissout en quelques jours.

Ryan prit la boîte et en sortit l'appareil. Il était à peine visible à plus d'un mètre.

— Ne le casse pas, avertit James. Pour info, ce joujou coûte vingt-sept mille livres.

— Wow ! s'exclama Ryan en lui restituant aussitôt le drone.

— Ce que James ne vous a pas dit, c'est que ces moucherons détestent l'humidité, dit Tovah. Mais tant qu'il ne pleut pas, ils nous offriront une vue idéale sur le site pétrolier de Tall Tamar.

37. À portée de tir

À treize heures cinq, James et Ryan étaient étendus à plat ventre, à soixante mètres du derrick. Ils observaient deux hommes qui, armés de pieds-de-biche, s'efforçaient d'ouvrir une caisse en bois de deux mètres de long. Lorsque le couvercle céda, libérant une pluie de flocons de polystyrène, ils en sortirent une console sur le flanc de laquelle figurait l'inscription *Marine Offshore*.

— Tu vois la jauge sur le panneau latéral ? dit Ryan. Je parie que c'est la machine que j'ai vue chez Doc.

Devant la porte de la salle de contrôle, Kam Yuen et Gordon Sachs, que leurs longues barbes rendaient méconnaissables, s'entretenaient avec un électricien et son apprenti, un adolescent d'environ seize ans. Les trois combattants en armes qui les accompagnaient ne les quittaient pas des yeux.

— Sachs a pris du poids, fit observer Ryan. Au moins dix kilos depuis les dernières photos que nous possédons.

James activa son oreillette.

— J'ai un visuel sur les otages. Je compte trois gardes dans notre ligne de mire.

— Bien reçu, répondit Tovah. Lauren et Bruce sont en position. Le drone est prêt à décoller. On lance l'assaut quand tu voudras.

James sentit son rythme cardiaque s'accélérer.

— C'est parti, dit-il.

Tovah, qui se trouvait à la supérette en compagnie de Kyle, prit les commandes d'un drone quadcopter d'un demi-mètre d'envergure que Lauren avait déposé en plein désert, à deux cents mètres du puits. L'appareil décolla et se dirigea vers un point programmé à l'avance, à trente mètres de la salle de contrôle. Tovah braqua la caméra embarquée sur les ingénieurs et leurs gardes puis activa le programme de reconnaissance faciale. Le système enregistra aussitôt les visages des cinq hommes.

Sur l'écran tactile de son ordinateur, elle sélectionna ceux des soldats puis pressa la touche Y pour en faire des cibles actives. Dès que le message *Cible à portée de tir* clignota, elle appuya simultanément sur les touches Q et W.

James baissa instinctivement la tête lorsque le drone fila au-dessus de sa position. Les gardes, eux, tournèrent la tête et considérèrent avec stupéfaction l'insecte de métal qui bourdonnait à cinq mètres d'eux. Avant qu'ils n'aient pu comprendre de quoi il retournait, les deux canons de l'appareil lâchèrent une rafale qui les envoya illico dans l'autre monde.

Bruce et Lauren, qui étaient demeurés cachés à proximité du parking, progressèrent vers les trois véhicules en stationnement : un camion de transport et deux Mercedes à bord desquelles les ingénieurs, l'électricien et leur escorte avaient été conduits sur les lieux.

Les chauffeurs des deux premiers véhicules, qui avaient commis l'imprudence de sortir pour fumer, furent rapidement éliminés. Le troisième était resté au volant de sa ML 4 x 4. Un garde du corps sommeillait sur la banquette arrière.

Bruce lâcha une rafale dans le pare-brise, mais les balles s'écrasèrent sur une couche de verre de trois centimètres d'épaisseur.

— Cette bagnole est blindée ! cria-t-il.

Au même instant, le chauffeur, affolé, démarra le moteur et enfonça la pédale d'accélérateur. Le garde assis à l'arrière descendit la vitre de sa portière et tira quelques coups de feu en direction de Bruce et Lauren. Contraints de plonger à couvert, ces derniers, impuissants, virent la voiture prendre de la vitesse et foncer droit dans le désert.

— Merde, ils se sont tirés ! gronda Bruce.

À l'autre bout du complexe, James et Ryan se précipitèrent vers la salle de contrôle.

— Nous sommes ici pour vous ramener en Angleterre, lança ce dernier à l'adresse des ingénieurs. Faites précisément ce que nous vous demandons, et tout se passera bien.

James mit l'électricien en joue puis lui tendit des menottes en plastique.

— Passez-les autour de vos poignets, ordonna Ryan en arabe. On ne vous fera pas de mal tant que vous vous tiendrez tranquille.

— Où est le gamin? demanda James, réalisant que l'apprenti manquait à l'appel.

— Il est allé chercher des outils dans le camion, répondit Sachs, le visage blême, sans quitter des yeux le drone meurtrier qui se trouvait en vol stationnaire, cinquante mètres au-dessus du derrick.

Alors que James serrait fermement les menottes, Ryan vit l'adolescent surgir de derrière la salle de contrôle et se ruer dans sa direction en brandissant un tournevis. Lorsqu'il se trouva à son contact, il tenta de le maîtriser, mais le poids de son sac à dos et de son armement lui fit perdre l'équilibre, si bien qu'il s'affala sur le dos et sentit la pointe de l'outil s'enfoncer dans son biceps. Une douleur foudroyante se propagea dans tout son corps, paralysant les muscles de son cou.

Le garçon se redressa, tourna les talons et rebroussa chemin en courant, déterminé à se cacher afin de pouvoir frapper de nouveau. James procéda à un tir d'intimidation, pile entre les jambes.

— Par pitié! hurla l'électricien. C'est mon fils! Épargnez-le, je vous en prie…

Mais l'adolescent ne ralentit pas sa course. James leva le canon de son arme et fit siffler une balle quelques centimètres au-dessus sa tête.

— Reviens ici, gamin ! cria-t-il dans un arabe hésitant. On ne te fera aucun mal. On veut juste te passer les menottes et se tirer d'ici.

Constatant qu'il se trouvait en terrain découvert et à la merci des tirs de James, le garçon s'immobilisa, lâcha le tournevis puis leva les mains en signe de reddition. Alors, le drone fondit sur lui et le cribla de plusieurs dizaines de balles.

— Qu'est-ce que c'est que ce merdier ? hurla James, fou de rage, en jetant son arme au sol.

L'électricien, lui, tomba à genoux. Horrifié, James baissa les yeux vers le pauvre homme. Il chercha en vain une parole digne d'être prononcée.

— Allons récupérer les bécanes, dit-il d'une voix blanche. Sachs et Yuan, suivez-nous. Ryan, tu es en état de piloter ?

— Est-ce que j'ai le choix ? soupira ce dernier en se mettant à courir, une main serrée sur son bras blessé.

Quelques secondes plus tard, Bruce et Lauren, hors d'haleine, rattrapèrent leurs coéquipiers.

— L'une des Mercedes a réussi à se tirer, haleta Bruce.

— Raison de plus pour se barrer d'ici en vitesse, gronda James en désignant les trois Honda stationnées au bord de la route, à une dizaine de mètres de leur position.

Il enfourcha l'une des motos puis se tourna vers Gordon Sachs.

— Montez derrière moi, dit-il. Serrez les bras autour de ma taille et tenez-vous droit, même dans les virages. Compris ?

— Il y a des barrages routiers tous les cinq kilomètres, fit observer Sachs tandis que Lauren, qui avait Bruce pour passager, se mettait en route.

— Ça ne nous a pas échappé, rétorqua James sur un ton sec. Vous nous prenez pour des débutants ?

— Non, je voulais juste vous signaler que…

— Taisez-vous et contentez-vous d'obéir à mes ordres.

Dès que les otages se furent mis en selle, James et Ryan s'élancèrent dans le sillage de leurs coéquipiers.

— Tovah, tu me reçois ? demanda James.

— Cinq sur cinq.

— Bruce a indiqué qu'une des voitures avait réussi à quitter le complexe. Ses occupants vont sans doute donner l'alerte et appeler des renforts. Tu vois de l'activité dans notre secteur ?

Tovah fit pivoter la caméra du drone à trois cent soixante degrés.

— Négatif. Rien à signaler. Je n'ai plus que deux minutes d'autonomie. Je vais crasher l'appareil à l'écart des installations.

Gênés par le poids de leurs passagers, James et Ryan avaient les pires difficultés à maîtriser leur moto. Leurs suspensions arrière se trouvaient en butée au moindre accident de terrain. En théorie, ils auraient dû mettre moins de cinq minutes pour parcourir les cinq kilomètres qui les séparaient du village, mais ils durent réduire leur allure de moitié.

À la supérette, Tovah achevait les préparatifs des PX1. Kyle, lui, mettait en place les charges explosives qui assureraient la destruction du matériel que le commando était contraint d'abandonner. Tandis qu'il plaçait un pain de C4 sous les ordinateurs, un mouvement sur l'un des écrans attira son attention. L'appareil diffusait le flux vidéo d'un microdrone de surveillance placé sur le toit du bâtiment.

— Merde ! s'écria Kyle. Tovah, viens voir !

— Je suis en train de vérifier la pression des ailes. Quel est le problème ?

— Véhicules en mouvement à l'est. Ils roulent droit dans notre direction.

Tovah laissa tomber son manomètre et rejoignit précipitamment son coéquipier.

— Comment peuvent-ils savoir qu'on se trouve ici ? gronda-t-elle en activant son émetteur-récepteur pour s'adresser aux autres membres du commando. À toutes les unités, on a de la visite. Où que vous soyez, restez vigilants et préparez-vous au contact avec l'ennemi.

38. Assaut

Deux pick-up venant de l'est roulaient à tombeau ouvert vers le village : une Toyota transportant six combattants et une Mitsubishi double cabine équipée d'un canon de vingt millimètres comptant à son bord cinq autres soldats.

À l'ouest, la Mercedes Classe M qui avait échappé au raid se dirigeait aussi vers la ville, suivie de près par une camionnette blanche.

— Les PX1 sont prêts à décoller, dit Tovah en préparant son sac à dos. Je vais tâcher de retenir les assaillants. Toi, tu surveilles les communications.

— Entendu, répondit Kyle en plaçant un casque audio sur ses oreilles.

Tovah prit son fusil d'assaut, sortit de la supérette et s'agenouilla à couvert derrière le mur latéral effondré d'une pharmacie. Les pick-up s'immobilisèrent à une centaine de mètres, à l'entrée du village. Deux hommes descendirent de la Mitsubishi et progressèrent jambes fléchies jusqu'à la station-service, puis le second véhicule poursuivit sa route jusqu'au parking.

L'œil rivé à la lunette de son fusil, Tovah étudiait le comportement de ses adversaires. Leurs déplacements ne semblaient pas très coordonnés, signe que chacun agissait de sa propre initiative, sans officier de commandement. La Toyota emprunta une rue perpendiculaire puis s'arrêta derrière la supérette pour débarquer ses passagers.

Tovah entendit la voix de Lauren dans son oreillette.

— J'approche du QG.

— Faites le tour et occupez-vous du véhicule garé derrière. Six hommes armés à bord. Et attention en passant près de la station-service. J'ai vu deux ennemis se planquer dans le coin.

— Compris, dit Lauren.

Tandis que la Mitsubishi remontait la rue principale à faible vitesse, Tovah tourna le filtre polarisant de sa lunette afin de neutraliser les reflets du pare-brise, aligna la mire sur la tête du chauffeur et pressa la détente. Tuée sur le coup, sa victime s'affala sur le tableau de bord puis le véhicule s'immobilisa. Ses passagers débarquèrent dans le désordre le plus complet et tentèrent de trouver refuge dans les ruines qui bordaient la chaussée.

En un coup d'œil, Tovah comprit qu'elle n'avait pas affaire à des foudres de guerre. Le détachement était composé de quinquagénaires, à l'exception d'un adolescent d'une quinzaine d'années. À l'évidence, l'état-major de l'EI avait envoyé ses meilleurs hommes sur la ligne de front et confié la garde de son territoire à ses troupes les moins aptes au combat.

Sans la moindre compassion, Tovah visa le garçon, l'atteignit au ventre puis, tandis qu'il rampait, le neutralisa définitivement d'une balle à la base du cou. Ses adversaires lâchèrent quelques rafales dans sa direction, mais le mur couvrait intégralement sa position.

Constatant que leur cible était hors d'atteinte et pouvait à tout moment ouvrir le feu à nouveau, les hommes se retranchèrent derrière leur véhicule. Tovah détacha une grenade de sa ceinture, en ôta la goupille puis, passant furtivement la tête à découvert, la lança à ras de terre, pile sous le bas de caisse du pick-up. La détonation fut suivie d'un bref concert de hurlements déchirants.

Lorsqu'elle se pencha à l'angle du muret, Tovah, qui espérait pouvoir se servir du canon de la Mitsubishi, constata que l'explosion avait endommagé le réservoir et que l'arrière du véhicule avait pris feu. Elle décida de quitter sa position avant que l'incendie ne se propage aux chapelets de munitions de vingt millimètres stockées à l'arrière.

Au même instant, Lauren et Bruce abandonnèrent leur moto et se postèrent à plat ventre, à cinquante mètres de la Toyota stationnée derrière la supérette. Cinq hommes leur tournaient le dos, accroupis derrière le véhicule, s'apprêtant manifestement à lancer l'assaut sur le QG du commando.

— Ils sont en surnombre, dit Bruce. Il faut leur mettre la pression avant qu'ils n'attaquent.

Lauren se mit en position de tir, genou à terre, œil collé à sa lunette de visée.

— Je m'occupe de ceux de gauche, dit-elle. Tu es prêt ?

— Quand tu veux, répondit Bruce en se redressant à son tour.

Lorsqu'elle vit le profil de sa première cible, un homme aux cheveux gris et au front perlé de sueur, Lauren sentit son estomac se retourner. Un mari, un père, un grand-père, peut-être…

En l'espace de trois secondes, les deux coéquipiers abattirent chacun deux hommes. Le cinquième, épouvanté, regarda autour de lui, ignorant d'où provenaient les coups de feu. Lauren prit une profonde inspiration puis pressa de nouveau la détente.

— Bien joué ! s'exclama Bruce.

Puis il réalisa que Lauren était livide et que ses mains tremblaient comme des feuilles.

— Oh, est-ce que ça va ? demanda-t-il.

— Non, ça ne va pas, dit-elle d'une voix étranglée. Ça ne va pas du tout.

Bruce avait conscience qu'il s'était montré maladroit, mais la situation était tendue, et il n'était pas question d'interrompre la mission.

— On fonce, dit-il, prenant instinctivement le commandement du binôme.

La voix de Tovah résonna dans son oreillette.

— Kyle, où en sont la Mercedes et la camionnette ?

— Elles sont stationnées en plein désert.

— Ils ont dû être informés que les autres se sont fait balayer, dit Tovah en courant vers la Toyota. Sans doute par les deux types planqués au niveau de la station-service.

— Après ce qu'ils ont vu, je pense qu'ils ne sortiront pas de leur trou, fit observer Bruce.

Quelques secondes plus tard, Tovah le rejoignit, si bien qu'elle pouvait désormais parler sans avoir recours à l'intercom.

— Les ailes des PX1 sont trop fragiles, dit-elle. Une seule balle, et c'est le crash. Désolé, mais on doit impérativement les neutraliser avant de décoller.

Puis elle prit conscience du trouble de Lauren qui, muette, gardait les yeux rivés sur les corps sans vie éparpillés autour du pick-up.

— Tu ne te sens pas bien ? demanda-t-elle.

— Je crois qu'elle est sous le choc, dit Bruce.

— Retourne à l'intérieur avec Kyle, Lauren. James et Ryan seront là dans quelques minutes. Sors ton PX1 et tiens-toi prête à décoller dès que je te donnerai le feu vert.

L'intéressée hocha la tête.

— Entendu, dit-elle en se dirigeant vers le QG, le regard vague.

Tovah monta à bord de la Toyota et se réjouit de trouver la clé sur le contact. Bruce grimpa sur la plate-forme arrière.

— Rien n'a bougé du côté de la station-service, dit Kyle dans l'intercom. Les deux cibles se trouvent toujours là-bas.

La pompe à essence était située à une centaine de mètres du QG. Alors que Tovah conduisait tête au ras du tableau, une balle traversa le pare-brise et la lunette arrière, douchant Bruce de minuscules morceaux de verre.

Un deuxième projectile atteignit la calandre juste avant que la Toyota n'atteigne l'auvent tordu de la station-service.

— Tireur sur le toit ! s'écria Bruce.

Tandis que Tovah descendait du véhicule et se précipitait vers le bâtiment, il leva son arme et tira trois balles. La dernière atteignit sa cible en pleine poitrine.

— Neutralisé, annonça-t-il.

Bruce et Tovah se séparèrent, contournèrent la construction et se retrouvèrent de l'autre côté sans croiser le second individu. La boutique, vidée de tout mobilier, n'offrait aucun endroit où se cacher.

— Où est-ce qu'il a bien pu passer ? demanda Tovah.

Bruce se tourna vers la cavité béante formée par l'explosion de la cuve à carburant souterraine.

— Il est forcément là-dessous, chuchota-t-il en détachant de sa ceinture une grenade à surpression qu'il lança dans la cavité.

Alors, un murmure se fit entendre.

— *Laa, laa !*

Puis une silhouette frêle tenta de s'extraire hâtivement de la tranchée tout en gardant les bras levés au-dessus de la tête. C'était un petit garçon, même pas un adolescent, qui murmurait « non » en arabe d'une voix suppliante.

Tovah le mit en joue, mais Bruce détourna son arme, saisit le bras de l'enfant et le hissa hors de sa cachette.

— On dégage ! Ça va péter !

Il prit son protégé dans ses bras, sprinta quelques mètres puis se coucha sur lui afin de faire rempart de son corps.

Par chance, l'auvent encaissa l'essentiel de l'effet de souffle. Bruce avait reçu un éclat de béton à l'arrière du casque. Il avait les oreilles qui sifflaient. Furieux et indigné, il se tourna vers Tovah, qui était étendue à plat ventre à quelques mètres de là.

— Ça ne te suffit pas d'avoir tué un gamin aujourd'hui ? cria-t-il. Tu y as pris goût, c'est ça ?

— Tout à l'heure, mon drone a pris pour cible un ennemi en fuite, rétorqua froidement Tovah en époussetant sa veste de combat. Il n'est malheureusement pas conçu pour identifier les gestes de reddition.

Puis une idée dérangeante vint à l'esprit de Bruce. N'avait-il pas pris un risque inconsidéré en sauvant le petit garçon ? Et si ce dernier dégoupillait à son tour une grenade et se faisait exploser ?

Reprenant ses esprits, il immobilisa ses bras puis procéda à une fouille rapide. Alors, il déchira accidentellement le T-shirt de l'enfant du col au nombril et exposa le bandage fermement serré qui comprimait sa poitrine.

— Bon sang, tu es une fille ! s'étrangla-t-il.

En pleurs, la fillette se mit à bredouiller en arabe.

— Je ne comprends pas un mot de ce que tu dis, intervint Bruce. Mais vu que tu ne constitues pas une menace, tu peux t'en aller.

Tovah secoua la tête.

— Elle dit qu'elle est en danger si on la découvre dans cette tenue. Si la police religieuse découvre qu'elle est une fille, elle sera torturée et sans doute mariée de force.

Bruce était sidéré.

— Quel âge as-tu ? Où sont tes parents ?

Tovah traduisit la question puis écouta attentivement les explications de l'inconnue.

— Elle a douze ans. Elle est orpheline. C'est son frère aîné qui s'occupait d'elle, mais je crains qu'il ne s'agisse du tireur que nous venons de neutraliser…

— Nom de Dieu… soupira Bruce.

La voix de Kyle se fit entendre dans l'intercom.

— Je vois d'autres véhicules se rapprocher sur l'écran de contrôle, dit-il. Vous devez tous regagner le QG immédiatement. Je répète, *immédiatement*.

Tovah prit la main de la fille.

— Viens avec nous, dit-elle en se mettant à courir. On va te trouver un T-shirt.

À cent mètres de là, ils virent Lauren pousser son PX1 à l'extérieur de la supérette et le placer dans l'axe de la route. Sachs avait déjà pris place sur le siège arrière et bouclé son harnais de sécurité.

— Tu peux y aller, cria James en levant les pouces, après avoir écarté un morceau de pare-chocs qui aurait pu gêner le décollage.

Tandis que l'appareil prenait de la vitesse, Ryan aligna son appareil puis prit place dans le cockpit. Le cœur battant, il passa en revue la brève check-list apprise par cœur durant sa formation de pilote. Carburant OK. Navigation OK. Volets OK.

Il tourna la tête vers son passager.

— Tout va bien se passer, Mr Yuen, dit-il avant de pousser la manette des gaz.

Bruce, Tovah et la jeune fille déboulèrent dans la supérette. Lorsqu'il aperçut cette dernière, Kyle ouvrit des yeux ronds.

— C'est qui, celle-là ? demanda-t-il en considérant l'inconnue au torse à demi découvert.

— Une gamine qu'on a récupérée à la station-service, expliqua Bruce. Il lui faut un T-shirt. Tovah, tu pourrais lui passer l'un des tiens ?

— Non, répondit fermement cette dernière. Elle est en danger, et plus personne ne peut la protéger. On l'embarque avec nous.

— Mais on n'a plus de place disponible, dit Kyle.

— Tu oublies qu'on a emporté un appareil de rechange. J'ai démonté le système de navigation pour remplacer celui du PX1 de Ryan qui était en panne, mais je peux très bien voler sans instruments tant qu'il fait jour.

À cet instant, une forte secousse ébranla le bâtiment.

— Obus de vingt millimètres, annonça calmement Tovah en se penchant vers les écrans de contrôle. Vu la raclée que s'est prise la première vague d'assaut, ils ont décidé de nous canarder à distance. James, tu voleras avec Kyle. Bruce, tu t'occupes de la fille. Moi, je partirai la dernière, après m'être assurée que vous avez tous décollé sans encombre.

Deux nouveaux obus frappèrent le flanc de la construction.

— On dégage, annonça James.

Tovah expliqua à sa protégée que Bruce allait la conduire en lieu sûr et que le gouvernement anglais lui trouverait une famille où elle pourrait commencer une nouvelle vie en toute sécurité.

— Quel est ton prénom ? demanda-t-elle, réalisant qu'elle n'avait pas songé à lui poser la question.

— Zahra, répondit la jeune fille.

— Je vais tâcher de voler en douceur, histoire de ne pas trop la secouer, dit Bruce en la considérant d'un œil attendri.

James et Kyle furent les premiers à positionner leur appareil en bout de piste, puis Bruce plaça le sien en seconde position.

— Il va faire froid là-haut, dit Tovah en adressant un sourire à Zahra.

Elle lui tendit un duvet puis l'aida à boucler sa ceinture.

Kyle était sur le point d'embarquer quand il se souvint du détonateur qui se trouvait dans la poche de sa veste. Il le confia à Tovah.

— Puisque tu pars la dernière, c'est toi qui auras le plaisir de faire sauter la baraque.

298

Enfin, il se glissa sur le siège arrière du PX1 et frappa sur l'épaule de James pour lui signifier qu'il était prêt à décoller.

Au même instant, une nouvelle salve d'obus tomba à proximité du QG, puis un véhicule pila devant la devanture démolie d'un restaurant, à environ deux cents mètres.

— Pleins gaz, annonça James. On se passera de check-list.

Bruce s'élança sur la piste dès que l'appareil qui le précédait eut quitté le sol. À l'instant où le nez de son avion se leva, il entendit un crépitement d'armes automatiques, sans qu'il puisse déterminer la position des tireurs.

— Ne traîne pas, Tovah, avertit-il *via* l'intercom en abaissant les volets à fond afin d'augmenter la portance. Ça commence sérieusement à chauffer.

Vingt secondes plus tard, lorsqu'elle prit à son tour de la vitesse sur la route d'où ses coéquipiers avaient décollé, des tirs se faisaient entendre dans toutes les directions. Elle s'efforça de ne pas penser à l'extrême fragilité de son aile gonflable, mais elle perçut un choc sous le fuselage, au niveau des trains d'atterrissage. En instructrice expérimentée, elle bascula en mode manuel et tira sur le manche afin d'accentuer l'angle d'ascension à la limite du décrochage.

Devant elle, les PX1 de James et de Bruce n'étaient déjà que des petites taches grises à peine visibles parmi les nuages. Elle baissa la tête vers le QG puis s'empara du détonateur que lui avait remis Kyle. Elle attendit quelques secondes puis, quand elle fut certaine de ne pas être prise dans les turbulences de l'explosion, elle pressa le bouton et réduisit le bâtiment en poussière.

39. Hémorragie

Le visage fouetté par le vent d'est, Lauren n'avait rien d'autre à faire que contempler le paysage tandis que le pilotage automatique, corrigeant la position des volets, maintenait l'appareil à huit cents mètres d'altitude. Pourtant, elle ne parvenait pas à effacer de son esprit le souvenir de la fusillade, et l'image des cadavres éparpillés autour du pick-up.

À l'âge de onze ans, au cours de sa première mission, elle avait été contrainte d'abattre un homme qui la menaçait. Elle n'avait pas eu le choix. C'était elle ou lui.

L'opération à laquelle elle venait de prendre part lui avait l'effet d'un jeu vidéo d'une facilité déconcertante, totalement déséquilibré, à l'intelligence artificielle défaillante.

Au bout du compte, l'entraînement reçu à CHERUB au prix de tant d'efforts ne lui avait servi qu'à une seule chose : liquider des hommes pratiquement sans défense, inexpérimentés, d'ordinaires pères de famille que le cours des événements avait conduits à se mettre au service d'une cause absurde.

Elle réalisait à quel point elle s'était montrée naïve. Elle avait accepté sans réfléchir la proposition de James et saisi l'occasion qu'il lui offrait de mener une opération de terrain, comme au bon vieux temps.

Désormais, elle ne pensait qu'à regagner le Texas, à retrouver sa villa bâtie aux abords du circuit automobile, à déguster les œufs brouillés de Rat, un dimanche matin ensoleillé, à l'embrasser dans le cou et lui dire à quel point elle l'aimait.

Le site d'atterrissage se trouvait en territoire turc, à un kilomètre de la frontière. C'était une portion d'autoroute à huit voies dont la construction avait été interrompue lorsque la guerre civile avait éclaté en Syrie.

Lauren désactiva le pilotage automatique et pointa le nez du PX1 vers la piste. Lorsque son altitude atteignit deux cents mètres, Sachs, son passager, réalisa que tout le territoire situé sur sa gauche était planté de tentes de toile blanche : un gigantesque camp de réfugiés, qui s'étendait jusqu'à l'horizon. Bientôt, il aperçut les interminables files d'attente devant les points d'eau potable, les montagnes de déchets et les enfants qui jouaient au football au milieu de ce chaos.

Tovah, qui avait décollé en dernière position mais sans passager, s'était posée la première. Elle avait déjà quitté son appareil et ôté son casque au moment où Lauren effectua un atterrissage en douceur.

— Tout va bien ? demanda-t-elle en courant à sa rencontre dès que l'avion se fut immobilisé.

— Nickel, répondit sa coéquipière en détachant son harnais.

Sachs, qui souffrait d'une sérieuse surcharge pondérale, fit basculer l'avion sur le flanc en essayant vainement de s'extraire de l'appareil. Lauren et Tovah saisirent chacune un de ses bras et l'arrachèrent à son siège.

Dès qu'il eut retiré son casque, l'ingénieur les serra vigoureusement dans ses bras.

— Bon sang, si je m'attendais à être délivré par deux jolies filles ! s'exclama-t-il.

— C'est bon, lâchez-moi, grogna Lauren.

— J'étais convaincu que ces cinglés finiraient tôt ou tard par me couper la tête ! Bordel, c'est un sacré soulagement. Je suis impatient de m'envoyer un steak bien saignant et de rejouer au golf.

Une seconde plus tard, le PX1 de Ryan effectua un atterrissage brutal sur la portion d'autoroute, suivi de près par les deux derniers appareils. Yuen détacha son harnais avant même que l'appareil ne s'immobilise, bondit de son siège et courut se jeter au cou de son collègue.

Ryan, lui, était blanc comme un linge. Il enjamba péniblement le fuselage, ôta son casque d'une main puis s'accroupit. La manche droite de sa veste était saturée de sang.

— J'ai mal, gémit-il. Et j'ai la tête qui tourne.

Avant le décollage, il s'était efforcé de rassurer ses coéquipiers, et leur avait juré que la blessure était sans importance. Mais en l'examinant, Lauren constata que la tige du tournevis s'était cassée, et qu'un morceau de métal se trouvait toujours à l'intérieur de la plaie. Aucune artère n'avait été rompue, mais Ryan avait perdu beaucoup de sang.

— Bruce ! cria Lauren. Va chercher le kit de secours.

À l'aide de son poignard commando, elle déchira la veste du blessé afin d'exposer son bras.

— Pourquoi tu ne portais pas ta protection anti-lames ? s'étonna-t-elle.

— Je l'ai retirée cette nuit. Elle me serrait trop. Et j'ai oublié de la remettre.

— Heureusement que tu as quitté CHERUB, dit Bruce en posant la mallette sur le sol. Cette connerie t'aurait valu *au moins* deux cents tours de stade.

— Il vaut mieux ne pas retirer le morceau de métal, pour éviter tout risque d'hémorragie, dit Lauren. Il faut qu'un médecin t'examine au plus vite.

Avec l'aide de Bruce, elle l'aida à rejoindre le minibus stationné en bord de piste, à proximité d'un camion de transport de marchandises.

Le camp de réfugiés était séparé de l'autoroute en travaux par une clôture couronnée de fil de fer barbelé. Plusieurs enfants, qui avaient vu les PX1 atterrir, s'étaient regroupés derrière le grillage pour les observer de plus près.

— Il faut qu'on se tire avant qu'un de ces gamins ne nous filme avec son téléphone portable, dit Tovah. Dégonflez vos ailes en vitesse et rangez les avions à l'arrière de mon camion.

Sachs et Yuen ayant mis la main à la pâte afin d'accélérer la manœuvre, l'opération ne prit pas plus de cinq minutes.

— Voilà, tout y est, annonça James en claquant les portes arrière du véhicule.

— Dans ce cas, je suppose que le moment est venu de se dire au revoir, sourit Tovah en ouvrant grand les bras.

Profitant de cette accolade, James chuchota à son oreille :

— Vive la Palestine libre…

Tovah fronça les sourcils.

— Va te faire voir, répliqua-t-elle en souriant. Prends soin de toi et embrasse Kerry de ma part dès que tu la retrouveras.

Bruce et Lauren installèrent Ryan à l'arrière du minibus. Sachs et Yuen embarquèrent par la portière latérale, mais Zahra resta plantée au milieu de la chaussée.

— La petite ne part pas avec toi ? demanda James à Tovah tandis qu'elle se hissait sur le marchepied au volant du camion.

— Qu'est-ce que je ferais d'elle ? Il y a un camp de réfugiés juste ici. Elle ne sera pas livrée à elle-même.

Tandis que Tovah quittait le site d'atterrissage, James se tourna vers Zahra et considéra le problème auquel il était confronté. La majorité des réfugiés du nord de la

Syrie était kurde, et il redoutait que leur protégée, dont le frère avait combattu dans les rangs de l'État islamique, ne soit pas la bienvenue parmi cette population.

— On ne peut pas la laisser ici, dit-il à Kyle en prenant la main de Zahra.

Cette dernière n'y comprenait plus rien. Tovah, en qui elle avait mis toute sa confiance, l'avait abandonnée aux mains de deux inconnus portant fusils d'assaut et gilets pare-balles. Ryan, le seul membre de l'équipe qui parlait correctement sa langue et aurait pu lui expliquer la situation, était étendu à l'arrière du minibus. Il venait de recevoir une piqûre de morphine et bredouillait des propos incohérents.

Lorsque Zahra se fut installée aux côtés de Bruce, Lauren prit le volant.

— On est au complet ? demanda-t-elle.

— Affirmatif, répondit James, assis sur le siège passager.

— Le dossier de mission indique que les éventuels blessés doivent être conduits à une clinique située à cinq kilomètres d'ici. Elle est ouverte vingt-quatre heures sur vingt-quatre et les médecins parlent parfaitement anglais.

— Parfait, dit James en se tournant vers l'arrière du minibus. Pas d'autre blessure à signaler ?

Tout sourire, Sachs et Yuen firent non de la tête. Bruce et Kyle s'étaient débarrassés de leurs armes et de leurs gilets. Zahra, le visage fermé, regardait défiler le paysage, ce pays étranger où l'avaient conduite des inconnus dont l'un, deux heures plus tôt, avait abattu le dernier membre de sa famille.

James sortit de la boîte à gants six passeports diplomatiques britanniques et une pochette en plastique contenant les effets dont les membres du commando avaient dû se séparer avant leur départ pour la Syrie. Il récupéra son portable et composa le numéro de la cellule d'urgence du campus.

— John Jones à l'appareil. Je t'écoute, James.

— Mission accomplie. On est en Turquie avec les otages. Aucune perte à déplorer. Ryan est blessé, mais le pronostic vital n'est pas engagé. On est en route pour la clinique. On a aussi dû exfiltrer une Syrienne de douze ans qui se trouvait en danger de mort. Comment se présente le retour au pays ?

— Un avion de la Royal Air Force est en stand-by à la base militaire de Chypre, répondit John. Maintenant que Sachs et Yuen sont en sécurité, je vais contacter le MI5. Avec un peu de chance, Doc et ses associés seront interpellés avant de savoir qu'on a récupéré les ingénieurs.

— Excellent, dit James tandis que le minibus quittait la portion d'autoroute en construction et s'engageait sur une route fréquentée. Tu peux donner l'ordre à l'avion de décoller. Je resterai en Turquie si Ryan doit être hospitalisé, mais les autres sont pressés de rentrer à la maison.

— Entendu, répondit John Jones. Et je te présente toutes mes félicitations, James. S'il s'agissait d'une mission officielle, tu aurais sans doute fait un sacré bond au tableau d'avancement.

— Ça ne m'empêchera pas de te piquer ta place dans deux ans. Contrôleur en chef à vingt-cinq ans, ça aurait de la gueule, non ?

— Tu changerais sans doute d'avis si tu voyais la montagne de dossiers qui se trouve sur mon bureau. Sur ce, Ning m'informe qu'elle a un appel extérieur à transférer. Peux-tu passer ton téléphone à Kam Yuen ?

James se pencha en arrière et remit l'appareil à l'ingénieur.

— C'est pour vous, cher ami, annonça-t-il.

— Allô ? lança Kam.

Dès qu'il entendit la voix d'une de ses filles à l'autre bout du fil, le sexagénaire fondit en larmes.

— Je n'ai jamais été aussi heureux, ma chérie, bredouilla-t-il entre deux sanglots. J'avais perdu tout espoir de pouvoir te parler à nouveau...

40. Irresponsables

Couverte d'ecchymoses, Zahra portait un pantalon de treillis, des bottes aux semelles incrustées de boue et un T-shirt CHERUB orange maculé de sang de poulet. Assis face à elle, le directeur Ewart Asker affichait un sourire satisfait.

— Tu as obtenu d'excellents résultats aux tests de recrutement, annonça-t-il. Ton anglais s'améliore très rapidement, mais tu as encore beaucoup de progrès à faire. Cela fait partie des points sur lesquels nous devrons nous concentrer avant que tu puisses suivre le programme d'entraînement initial, avec la natation et le renforcement musculaire de la partie supérieure de ton torse.

— Dans combien de temps ? demanda Zahra.

— Si tu continues à progresser à ce rythme, tu seras prête pour la session d'avril.

— Je vais essayer. Je vais travailler très dur.

— Bien. Mais il y a encore une chose que je voulais te demander. Dans la mesure où ton frère a été tué par un ancien agent de CHERUB, n'éprouves-tu pas de la rancune pour ce pays et pour notre organisation ?

Même si elle suivait un programme intensif d'apprentissage de l'anglais, elle ne le pratiquait que depuis un mois et demi et devait constamment chercher ses mots.

— J'aime apprendre, dit-elle. Surtout les sciences et les maths. Dans mon pays, la police arrête les filles qui apprennent. Mon frère m'a habillée en garçon. Pour que je ne sois pas mariée. Ou violée. Ce n'était pas vraiment un soldat de l'État islamique. Mais il n'avait pas de travail. Alors il se battait pour gagner de quoi manger.

Ewart hocha la tête.

— Je comprends.

— J'aime le campus et je travaille beaucoup. Theo m'a fait visiter le village. Il est très gentil. Je veux vivre ici, maintenant.

— Eh bien, tu vas être comblée, Zahra, sourit Ewart en se penchant au-dessus du bureau pour serrer la main de sa recrue. Je t'adresse toutes mes félicitations, et te souhaite la bienvenue à CHERUB !

...

En ce matin glacial du mois de janvier, Ryan Sharma patientait devant le centre de contrôle des missions, dont le système d'accès par reconnaissance rétinienne était victime d'une énième panne.

— Ravi de te revoir, mon grand, dit James en lui ouvrant la porte. Entre. Comment va ton bras ?

— Pas trop mal. Il ne me reste que deux séances de rééducation.

Ryan adressa un signe amical au personnel de la cellule de permanence, puis suivit James dans la galerie desservant les bureaux des contrôleurs.

— Hé, tu as vu ça ? gloussa James en désignant une porte sur laquelle figurait l'inscription *Kerry Chang, contrôleur de mission junior*.

— Alors du coup, tu es devenu son patron ? demanda Ryan.

— Je suis mieux placé qu'elle dans la hiérarchie, mais je ne suis pas son supérieur direct, Dieu merci.

— Elle est ici ?

— Non. Elle est descendue à Londres pour une visite chez son chirurgien.

— Ning m'a dit que vous alliez vous marier. Toutes mes félicitations !

James éclata de rire.

— Celle-là, elle est incapable de garder un secret... Kerry et moi, on a posé des congés à Pâques. La cérémonie aura lieu à Las Vegas, puis on suivra la Route 66 jusqu'à Chicago pour notre voyage de noces.

— À moto ? demanda Ryan.

— J'aurais bien aimé, mais Kerry n'est pas très emballée.

— Vu la façon dont tu conduis, je ne suis pas vraiment surpris...

James leva les yeux au ciel.

— Du coup, j'ai trouvé une société qui loue des bagnoles vintage, alors on voyagera en Ford Mustang. En plus, comme le championnat de Lauren aura commencé, on ira la voir piloter en compétition.

En entrant dans le bureau, ils trouvèrent Ning en train de classer des documents administratifs. Elle poussa un cri strident, bondit de sa chaise et sauta au cou de Ryan.

— Qu'est-ce que tu fais ici ? s'exclama-t-elle. On ne s'est pas vus depuis quand ? Noël dernier ?

— Forcément, tu es toujours occupée quand je te propose de boire un verre en ville. Je suis juste passé chercher mes diplômes et mes nouveaux papiers d'identité pour compléter mon dossier d'inscription à l'université.

— Et pour récupérer *ça*, ajouta James en sortant une enveloppe d'un tiroir. Comme prévu, j'ai rédigé à la main pour éviter de laisser une trace électronique.

— Je ne saurai jamais comment te remercier, dit Ryan en s'emparant des documents. Ça ne t'a pas pris trop de temps, j'espère ?

— Si. J'ai dû replonger dans les archives de la mission Aramov. Et je pourrais me faire virer du campus pour avoir fait ça.

— Mais de quoi vous parlez, tous les deux ?

James adressa un clin d'œil à Ryan.

— Tu crois que Ning est capable de garder un secret ? En tout cas, moi, je n'ai jamais révélé sa relation clandestine avec qui-tu-sais…

Embarrassée, Ning cacha son visage entre ses mains.

— James…, soupira-t-elle en se balançant nerveusement d'un pied sur l'autre.

— Ça marche toujours, votre relation à distance ? demanda Ryan.

— Vous vous faites des idées. Il m'a juste aidée à organiser mon année sabbatique en Thaïlande, rien de plus.

James secoua la tête.

— Tu parles… Chaque fois que j'entre dans ce bureau, elle est en train de chatter sur Facebook avec Bruce.

— Mais qu'est-ce que tu as contre lui, à la fin ! gronda Ning. Tu as dit toi-même que c'était un type bien. Et puis arrête de changer de sujet : je veux savoir ce qu'il y a dans cette enveloppe !

Ryan déchira le rabat et en sortit la photo d'une jeune femme âgée d'environ dix-huit ans.

— Natalka ! s'étrangla Ning.

Ryan avait rencontré Natalka quatre ans plus tôt, lors d'une mission au Kirghizstan. Il en était tombé éperdument amoureux et avait souffert le martyre quand il avait dû regagner le campus et rompre tout contact.

— Je n'ai jamais cessé de penser à elle, confessa Ryan. Alors, j'ai supplié James de m'aider à la retrouver.

— J'ai trouvé une adresse datant d'il y a trois mois et un numéro de portable, expliqua ce dernier. La mauvaise nouvelle, c'est qu'elle a vécu dans un centre éducatif fermé jusqu'à sa majorité et qu'elle a été arrêtée le 2 janvier dernier pour vol à l'étalage. Son procès doit se tenir en mars.

— Vous êtes complètement irresponsables ! s'exclama Ning. Il est strictement interdit de contacter les personnes rencontrées au cours des missions. James, tu es le contrôleur le plus en vue du campus. John prendra sa retraite dans trois ans, et tu pourrais être désigné pour le remplacer. Tu te rends compte que tu pourrais foutre ta carrière en l'air ?

James se contentant de hausser les épaules, elle se tourna vers Ryan.

— Et toi, tu as vraiment réfléchi avant de te lancer à sa recherche ? Vous n'aviez que quatorze ans la dernière fois que vous vous êtes rencontrés. Tu imagines à quel point sa personnalité a pu changer ? Elle vit en Russie, un pays très dur, et…

— Ça ne me fait pas peur, l'interrompit son camarade. Mon père était de là-bas, et je parle parfaitement le russe.

— Et si elle est déjà en couple ? Ou toxico ? Ou si le juge la renvoie en prison ?

— Peu importe. Je suis sorti avec plusieurs filles du campus, mais tout ce qu'elles m'ont inspiré, c'est qu'elles *n'étaient pas* Natalka. Quand j'étais avec elle, nous ne formions qu'une seule personne. Je ne l'ai pas vue depuis trois ans, mais elle demeure la seule qui compte. Je me demande constamment où elle est, ce qu'elle fait, si elle est triste ou gaie. Et surtout, si elle pense toujours à moi.

— Il y a si peu de chances que ça fonctionne, soupira Ning. Je ne veux pas que tu souffres à nouveau.

Ryan sentit les larmes lui monter aux yeux.

— Je suis prêt à prendre le risque. Mêmes si mes chances sont d'une sur un million, je ferai tout pour la revoir et en avoir le cœur net.

Sur ces mots, refusant de fondre en larmes devant James, il tourna le dos et se dirigea vers la porte.

— Je te revaudrai ça, dit-il en brandissant l'enveloppe avant de s'engager dans le couloir.

Ning se demandait si elle le reverrait jamais. Elle se tourna vers James et fronça les sourcils, à la façon d'une mère adressant un reproche silencieux à son enfant.

— Tu as l'aspect d'un adulte, mais au fond, tu es toujours un gamin de douze ans qui n'en fait qu'à sa tête.

— Tu préférerais que je porte un costume gris et que je passe mes journées à aboyer des ordres ?

Ning s'accorda quelques secondes de réflexion puis, à la grande surprise de James, se hissa sur la pointe des pieds et déposa un baiser sur sa joue.

— Non, ne change rien, James Adams. Si tu grandissais, le monde ne serait plus jamais le même.

Épilogue

Décembre 2017

Dans les trois mois qui ont suivi sa mise en ligne sur YouTube, la vidéo du Réseau de protection de l'Innocence (**RPI**) prouvant la culpabilité de **NIGEL KINNEY** a été vue cent soixante mille fois. Durant cette période, des victimes ont pris contact avec le RPI afin de témoigner des agissements dont il s'était rendu coupable à leur endroit.

À l'issue de l'enquête menée par la police, Kinney a été reconnu coupable de six agressions sexuelles sur mineurs de moins de quinze ans. Après avoir été violemment battu par ses compagnons de cellule durant les premiers jours de son incarcération, il purge actuellement une peine de douze ans de réclusion criminelle dans une cellule d'isolement de la prison de York House, sur l'île de Wight.

Bien que les actions du RPI aient permis la mise hors d'état de nuire de nombreux prédateurs, la police et le gouvernement continuent de condamner ses méthodes et de souligner son manque réel d'efficacité.

OLIVER LAKSHMI, plus connu sous le nom d'Oli, a été placé dans une famille d'accueil du nord de Londres. S'il reste impliqué dans de nombreux incidents violents, il fréquente désormais un établissement scolaire normal. Ses résultats sont corrects et son éducateur se réjouit qu'il ait intégré un groupe de garçons de son âge pour la première fois de sa vie.

Quelques heures après la fin du raid mené par James Adams, la police a procédé à l'arrestation de **MARTIN JONES**, alias **DOC**, et de vingt-six de ses complices impliqués dans le trafic de matériel **OME**. Deux autres individus sans rapport avec l'enquête ont été mis en examen pour le meurtre de **CHRIS CARLISLE**, une affaire liée au trafic de drogue.

Doc a été condamné à la réclusion à perpétuité pour terrorisme et blanchiment. Tout l'équipement **OME** saisi au centre de recyclage de Birmingham a été détruit, et les compagnies pétrolières du monde entier se sont engagées à rendre inutilisable tout matériel de forage remplacé en raison de son obsolescence.

En raison de la nature secrète de la mission qui a conduit à leur libération, le public n'a jamais été informé de l'enlèvement de **GORDON SACHS** et **KAM YUEN**. En conséquence, aucun membre de l'organisation de Doc n'a répondu de ce rapt.

Les deux ingénieurs ont pris leur retraite. Toujours considérés comme des cibles potentielles, ils portent des puces de géolocalisation sous-cutanées et des boîtiers d'alarme à distance.

Au trente-deuxième jour du programme d'entraînement, **ZAHRA** s'est blessée à l'œil lors d'une chute et a été contrainte d'abandonner. Elle a obtenu la qualification d'agent opérationnel à sa seconde tentative et attend actuellement de recevoir son premier ordre de mission.

Zara Asker a annulé la punition de **LÉON** et **DANIEL SHARMA** à leur retour de la résidence d'été. Daniel a reçu le T-shirt noir à l'issue d'une mission en solo début 2017.

Après deux dernières missions sans grande envergure, **FU NING** a quitté **CHERUB** au début de l'été 2017. Elle est aujourd'hui professeur d'arts dans un dojo thaïlandais. Elle envisage de s'inscrire dans une université australienne et entretient toujours une relation très étroite avec l'ancien agent **BRUCE NORRIS**.

Considérant qu'il était un collaborateur régulier et que Ning n'avait que dix-sept ans au début de leur liaison, les autorités de **CHERUB** ont rayé définitivement Bruce de leurs effectifs et prononcé une interdiction de se rendre au campus d'une durée de trois ans. L'intéressé a déclaré que ces sanctions ne lui faisaient ni chaud ni froid, et que seule comptait sa relation avec Ning.

RYAN SHARMA s'est rendu en Russie fin janvier 2017. Il est parvenu à localiser **NATALKA** et a utilisé la quasi-totalité de sa prime de relocalisation d'ancien agent pour corrompre des fonctionnaires de justice et les convaincre d'abandonner les charges qui auraient pu lui valoir une peine de prison.

Ryan et Natalka ont passé l'été suivant à faire le tour de l'Europe. Le couple vit aujourd'hui à Cambridge, où Ryan est inscrit en première année d'histoire.

Natalka exerce le métier de serveuse et prépare son bac dans un établissement privé. Leurs amis qualifient leurs relations d'explosives et sont unanimement convaincus que leur couple est condamné à court ou à moyen terme.

Après une première saison de championnat automobile en catégorie prototypes au cours de laquelle elle a terminé les douze courses sur le podium, **LAUREN ADAMS** a été élue révélation de l'année. Elle a été contactée par une écurie **NASCAR** pour devenir pilote d'essai.

Après trois opérations du genou, **KERRY CHANG** a repris ses fonctions de contrôleuse de mission en juin 2017.

Ces interventions l'ayant contrainte à reculer plusieurs fois la date du mariage, elle a finalement épousé **JAMES ADAMS** dans un casino de Las Vegas en septembre 2017. Quelques amis ont assisté à la cérémonie, dont **KYLE BLUEMAN**, qui officiait en tant que garçon d'honneur.

Trois mois plus tard, lors du repas de Noël du campus, James et Kerry ont annoncé publiquement l'arrivée prochaine de leur premier enfant.

CHERUB, agence de renseignement fondée en 1946

1941

Au cours de la Seconde Guerre mondiale, Charles Henderson, un agent britannique infiltré en France, informe son quartier général que la Résistance française fait appel à des enfants pour franchir les *check points* allemands et collecter des renseignements auprès des forces d'occupation.

1942

Henderson forme un détachement d'enfants chargés de missions d'infiltration. Le groupe est placé sous le commandement des services de renseignement britanniques. Les *boys* d'Henderson ont entre treize et quatorze ans. Ce sont pour la plupart des Français exilés en Angleterre. Après une courte période d'entraînement, ils sont parachutés en zone occupée. Les informations collectées au cours de cette mission contribueront à la réussite du débarquement allié, le 6 juin 1944.

1946

Le réseau Henderson est dissous à la fin de la guerre. La plupart de ses agents regagnent la France. Leur existence n'a jamais été reconnue officiellement.

Charles Henderson est convaincu de l'efficacité des agents mineurs en temps de paix. En mai 1946, il reçoit du gouvernement britannique la permission de créer CHERUB, et prend ses quartiers dans l'école d'un village abandonné. Les vingt premières recrues, tous des garçons, s'installent dans des baraques de bois bâties dans l'ancienne cour de récréation.

Charles Henderson meurt quelques mois plus tard.

1951

Au cours des cinq premières années de son existence, CHERUB doit se contenter de ressources limitées. Suite au démantèlement d'un réseau d'espions soviétiques qui s'intéressait de très près au programme nucléaire militaire britannique, le gouvernement attribue à l'organisation les fonds nécessaires au développement de ses infrastructures.

Des bâtiments en dur sont construits et les effectifs sont portés de vingt à soixante.

1954

Deux agents de CHERUB, Jason Lennox et Johan Urminski, perdent la vie au cours d'une mission d'infiltration en Allemagne de l'Est. Le gouvernement envisage de dissoudre l'agence, mais renonce finalement à se séparer des soixante-dix agents qui remplissent alors des missions d'une importance capitale aux quatre coins de la planète.

La commission d'enquête chargée de faire toute la lumière sur la mort des deux garçons impose l'établissement de trois nouvelles règles :

1. La création d'un comité d'éthique composé de trois membres chargés d'approuver les ordres de mission.

2. L'établissement d'un âge minimum fixé à dix ans et quatre mois pour participer aux opérations de terrain. Jason Lennox n'avait que neuf ans.

3. L'institution d'un programme d'entraînement initial de cent jours.

1956

Malgré de fortes réticences des autorités, CHERUB admet cinq filles dans ses rangs à titre d'expérimentation. Au vu de leurs excellents résultats, leur nombre est fixé à vingt dès l'année suivante. Dix ans plus tard, la parité est instituée.

1957

CHERUB adopte le port des T-shirts de couleur distinguant le niveau de qualification de ses agents.

1960

En récompense de plusieurs succès éclatants, CHERUB reçoit l'autorisation de porter ses effectifs à cent trente agents. Le gouvernement fait l'acquisition des champs environnants et pose une clôture sécurisée. Le domaine s'étend alors à un tiers du campus actuel.

1967

Katherine Field est le troisième agent de CHERUB à perdre la vie sur le théâtre des opérations. Mordue par un serpent lors d'une mission en Inde, elle est rapidement secourue, mais le venin ayant été incorrectement identifié, elle se voit administrer un antidote inefficace.

1973

Au fil des ans, le campus de CHERUB est devenu un empilement chaotique de petits bâtiments. La première pierre d'un immeuble de huit étages est posée.

1977

Max Weaver, l'un des premiers agents de CHERUB, magnat de la construction d'immeubles de bureaux à Londres et à New York, meurt à l'âge de quarante et un ans, sans laisser d'héritier. Il lègue l'intégralité de sa fortune à l'organisation, en exigeant qu'elle soit employée pour le bien-être des agents.

Le fonds Max Weaver a permis de financer la construction de nombreux bâtiments, dont le stade d'athlétisme couvert et la bibliothèque. Il s'élève aujourd'hui à plus d'un milliard de livres.

1982

Thomas Webb est tué par une mine antipersonnel au cours de la guerre des Malouines. Il est le quatrième agent de CHERUB à mourir en mission. C'était l'un des neuf agents impliqués dans ce conflit.

1986

Le gouvernement donne à CHERUB la permission de porter ses effectifs à quatre cents. En réalité, ils n'atteindront jamais ce chiffre. L'agence recrute des agents intellectuellement brillants et physiquement robustes, dépourvus de tout lien familial. Les enfants remplissant les critères d'admission sont extrêmement rares.

1990

Le campus CHERUB étend sa superficie et renforce sa sécurité. Il figure désormais sur les cartes de l'Angleterre en tant que champ de tir militaire, qu'il est formellement interdit de survoler. Les routes environnantes sont détournées afin qu'une allée unique en permette l'accès. Les murs ne sont pas visibles depuis les artères les plus proches. Toute personne non accréditée découverte dans le périmètre du campus encourt la prison à vie, pour violation de secret d'État.

1996

À l'occasion de son cinquantième anniversaire, CHERUB inaugure un bassin de plongée et un stand de tir couvert.

Plus de neuf cents anciens agents venus des quatre coins du globe participent aux festivités. Parmi eux, un ancien Premier ministre du gouvernement britannique et une star du rock ayant vendu plus de quatre-vingts millions d'albums.

À l'issue du feu d'artifice, les invités plantent leurs tentes dans le parc et passent la nuit sur le campus. Le lendemain matin, avant leur départ, ils se regroupent dans la chapelle pour célébrer la mémoire des quatre enfants qui ont perdu la vie pour CHERUB.

Table des chapitres

lisez la série HENDERSON'S BOYS
en Grand Format

L'ÉVASION

Été 1940. L'armée d'Hitler fond sur Paris. Au milieu du chaos, l'espion britannique Charles Henderson recherche désespérément deux jeunes Anglais traqués par les nazis. Sa seule chance d'y parvenir : accepter l'aide de Marc, 12 ans, orphelin débrouillard. Les services de renseignement britanniques comprennent peu à peu que ces enfants constituent des alliés insoupçonnables. Une découverte qui pourrait bien changer le cours de la guerre…

LE JOUR DE L'AIGLE

1940. Un groupe d'adolescents mené par l'espion anglais Charles Henderson tente vainement de fuir la France occupée. Malgré les officiers nazis lancés à leurs trousses, ils se voient confier une mission d'une importance capitale : réduire à néant les projets allemands d'invasion de la Grande-Bretagne. L'avenir du monde libre est entre leurs mains…

L'ARMÉE SECRÈTE

Début 1941. Fort de son succès en France occupée, Charles Henderson est de retour en Angleterre avec six orphelins prêts à se battre au service de Sa Majesté. Livrés à un instructeur intraitable, ces apprentis espions se préparent pour leur prochaine mission d'infiltration en territoire ennemi. Ils ignorent encore que leur chef, confronté au mépris de sa hiérarchie, se bat pour convaincre l'état-major britannique de ne pas dissoudre son unité…

OPÉRATION U-BOOT

Printemps 1941. Assaillie par l'armée nazie, la Grande-Bretagne ne peut compter que sur ses alliés américains pour obtenir armes et vivres. Mais les cargos sont des proies faciles pour les sous-marins allemands, les terribles U-boot. Charles Henderson et ses jeunes recrues partent à Lorient avec l'objectif de détruire la principale base de sous-marins allemands. Si leur mission échoue, la résistance britannique vit sans doute ses dernières heures…

LE PRISONNIER

Depuis huit mois, Marc Kilgour, l'un des meilleurs agents de Charles Henderson, est retenu dans un camp de prisonniers en Allemagne. Affamé, maltraité par les gardes et les détenus, il n'a plus rien à perdre. Prêt à tenter l'impossible pour rejoindre l'Angleterre et retrouver ses camarades de **CHERUB**, il échafaude un audacieux projet d'évasion. Au bout de cette cavale en territoire ennemi, trouvera-t-il la mort… ou la liberté ?

TIREURS D'ÉLITE

Mai 1943. CHERUB découvre que l'Allemagne chercheàmettre au point unearme secrète à la puissance dévastatrice. Sur ordre de Charles Henderson, Marc et trois autres agents suivent un programme d'entraînement intensif visant à faire d'eux des snipers d'élite. Objectif : saboter le laboratoire où se prépare l'arme secrète et sauver les chercheurs français exploités par les nazis.

L'ULTIME COMBAT

Juin 1944. Alors que l'armée
allemande essuie des revers
sur tous les fronts, Charles
Henderson et ses agents
se battent aux côtés de la
Résistance dans le maquis
de Beauvais. Au matin du
débarquement, le commandant
allié leur confie une ultime
mission : freiner l'avancée
d'un bataillon de blindés en
route pour la Côte normande.
Une unité composée de
soldats violents et désespérés
qui sème la mort sur son
passage…

QUI SERA SACRÉ GAGNANT DE ROCK WAR ?
CHOISISSEZ VOTRE CAMP !

1

Par l'auteur de CHERUB

DÉCOUVREZ UN EXTRAIT D'UNE SÉRIE
QUI VA FAIRE DU BRUIT !

PROLOGUE

La scène est semblable à un immense autel dressé sous le ciel étoilé du Texas. De part et d'autre, des murs d'images hauts comme des immeubles diffusent un spot publicitaire pour une marque de soda. Sur le terrain de football américain où est parqué le public, une fille de treize ans est juchée en équilibre précaire sur les épaules de son frère.

— JAY! hurle-t-elle, incapable de contenir son excitation. JAAAAY, JE T'AIME!

Mais son cri se noie dans le grondement continu produit par la foule chauffée à blanc. Une clameur s'élève lorsqu'une silhouette apparaît sur la scène encore plongée dans la pénombre. Fausse alerte : le roadie place un pied de cymbale près de la batterie, s'incline cérémonieusement devant le public puis disparaît dans les coulisses.

— JET! scandent les fans. JET! JET! JET!

Côté backstage, ces cris semblent lointains, comme le fracas des vagues se brisant sur une digue. À la lueur verdâtre des boîtiers indiquant les sorties de secours, Jay vérifie que les straplocks de sa sangle sont correctement fixés. Il porte des Converse et un jean déchiré. Ses yeux sont soulignés d'un trait d'eye-liner.

Un décompte apparaît dans l'angle de l'écran géant : 30… 29… 28… Un rugissement ébranle le stade. Des centaines de milliers de leds forment le logo d'une célèbre marque de téléphones portables, puis les spectateurs découvrent un Jay de vingt mètres de haut dévalant une pente abrupte sur un skateboard, une meute d'adolescentes coréennes à ses trousses.

— TREIZE ! clament les spectateurs en frappant du pied. DOUZE ! ONZE !

Bousculé par ses poursuivantes, Jay tombe de sa planche. Un smartphone s'échappe de sa poche et glisse sur la chaussée. Les Coréennes se figent. Elles se désintéressent de leur idole et forment un demi-cercle autour de l'appareil.

— TROIS ! DEUX ! UN !

Les quatre membres de Jet déboulent sur scène. Des milliers de flashs leur brûlent la rétine. Les fans hurlent à s'en rompre les cordes vocales.

En se tournant vers le public, Jay ne voit qu'une masse noire ondulant à ses pieds. Il place les doigts sur le manche de sa guitare et éprouve un sentiment de puissance familier. Au premier coup de médiator, les murs d'amplis aussi larges que des semi-remorques cracheront un déluge de décibels.

Puis les premiers accords claquent comme des coups de tonnerre, et la foule s'abandonne à une joie sauvage…

**1**

PLAY-BACK

Quartier de Camden Town, Londres

Il y a toujours ce moment étrange, quand on se réveille dans un endroit inhabituel. Ces quelques secondes où l'on flotte entre rêve et réalité sans trop savoir où l'on se trouve.

Lorsqu'il ouvrit les yeux, Jay Thomas, treize ans, réalisa qu'il était effondré sur un banc, dans un angle de la salle des fêtes. L'atmosphère empestait l'huile de friture. Seul un quart des chaises en plastique disponibles étaient occupées. Une femme de ménage à l'air maussade pulvérisait du produit d'entretien sur le buffet en Inox placé contre un mur latéral. Au-dessus de la scène était accrochée une banderole portant l'inscription *Concours des nouveaux talents 2014, établissements scolaires de Camden.*

Constatant que ses cheveux bruns savamment hérissés, son jean noir et son T-shirt des Ramones étaient constellés de miettes de chips, il jeta un regard furieux autour de lui. Trois garçons le considéraient d'un œil amusé.

— Putain, les mecs, quand est-ce que vous allez vous décider à grandir ? soupira Jay.

Mais il n'était pas réellement en colère. Il connaissait ces garçons depuis toujours. Ensemble, ils formaient un groupe de quartier baptisé Brontobyte. Et si l'un d'eux s'était endormi à sa place, il lui aurait sans doute fait une blague du même acabit.

— Tu as fait de beaux rêves ? demanda Salman, le chanteur du groupe.

Jay étouffa un bâillement puis secoua la tête afin de se débarrasser des miettes restées coincées dans son oreille droite.

— Je n'ai presque pas dormi la nuit dernière. Ce sale con de Kai a joué à la Xbox jusqu'à une heure du matin, puis il a décidé de faire du trampoline sur mon matelas.

Salman lui adressa un regard compatissant. Tristan et Alfie, eux, éclatèrent de rire.

Tristan, le batteur, était un garçon un brin rondouillard qui, au grand amusement de ses copains, se trouvait irrésistible. Alfie, son frère cadet, n'avait pas encore douze ans. Excellent bassiste, il était sans conteste le meilleur musicien du groupe, mais ses camarades se moquaient de sa voix haut perchée et de sa silhouette enfantine.

— Je n'arrive pas à croire que tu laisses ce morveux te pourrir la vie, ricana Tristan.

— Kai est balaise pour son âge, fit observer Alfie. Et Jay est maigre comme un clou.

L'intéressé les fusilla du regard.

— Bon, on peut changer de sujet ?

Tristan fit la sourde oreille.

— Ça lui fait combien de lardons, à ta mère, Jay ? demanda-t-il. Quarante-sept, quarante-huit ?

Salman et Alfie lâchèrent un éclat de rire, mais le regard noir de Jay les convainquit qu'il valait mieux calmer le jeu.

— Laisse tomber, Tristan, dit Salman.

— Ça va, je rigole. Vous avez perdu le sens de l'humour ou quoi ?

— Non, c'est toi le problème. Il faut toujours que tu en fasses trop.

— OK, les mecs, le moment est mal choisi pour s'embrouiller, intervint Alfie. Je vais chercher un truc à boire. Je vous ramène quelque chose ?

— Un whisky sans glace, gloussa Salman.

— Une bouteille de Bud et un kilo de crack, ajouta Jay, qui semblait avoir retrouvé sa bonne humeur.

— Je vais voir ce que je peux faire, sourit Alfie avant de se diriger vers la table où étaient alignés des carafes de jus de fruits et des plateaux garnis de biscuits bon marché.

Au pied de la scène, trois juges occupaient des tables d'écolier : un type chauve dont le crâne présentait une tache bizarre, une Nigérienne coiffée d'un turban traditionnel et un homme à la maigre barbe grise portant un pantalon de cuir. Ce dernier était assis à califourchon sur sa chaise retournée, les coudes sur le dossier, dans une attitude décontractée en complet décalage avec son âge.

Lorsque Alfie revint avec quatre verres d'orangeade, les joues gonflées par les tartelettes à la confiture qu'il y avait logées, cinq garçons à la carrure athlétique – quatre Noirs et un Indien âgés d'une quinzaine d'années – investirent la scène. Ils n'avaient pas d'instruments, mais portaient un uniforme composé d'une marinière, d'un pantalon de toile et d'une paire de mocassins.

— Ils ont braqué un magasin Gap ou quoi ? sourit Salman.

— Bande de losers, grogna Jay.

Le leader du groupe, un individu à la stature de basketteur, se planta devant le micro.

— Yo, les mecs ! lança-t-il.

Il s'efforçait d'afficher une attitude détachée, mais son regard trahissait une extrême nervosité.

— Nous sommes le groupe Womb 101, du lycée George Orwell. Nous allons vous interpréter une chanson de One Direction. Ça s'appelle *What Makes You Beautiful*.

De maigres applaudissements saluèrent cette introduction. Les quatre membres de Brontobyte, eux, échangèrent un regard abattu. En une phrase, Alfie résuma leur état d'esprit.

— Franchement, je préférerais me prendre un coup de genou dans les parties que jouer une daube pareille.

Le leader de Womb 101 adressa un clin d'œil à son professeur de musique, un homme rondouillard qui se tenait près de la sono. Ce dernier enfonça la touche *play* d'un lecteur CD. Dès que les premières notes du play-back se firent entendre, les membres du groupe entamèrent un pas de danse parfaitement synchronisé, puis quatre d'entre eux reculèrent pour laisser le chanteur principal seul sur l'avant-scène, devant le pied du micro.

La voix du leader surprit l'auditoire. Elle était plus haut perchée que ne le suggérait sa stature, mais son interprétation était convaincante, comme s'il brûlait réellement d'amour pour la fille jolie mais timide évoquée par les paroles. Ses camarades se joignirent à lui sur le refrain, produisant une harmonie à quatre voix sans perdre le fil de leur chorégraphie.

Tandis que Womb 101 poursuivait sa prestation, Mr Currie, le prof de Jay, s'approcha des membres de Brontobyte. La moitié des filles de Carleton Road craquaient pour ce jeune enseignant au visage viril et au corps sculpté par des séances de gonflette.

— Pas mal, non? lança-t-il à l'adresse de ses poulains.

Les quatre garçons affichèrent une moue dégoûtée.

— Les boys bands devraient être interdits, et leurs membres fusillés sans jugement, répondit Alfie. Sans déconner, ils chantent sur une bande préenregistrée. Ça n'a rien à voir avec de la musique.

— Le pire, c'est qu'ils risquent de gagner, ajouta Tristan. Leur prof a copiné avec les jurés pendant le déjeuner.

Mr Currie haussa le ton.

— Si ces types remportent le concours, ce sera grâce à leur talent. Vous n'imaginez pas à quel point il est difficile de chanter et danser en même temps.

Tandis que les choristes interprétaient le dernier refrain, le leader recula vers le fond de scène, effectua un saut périlleux arrière et se réceptionna bras largement écartés, deux de ses camarades agenouillés à ses côtés.

— Merci, lança-t-il en direction de l'assistance, le front perlé de sueur.

Le public était trop clairsemé pour que l'on puisse parler d'un tonnerre d'applaudissements, mais la quasi-totalité des spectateurs manifesta bruyamment son enthousiasme.

— Super jeu de jambes, Andrew! cria une femme.

Alfie et Tristan placèrent deux doigts dans leur bouche puis firent mine de vomir. Mr Currie lâcha un soupir agacé puis tourna les talons.

— Il a raison sur un point, dit Jay. Ces types sont des merdeux, mais ils chantent super bien, et ils doivent avoir répété pendant des semaines pour obtenir ce résultat.

Tristan leva les yeux au ciel.

— C'est marrant, tu es *toujours* d'accord avec Mr Currie. Je crois que tu craques pour lui, comme les filles de la classe.

— C'était nul ! cria Alfie lorsque les membres de Womb 101 sautèrent de la scène pour se diriger vers la table où étaient servis les rafraîchissements.

Deux d'entre eux changèrent brutalement de direction puis, bousculant des chaises sur leur passage, se dirigèrent vers celui qui venait de les prendre à partie. Ils n'avaient plus rien des garçons proprets qui avaient interprété une chanson vantant la douceur des cheveux d'une lycéenne. Ils n'étaient plus que deux athlètes de seize ans issus d'un des établissements les plus violents de Londres.

L'Indien au torse musculeux regarda Alfie droit dans les yeux.

— Qu'est-ce que tu as dit, merdeux ? demanda-t-il en jouant des pectoraux.

Frappé de mutisme, Alfie baissa les yeux et contempla la pointe de ses baskets.

— Si je te croise dans la rue, je te conseille de courir vite, très vite, gronda l'autre membre de Womb 101 en faisant glisser l'ongle du pouce sur sa gorge.

Alfie retint sa respiration jusqu'à ce que les deux brutes se dirigent vers le buffet.

— T'es complètement malade ? chuchota Tristan en lui portant un violent coup de poing à l'épaule. Ces types viennent de la cité de Melon Lane. C'est tous des déglingués, là-bas.

Mr Currie avait manqué l'altercation avec les chanteurs de Womb 101, mais il avait été témoin du geste violent de Tristan à l'égard de son frère.

— Eh, ça suffit, vous quatre ! rugit-il en se précipitant à leur rencontre, un gobelet de café à la main. Franchement, votre attitude négative commence à me fatiguer. Ça va bientôt être à vous, alors vous feriez mieux de rejoindre les coulisses et de préparer votre matériel.

Le groupe suivant était composé de trois filles. Elles massacrèrent un morceau de Panamore et, en parfaite contradiction avec leur look punk, réussirent le prodige de le faire sonner comme une chanson de Madonna.

Lorsqu'elles eurent quitté la scène, les membres de Brontobyte entreprirent d'installer la batterie de Tristan. L'opération prenant un temps infini, la femme coiffée d'un turban consulta sa montre. Comble de malchance, la courroie de la basse d'Alfie se rompit, et ils durent la bricoler en urgence avant de pouvoir s'aligner devant le jury.

— Bonsoir à tous, lança Salman dans le micro. Nous sommes le groupe Brontobyte, de Carleton Road, et nous allons vous interpréter une de nos compos intitulée *Christine*.

Une de mes compos, rectifia mentalement Jay.

Il prit une profonde inspiration et positionna les doigts sur le manche de sa guitare.

Ils patientaient dans la salle des fêtes depuis dix heures du matin, et tout allait se jouer en trois minutes.

DÉJÀ DANS VOS LIBRAIRIES !